अमृतसर 1919

रजनीश धवन

राजपाल

स्थापित 1912
100 वर्षों की
श्रेष्ठ प्रकाशन परम्परा
राजपाल

ISBN : 9789386534859

AMRITSAR 1919 (Novel)
by Rajnish Dhawan

राजपाल एण्ड सन्ज़
1590, मदरसा रोड, कश्मीरी गेट, दिल्ली-110006
फोन : 011-23869812, 23865483, 23867791
e-mail : sales@rajpalpublishing.com
www.rajpalpublishing.com
www.facebook.com/rajpalandsons

अमृतसर 1919

मेरा नाम कुरु है और मैं अमृतसर में रहता हूँ। यूँ तो अमृतसर तकरीबन साढ़े चार सौ साल पुराना शहर है, परन्तु जिस धरती पर यह शहर स्थित है, उस धरती से मेरा रिश्ता कुछ सदियों का नहीं, अपितु कई युगों का है। मैं यहाँ तब से हूँ जब रावी और ब्यास को क्रमशः इरावती और विपाशा कह कर पुकारा जाता था। मैंने यहाँ लव और कुश को खेलते देखा है, माता सीता को धरती में समाते देखा है, पांडवों को विचरते देखा है, सिकंदर को घायल होते देखा है, अल्तमश के आगमन को देखा है, हुमायूं को भागते देखा है, जहांगीर के काफ़िलों को देखा है, गुरु अर्जुन देव को *आदि ग्रंथ* का संकलन करते देखा है और अंग्रेज़ी हुकूमत के विरुद्ध आज़ादी का बिगुल बजते भी सुना है।

मेरा जन्म कब हुआ, मुझे याद नहीं, मेरी मृत्यु कब हुई, मुझे याद नहीं, परन्तु जब से मुझे अपनी चेतनता का आभास हुआ है, तब से मैं यहीं हूँ। इस धरती पर, जहाँ अलौकिक श्री हरिमंदिर साहब स्थित है, मैं यहीं रहता हूँ। क्या यह कोई शाप है या वरदान जो मुझे इस धरती से बांधे हुए है, इस बारे में मैं कुछ भी कहने में असमर्थ हूँ। परन्तु एक बात जो सत्य है, वो यह है कि मैं अपने अंदर बहुत सारी कथाएं समेटे हुए हूँ। मैं वो सब कथाएं आपको सुनाना चाहता हूँ। मेरा शरीर तो है नहीं, इसलिए लिखने में मैं असमर्थ हूँ और अगर मैंने यूँ ही बोलना शुरू कर दिया, तो आप मेरी बात तो सुनेंगे नहीं, एक मंदिर अवश्य बना देंगे मेरे नाम का। मुझे भक्त नहीं, श्रोता चाहिए, जिन्हें इन कथाओं के रूप में मैं इस इलाके की विरासत सौंप सकूं। इसी इरादे से मैंने इस लेखक रजनीश का चयन किया है। यह जनाब आजकल लम्बी छुट्टी पर हैं, कुछ खास काम है नहीं, तो मैंने अपनी चेतना को इनकी इंद्रियों के साथ जोड़ दिया है। तो अब यह मेरी कही हुई कथाएं आपके लिए लिखेंगे। इन कथाओं को सुनते-सुनते भूल मत जाइयेगा कि इनका रचयिता मैं हूँ—कुरु। ये रजनीश की नहीं, कुरु की कथाएं हैं।

आज जो कहानी मैं आपको सुनाने वाला हूँ, उस कहानी का न तो कोई

नायक है और न ही नायिका। अमृतसर शहर ही उस कहानी का नायक भी है और नायिका भी। यह कहानी शुरू होती है 29 मार्च सन् 1919 को। अमृतसर शहर का डिप्टी कमिश्नर माइल्स अरविंग (Miles Irving) मॉल रोड पर स्थित अपने निवास के लॉन में बैठा चाय पी रहा था। उसकी पत्नी एमिली (Emily) भी उसके पास बैठी। रोज़ की तरह आज भी माइल्स अलेक्सैन्ड्रा ग्राउंड में दौड़ लगा कर आया था। वहाँ नेट प्रैक्टिस कर रहे कुछ गोरों को देख कर उसका मन हुआ था कि वो भी थोड़ी गेंदबाज़ी करे लेकिन उसकी ज़िम्मेदारी के एहसास ने उसे ऐसा करने से रोक दिया। अपने नियमित व्यायाम की आदत के चलते माइल्स अपनी उम्र से जवान दिखता था, हालाँकि उसकी पचास वर्ष की आयु उसकी आँखों के गिर्द पड़ी झुर्रियों में झलकने लगी थी। उसके चेहरे पर न दाढ़ी थी न मूँछ और उसकी भूरी आँखें किसी चीते की तरह हरदम सचेत रहती थीं।

माइल्स अरविंग की नज़र उसकी गोद में रखे अख़बार पर टिकी थी। अख़बार की सुर्खी, 'गाँधी द्वारा भारत व्यापी हड़ताल की तारीख में बदलाव,' अरविंग का ध्यान अपनी ओर आकर्षित किये हुए थी। सुबह के करीब आठ बजे थे। हवा में अभी भी बची-खुची सर्दियों की ज़रा-सी ठंडक थी जो उस अंग्रेज़ दंपति के लिए किसी वरदान से कम न थी। अरविंग की नज़र रह-रह कर अख़बार से हट कर कोठी के दरवाज़े की ओर जाती थी। एमिली अपने पति के हाव-भाव में बेचैनी महसूस कर रही थी और वो इस बेचैनी का कारण भी जानती थी। फ़रवरी के महीने में ब्रिटिश सरकार ने रौलेट ऐक्ट नाम का कानून पास किया था और तभी से भारत के अलग-अलग हिस्सों में उस कानून के विरुद्ध धरने-प्रदर्शन हो रहे थे। इस विरोध की आंच से अमृतसर भी अछूता नहीं था। बल्कि यूं कहना चाहिए कि अमृतसर के गर्भ में एक दावानल दहक रहा था जिसकी तपिश को अशोक के पेड़ों से घिरा हुआ और ओस की बूंदों में नहाया हुआ डिप्टी कमिश्नर के आलीशान बंगले का लॉन भी कम नहीं कर पा रहा था।

महात्मा गाँधी के नेतृत्व में भारतीय राष्ट्रीय काँग्रेस ने रौलेट ऐक्ट के विरोध में 30 मार्च को संपूर्ण भारत बंद का आह्वान किया था। किन्हीं कारणों के चलते काँग्रेस नेतृत्व ने हड़ताल की तारीख बदल कर 6 अप्रैल कर दी।

माइल्स अरविंग ने अपना चश्मा उतार कर मेज़ पर रखा, और अखबार को उस चश्मे के ऊपर रख दिया। एमिली ने अखबार उठाया और चश्मे को अखबार के ऊपर रख दिया। पति-पत्नी की आँखें मिलीं। अपनी 45 वर्षीय

पत्नी की नीली आँखों में माइल्स को कोमलता व दृढ़ता की वही मिली-जुली झलक मिली जो 18 वर्ष पहले उसने "I do" कहने के बाद उसके चेहरे से परदा हटाते ही देखी थी। एमिली दुबली-पतली, शांत एवं संयमी स्वभाव की औरत थी और जिस फ़िज़ा में वो दोनों साँस ले रहे थे, उसमें माइल्स को अपना संतुलन बनाये रखने के लिए एमिली के स्थिरत्व की अत्यंत आवश्यकता थी। तभी बंगले का दरवाज़ा खुला और एक शख़्स साइकिल पर सवार होकर अंदर दाख़िल हुआ। साइकिल सवार का नाम हंस राज था और वो म्युनिसिपल दफ़्तर में क्लर्क था। 36 वर्षीय हंस राज काँग्रेस की ज़िला इकाई का सदस्य भी था और काँग्रेस की गतिविधियों की खबर माइल्स अरविंग तक पहुँचाता रहता था।

अपनी साइकिल को सलीके से स्टैंड पर टिका कर हंस राज फूलों की क्यारियों के साथ-साथ चलते हुए माइल्स अरविंग के सामने पहुँचा। उसने सफ़ेद रंग की कमीज़ और गहरे नीले रंग की पतलून पहन रखी थी। लम्बी नाक के नीचे पतली सी मूँछें थीं। अपनी छोटी-छोटी आँखों में दासता का भाव लिए दोनों हाथ जोड़ कर उसने माइल्स और एमिली को नमस्ते कहा और चुपचाप खड़ा हो गया। एमिली उठी और अपना चाय का कप लेकर घर के अंदर चली गई।

''क्या खबर लाए हो हंस राज?'' माइल्स ने पूछा।

''जनाब, काँग्रेस ने हड़ताल की पूरी तैयारी कर ली है। कल पूरा अमृतसर बंद होगा।''

''मगर गाँधी ने तो हड़ताल स्थगित कर दी है,'' माइल्स कुर्सी से उठ कर खड़ा हो गया, ''फिर अमृतसर के ये मूर्ख काँग्रेसी क्यों हड़ताल करना चाहते हैं?''

''केवल हड़ताल ही नहीं जनाब, कल जलियांवाला बाग में एक सभा भी होगी जिसे डॉक्टर किचलू और डॉक्टर सतपाल संबोधित करेंगे।''

हंस राज की बात सुन कर माइल्स के चेहरे पर एक अनदेखी परछाईं छा गई। उसने इशारे से हंस राज को जाने के लिए कहा और स्वयं गहन मुद्रा में कुछ सोचता हुआ बंगले के भीतर चला गया।

अमृतसर कई सदियों से व्यापार का बहुत बड़ा केंद्र रहा है। एक गोल दीवार से घिरे इस शहर के बीचोबीच श्री हरिमंदिर साहब स्थित है जिसके सरोवर के अमृतमयी जल के कारण इस शहर का नाम अमृतसर पड़ा। शहर के तेरह दरवाज़े हैं और हर दरवाज़े से जो रास्ता हरिमंदिर साहब की ओर जाता है, उस रास्ते पर भिन्न-भिन्न वस्तुओं के थोक व्यापारियों की दुकानें हैं। अधिकतर बाज़ारों के नाम भी उन वस्तुओं के नाम पर हैं जिनके थोक व्यापारी दिनभर देश-विदेश से आने वाले अन्य व्यापारियों और ग्राहकों के इंतज़ार में रहते हैं। यहाँ नमक मंडी भी है तो आटा मंडी भी, पापड़ वाला बाज़ार भी है और मिश्री बाज़ार भी। घी मंडी से घी लीजिए और मच्छी मंडी से मछली लेकर उसी घी में तल कर अमृतसरी मछली का आनंद भी ले सकते हैं। इन्हीं बाज़ारों से सटी हुई सैंकड़ों गलियों में अमृतसर के लोग रहते हैं। ऐसी ही एक गली, जिसका नाम भगतां वाली गली है, के मकान नंबर 1236/5 की दूसरी मंज़िल के एक कमरे में 19 वर्षीय राजेंद्र कुमार उर्फ राजू चूड़ीदार पाजामा और ज़रीदार कुर्ता पहने हुए और हाथ में गुलाबी रंग की पगड़ी लिए हुए थोड़ी परेशान हालत में घूम रहा था। पूरा घर मेहमानों से भरा पड़ा था। राजू एक कमरे में दाखिल हुआ। कमरे में पाँच-सात औरतें तैयार हो रही थीं। कोई साड़ी का पल्लू ठीक कर रही थी तो कोई बिंदी के रंग को ब्लाउज के रंग के साथ मिलाने में मसरूफ़ थी। उन औरतों में राजू की माँ संतोष और उसकी बुआ सरला भी थी। राजू को अंदर आते देख उसकी बुआ झट से बोली, ''ओए अंदर कहाँ चला आ रहा है राजू के बच्चे, यहाँ वैसे ही बहुत भीड़ है।''

''बुआ जी, भीड़ तो पूरे घर में है। अमृतसर के नायक राजू के भाई ओम की सगाई है। इस मौके पर भीड़ नहीं होगी तो कब होगी?'' कहते हुए राजू ने औरतों के बीच में सरकते-सरकते अपने लिए जगह बना ली और आईने के सामने खड़ा होकर सिर पर पगड़ी बांधने लगा। ''बस ज़रा-सी जगह चाहिए मुझे। एक बार यह पगड़ी बंध जाए, फिर देखना आप राजू के जलवे, क्यों चाई जी?'' राजू अपनी माँ को संबोधित करके बोला। इससे पहले कि संतोष कुछ कह पाती, बाहर से उसके पति भजन लाल की आवाज़ आई, ''ओ भाई जल्दी करो, देर हो रही है। लड़की वालों को इंतज़ार करवाना ठीक नहीं।''

अपने भाई की बात सुनकर सरला बुआ ने कमरे के अंदर से बा-आवाज़-ए-बुलंद जवाब दिया, ''कोई बात नहीं परा जी। हम लड़के वाले हैं। थोड़ी देर

से जाएँगे तो हमारी ही इज़्ज़त बढ़ेगी, क्यों भाभी?" सरला ने संतोष की ओर देखा, इस उम्मीद में कि संतोष उसकी हाँ में हाँ मिलाएगी। परन्तु संतोष एक चतुर राजनेता की तरह यह कह कर भाई-बहन की बहस से अलग हट गई कि "तुम जानो और तुम्हारा भाई, मैं तो तैयार हूँ"। इतने में राजू की पगड़ी भी बंध गई। वो सिर पर गुलाबी पगड़ी और पगड़ी के नीचे सजे अपने गोरे चेहरे और तीखी तलवार जैसी नाक को निहारते हुए अपनी माँ के सुर में सुर मिलाता हुआ बोला, "चाई जी मैं भी तैयार हूँ, कैसी लग रही है मेरी पगड़ी?"

"शहज़ादा लग रहा है मेरा भतीजा," सरला बुआ अपने भतीजे पर स्नेह उँड़ेलते हुए बोली, "मैं तो कहती हूँ, भाभी लगे हाथ इसका भी काम कर दे।" सांवले रंग और थोड़ी चपटी-सी नाक वाली सरला बुआ अपने छोटे भतीजे पर वारी-वारी जाती थी।

"इस नालायक को कौन लड़की देगा?" संतोष ने सरला के सुझाव को सिरे से नकारते हुए कहा। राजू को गोरा रंग अपनी माँ से मिला था और कद-काठी अपने पापा जी से। अपने छोटे कद, गोरे रंग व गोल-मटोल शरीर के चलते संतोष रूस की मर्त्योश्का गुड़ियाओं जैसी लगती थी।

"अरे नहीं देगा तो उठा कर ले आएंगे," राजू आईने में खुद को निहारते हुए बोला।

"चल खोता," सरला बुआ ने राजू के सिर पर चपत लगाई, "ख़बरदार ऐसी बात अपने मुँह पर लाया तो। चलो अब जल्दी करो वरना वो जो भाई है ना मेरा, हमें यहीं छोड़ कर चला जायेगा।" समय के हरदम पाबन्द रहने के मामले में भजन लाल पूरे खानदान में तो क्या, पूरे शहर में मशहूर था। आम तौर पर अमृतसर के लोग शादी-ब्याह के अवसर पर एक-दो घंटे की देरी को देरी नहीं मानते परन्तु सत्ताईस वर्ष पूर्व जब भजन लाल का विवाह हुआ था तो उसकी बारात तय समय के अनुसार लड़की वालों के दरवाज़े पर पहुँच गई थी। संतोष की तरफ़ के आधे रिश्तेदार तो अभी तैयार भी नहीं हुए थे कि उनके कानों में बैंड की आवाज़ पड़ी। बस फिर क्या था? आनन-फानन में जिसे जैसे कपड़े मिले, वो वही पहन कर बारात के स्वागत के लिए खड़ा हो गया। काम के मामले में भी भजन लाल की ज़िंदगी घड़ी की सुइयों के अनुसार ही चलती थी। हॉल बाज़ार में स्थित उनकी कपड़े की दुकान ठीक दस बजे खुलती थी

और आठ बजे बंद हो जाती थी। उनका बड़ा बेटा ओम प्रकाश अब दुकान में हाथ बँटाता था। परन्तु बेटे की मौजूदगी के बावजूद भजन लाल ने आलस्य को अपने ऊपर हावी नहीं होने दिया था। आज उसी ओम की सगाई के लिए भजन लाल अपने रिश्तेदारों के साथ कटड़ा दूलो में स्थित मंदिर की ओर जा रहे थे।

मंदिर के दरवाज़े पर भजन लाल के होने वाले समधी महेश खन्ना, अपनी पत्नी कांता व कुछ रिश्तेदारों के साथ उन सबका स्वागत करने के लिए खड़े थे। मंदिर के प्रांगण में हवन कुंड रखा था और एक पंडित हवन की सामग्री के साथ तैयार बैठा था।

भजन लाल की पार्टी में उसके रिश्तेदारों के अलावा राजू का जिगरी दोस्त बिट्टू भी था। करीबी रिश्तेदारों के इस जमावड़े में बिट्टू की मौजूदगी पर सरला बुआ ने हल्का-सा एतराज़ भी किया था मगर बिट्टू तो जैसे घर का ही सदस्य था। कद-काठी में बिट्टू और राजू में कोई खास अंतर नहीं था। बस बिट्टू का रंग ज़रा सांवला था और बाल घुंघराले। मंदिर प्रांगण में पहुँचते ही राजू की नज़रें बेचैनी से इधर-उधर घूमने लगीं। आप कह सकते हैं कि उसे ओम की सगाई से ज़्यादा किसी और ही चीज़ में दिलचस्पी थी।

सभी लोग हवन कुंड के इर्द-गिर्द बैठ गए और पंडित ने मंत्रोच्चारण करते हुए हवन कुंड की अग्नि प्रज्वलित कर दी। राजू अभी भी उत्सुकता से इधर- उधर देख रहा था। तभी उसकी बगल में खड़े बिट्टू ने कुहनी मार कर उसका ध्यान मंदिर प्रांगण के पश्चिम की ओर कराया। उस ओर से राजू की होने वाली भाभी निर्मला उर्फ़ निम्मो चली आ रही थी। छरहरे बदन की औसत से अधिक लंबी बीस वर्षीय निम्मो पीले रंग के सूट में बहुत निखर रही थी। परन्तु राजू का ध्यान अपनी होने वाली भाभी की ओर नहीं बल्कि उसके साथ-साथ चल रही उसकी सहेली की ओर था। राजू ने पहली बार उसे तब देखा था जब वो और उसके परिवार के कुछ लोग निम्मो को देखने गए थे। चाह कर भी राजू उस लड़की का नाम नहीं पता कर पाया था। परन्तु उसे यकीन था कि सगाई वाले दिन भी वो लड़की उसे अवश्य दिखेगी और उसका यकीन सच साबित हुआ। निम्मो और उसकी सहेली हवन कुंड के पास आकर बैठ गईं। पंडित ने मंत्रोच्चारण करते हुए हवन संपूर्ण किया और ओम व निम्मो की कलाइयों पर मौली बाँध कर विधिवत सगाई की रस्म पूरी कर दी। पूरे समारोह के दौरान राजू की आँखें निम्मो की सहेली पर ही टिकी रहीं। उसने हल्के नारंगी रंग का

सूट पहन रखा था और उस पर हरे रंग का दुपट्टा ले रखा था। कद-काठी में वो निम्मो से थोड़ी छोटी थी। गोल चेहरे पर छोटी-छोटी गहन काली आँखें उसके गुलाब की पंखुड़ी जैसे होंठों की मुस्कान के साथ ही खिल उठती थीं।

पूर्णाहुति के बाद पंडित ने सबको संबोधित करके कहा, ''बधाई हो आप सबको। सगाई हो गई बच्चों की।''

''तो फिर पंडित जी, शादी का मुहूर्त भी बता दीजिये जल्दी से,'' सरला बुआ ने किशोरों जैसे उतावलेपन से कहा। आम तौर पर ऐसे सवाल के जवाब में पंडित ग्रहों की चाल की गणना करके उत्तर देते हैं, परन्तु यह पंडित जी तो जैसे इस सवाल का उत्तर घर से याद करके ही आए थे। सरला बुआ का सवाल सुनते ही बोले, ''जी कल से नवरात्र शुरू हो रहे हैं। आठ तारीख को दुर्गा अष्टमी है। बस उसी दिन शादी सब से शुभ रहेगी।''

पंडित का जवाब सुनते ही सरला बुआ ने अपने सामने पड़ा एक बेसन के लड्डुओं का डिब्बा उठाया और एक लड्डू ओम के मुँह में डालते हुए बोली, ''तो फिर मुँह मीठा करो जी। शादी की तारीख पक्की हो गई।''

सभी के चेहरे ख़ुशी से खिल उठे। पल भर के लिए राजू और निम्मो की सहेली की नज़रें मिलीं परन्तु उसकी आँखों में राजू को अपने प्रति कोई भाव न दिखा।

~

30 मार्च, 1919 की सुबह को जो हवा अमृतसर शहर में चल रही थी, उस हवा की गंध माइल्स अरविंग को बेचैन किए जा रही थी। इस बेचैनी को दूर करने के लिए माइल्स ने शहर का दौरा करने का निश्चय किया। हंस राज के मुँह से काँग्रेस की योजना सुनते ही उसने डॉक्टर सतपाल को नज़रबंद करने का आदेश जारी कर दिया था। सुबह दस बजे माइल्स एक खुली छत वाली कार में बैठ कर कोठी से निकला। उसने अपने ड्राइवर रमेश पाल को हॉल बाज़ार से होते हुए म्युनिसिपल दफ़्तर की ओर जाने की हिदायत दी। माइल्स के साथ उसका सचिव जॉन पॉट्स (John Potts) भी बैठा था। रेलवे कैरिज पुल पार करके जैसे ही गाड़ी हॉल बाज़ार में दाखिल हुई तो बाज़ार में पसरे सन्नाटे ने माइल्स का स्वागत किया। ऐसा नज़ारा माइल्स ने पहले कभी नहीं देखा था। हॉल बाज़ार

में तो दिन–रात रौनक लगी रहती थी। व्यापारियों की आवाज़ें, ग्राहकों की चहलकदमी, श्री हरिमंदिर साहिब जाने वाले यात्रियों की आवाजाही के कारण इस बाज़ार की फ़िज़ा में हरदम नवीनता बनी रहती थी। परन्तु आज तो यह बाज़ार मानो ब्रिटिश सरकार के जनाज़े पर मातम मना रहा था। कुछेक आवारा कुत्तों और दीवारों में छुपे हुए कबूतरों के अलावा बाज़ार में किसी सजीव प्राणी की मौजूदगी नहीं थी।

''रमेश, गाड़ी को लाहौरी गेट की तरफ़ ले चलो,'' माइल्स का हुक्म सुनते ही रमेश ने कार का रुख हॉल बाज़ार से लाहौरी गेट की ओर घुमा दिया। हॉल बाज़ार और लाहौरी गेट के रास्ते में जितने भी बाज़ार पड़े, सब के सब पूरी तरह बंद थे। हाथी गेट के सामने से निकलते हुए माइल्स को कुछ लोग दिखे जो लोहगढ़ की ओर जा रहे थे। लोहगढ़ गुरुद्वारे के बाहर भी उसे कुछ लोग खड़े मिले। उन सबकी नज़रों में माइल्स को हिकारत के सिवाय कुछ नहीं दिखा। किसी एक ने भी माइल्स को झुक कर सलाम नहीं किया। तभी हवा में उड़ती हुई एक गिल्ली माइल्स की गोद में आकर गिरी। जॉन पॉट्स चौंक कर खड़ा हो गया। रमेश ने गाड़ी रोक दी। जॉन ने हाथ में गिल्ली लेकर चारों ओर नज़र दौड़ाई। उसकी नज़र बच्चों की एक टोली पर जाकर ठहर गई। पाँच–सात बच्चों की टोली के सभी सदस्य दस साल से कम आयु के थे। उनमें से एक के हाथ में डंडा था और वो भय रहित मुद्रा में खड़ा हुआ अमृतसर के डिप्टी कमिश्नर की कार की ओर देख रहा था। इससे पहले कि जॉन कुछ कह पाता, उस लड़के ने डंडे को हवा में उठाया और नारा लगाया :

''टोडी बच्चा!''

''हाय! हाय!'' उसके नन्हे साथियों ने पूरे जोश के साथ उसका साथ दिया। पूरी टोली ''टोडी बच्चा! हाय! हाय!'' के नारे लगाती हुई बाज़ार से सटी एक गली में विलुप्त हो गई।

जॉन सीट पर बैठ गया। गिल्ली अभी भी उसके हाथ में थी। तभी गुरुद्वारे के पास खड़े लोगों में से किसी एक ने नारा लगाया, ''महात्मा गाँधी।''

''ज़िंदाबाद!''

''हिन्दू–मुस्लिम एकता!''

''ज़िंदाबाद!''

माइल्स के इशारे पर रमेश ने कार का रुख वापिस म्युनिसिपल ऑफ़िस

की ओर कर दिया। माइल्स की कार जिस भी बाज़ार से निकली वहाँ उसे हर दुकान बंद मिली। सरकार विरोधी नारे रह-रह कर उसके कानों में पड़ते रहे।

म्युनिसिपल ऑफ़िस, जिसे अमृतसर के लोग कोतवाली या फिर टाउन हॉल भी कहते हैं, श्री हरिमंदिर साहब से करीब पाँच सौ गज़ के फ़ासले पर स्थित लाल पत्थर की बनी हुई एक विशाल इमारत है। इसी इमारत के उत्तरी हिस्से में माइल्स का दफ़्तर था। रमेश ने पोर्च में पहुँच कर कार को रोका और माइल्स के लिए कार का दरवाज़ा खोलने के लिए बाहर आया। परन्तु माइल्स उसका इंतज़ार किए बिना खुद ही दरवाज़ा खोल कर तेज़ी से अपने दफ़्तर की ओर लपका। जॉन जब तक अपने भारी-भरकम शरीर को कार में से घसीट कर लगभग हाँफ़ता हुआ माइल्स के दफ़्तर में दाखिल हुआ, तब तक माइल्स टेलीफ़ोन ऑपरेटर को पंजाब के गवर्नर माइकल ओ'ड्वायर (Michael O'Dwyer) को तुरंत फ़ोन मिलाने की हिदायत दे चुका था।

माइकल ओ'ड्वायर उस दिन लाहौर में था और गवर्नर हाउस में बैठा भारतीय खानसामों द्वारा बनाये गए व्यंजनों का आनन्द उठा रहा था। लंदन से उसके कुछ खास मित्र भारत घूमने आए थे और ओ'ड्वायर उनकी आवभगत में कोई कसर नहीं छोड़ना चाहता था। उन मित्रों में एक स्टीव विल्सन ब्रिटेन के राज परिवार का करीबी था और ओ'ड्वायर उम्मीद कर रहा था कि स्टीव की सिफ़ारिश से उसकी अगली पोस्टिंग कनाडा या ऑस्ट्रेलिया जैसी किसी ब्रिटिश कॉलोनी में हो जाए। इस वजह से वो स्टीव और उसके साथ आए लोगों की आवभगत अपनी निगरानी में कर रहा था। लंच के बाद जब वो लोग कनाडा द्वारा भारतीयों के प्रवास पर अंकुश लगाने के प्रयासों की सफलता पर बात कर रहे थे तभी सफ़ेद वर्दी व लाल रंग की तुर्रेदार पगड़ी पहने हुए एक अर्दली ने ओ'ड्वायर को माइल्स के फ़ोन की जानकारी दी। ओ'ड्वायर अपने मेहमानों को छोड़ कर गवर्नर हाउस में स्थित एक दफ़्तर में दाखिल हुआ। फ़ोन उठाते ही ओ'ड्वायर बोला, ''माइल्स, दिस बैटर बी एक्सट्रीमली इम्पोर्टेंट'' (Miles, this better be extremely important.)

''इट इज़, योर एक्सलैंसी'' (It is, Your Excellency), दूसरी ओर से माइल्स की घबराई हुई आवाज़ सुन कर ओ'ड्वायर का सुर कुछ बदल गया।

''व्हाट इज़ इट।'' (What is it?)

''इट इज़ अबाउट अमृतसर, सर। द सिचुएशन हेयर इज़ एक्सट्रीमली

टैंस। देअर इज़ अ कम्प्लीट स्ट्राइक।" (It is about Amritsar, sir. The situation here is extremely tense. There is a complete strike.)

"बट गाँधी हैड कॉल्ड ऑफ़ द स्ट्राइक।" (But Gandhi had called off the strike.) ओ'ड्वायर के स्वर में झुंझलाहट थी।

"दे न्यू इट, सर। बट द लोकल काँग्रेस लीडरशिप डिसाइडिड टू गो अहैड विद द स्ट्राइक नैवर द लैस।" (They knew it, sir. But the local Congress leadership decided to go ahead with the strike nevertheless.)

"हम्म," (Hmm,) ओ'ड्वायर के माथे पर पड़े बल थोड़े और गहरे हो गए। "मेक श्योर देअर इज़ नो वॉयलैंस। एंड नो एंटी ब्रिटिश स्लोगन्स स्टॉप ऑल टेलीग्राम्स गोइंग आउट ऑफ़ अमृतसर, दिस न्यूज़ शुड नॉट स्प्रैड कीप इट अंडर रैप्स। पीपल विल सून फ़ॉरगैट।" (Make sure there is no violence. And no anti British slogans. Stop all telegrams going out of Amritsar. This news should not spread. Keep it under wraps. People will soon forget.)

"बट सर।" (But sir...)

"माइल्स, आई गिव यू कम्प्लीट फ्रीडम टू डील विद द सिचुएशन ऐज़ यू डीम फ़िट। इज़ दैट व्हाट यू वान्टेड।" (Miles, I give you complete freedom to deal with the situation as you deem fit. Is that what you wanted?)

"यस सर।" माइल्स ने किसी तरह अपने स्वर में हल्का-सा जोश भरते हुए कहा।

माइल्स ने फ़ोन रखा ही था कि रमेश हड़बड़ाया हुआ दफ़्तर में दाख़िल हुआ, "माफ़ी चाहता हूँ हुज़ूर," बिना इजाज़त दफ़्तर में घुसने की गुस्ताखी आज उसने पहली बार की थी।

"क्या बात है रमेश?"

"हुज़ूर अगर बुरा न मानें तो कुछ देर के लिए छत पर चलिए।"

"छत पर क्यों?" सीढ़ियाँ चढ़ने के ख़याल से घबराए जॉन ने कहा।

"आप खुद ही चल कर देख लीजिए।" कह कर रमेश खामोश हो गया। माइल्स तेज़ी से कमरे से बाहर निकला और बाईं तरफ़ बने ज़ीने से चढ़कर छत पर पहुँचा। उसके पीछे रमेश था व रमेश के पीछे अपने भाग्य को कोसता और हाँफ़ता हुआ जॉन।

कोतवाली की छत से जो नज़ारा माइल्स ने देखा, उसे देख कर वो अवाक्

रह गया। जिस गली, जिस कूचे, जिस बाज़ार पर माइल्स की नज़र पड़ी वहाँ से लोगों के हुजूम के हुजूम निकल रहे थे। हॉल बाज़ार, शास्त्री मार्किट, कटड़ा जैमल सिंह, चील मण्डी, घी मण्डी—हर तरफ़ से लोगों का हुजूम आ रहा था—औरतें, मर्द, जवान, बुज़ुर्ग, हिन्दू, सिख, मुसलमान—सब के कदम एक ही मंज़िल की ओर बढ़ रहे थे और वो मंज़िल भी माइल्स को कोतवाली से 300 मीटर दूर साफ़ दिखाई दे रही थी, उन सबकी मंज़िल थी—जलियांवाला बाग़।

पता नहीं इस स्थान को 'बाग़' की संज्ञा किसने दी थी क्योंकि न तो इसके अंदर कोई सैरगाह थी, न फूलों की क्यारियाँ, न कृत्रिम झरने व नदियाँ। यह तो एक सपाट मैदान था जो एक दीवार से घिरा हुआ था। इसके पूर्व की ओर एक कुआँ, और मैदान के बीच एक जीर्ण-शीर्ण इमारत के अवशेष थे। कदाचित यह इमारत इस मैदान के मालिक हिम्मत सिंह जल्लेवाले के नाम थी जिसके गाँव व परिवार के नाम पर इस जगह का नाम जलियांवाला बाग़ पड़ा। कुछेक बेर के वृक्ष थे और दो-चार कीकर के पेड़। चारों दिशाओं से बाग़ में आने-जाने के लिए चार दरवाज़े थे। इन दरवाज़ों से सुबह-शाम शहर के लोग इस मैदान में आते और भिन्न-भिन्न गतिविधियों में हिस्सा लेते। सुबह-सवेरे योगाभ्यास करते लोग मिल जाते तो शाम को गिल्ली-डंडा खेलते हुए बच्चे। श्री हरिमंदिर साहब से महज़ 100 गज़ की दूरी पर होने के कारण इस स्थान पर कोई-न-कोई राजनीतिक, सामाजिक अथवा धार्मिक कार्यक्रम होता ही रहता था। इसलिए कोई हैरानी की बात नहीं थी कि 30 मार्च 1919 को जब पूरा अमृतसर शहर रौलेट ऐक्ट के विरुद्ध हड़ताल पर था, उस दिन अपना विरोध दर्ज करने के लिए ज़िला काँग्रेस ने जलियांवाला बाग़ में एक आम जलसे का आयोजन किया था।

"होली स्मोक्स सर! देअर मस्ट बी एट लीस्ट ट्वेंटी थाउज़ेंड पीपल आउट देअर।" (Holy smokes sir! There must be at least twenty thousand people out there.) जॉन ने माथे से पसीना पोंछते हुए कहा।

मैं नहीं जानता कि जॉन का अंदाज़ा सही था या गलत परन्तु इतना अवश्य जानता हूँ कि उस दिन जलियांवाले बाग में तिल रखने की भी जगह नहीं थी। पूरा अमृतसर शहर मानो उफ़ान पर था परन्तु भगतां वाली गली के मकान नंबर 1236/5 की छत पर बैठे राजू के मन में तो कुछ अलग ही तरह का तूफ़ान उठ रहा था। उसने अपने पापा जी की जेब से चुराई हुई सिगरेट अपने मुँह में डाल रखी थी। हालाँकि अभी तक उसने उसे जलाया नहीं था।

वो बड़ी बेसब्री से बिट्टू का इंतज़ार कर रहा था। उसके जिगरी दोस्त ने उसे ज़्यादा इंतज़ार नहीं करवाया। जब बिट्टू छत पर आया तो अपने साथ माचिस भी लाया। उसने सिगरेट जलाई, एक कश भरा और सिगरेट राजू को थमाते हुए बोला, ''अब बता।''

''नीरू।'' राजू ने कहा।

''क्या?''

''अरे नीरू नाम है उसका।''

''तूने पता करवा लिया? कैसे?''

राजू मुंडेर पर उचक कर बैठ गया और बोला, ''चाई जी ने निम्मो भाभी के लिए कंगन भिजवाए थे, वही देने गया था और मैंने भाभी से पूछ लिया।''

''और भाभी ने बता दिया?''

''इकलौते देवर की बात कैसे टालती?''

''तो अब?''

राजू ने सिगरेट को मुंडेर पर घिस कर बुझाया और बड़ी सावधानी से अपने पड़ोसी लुभाया राम की छत पर फेंक दिया।

''ओम की शादी में आठ दिन बाकी हैं। तब तक कुछ ऐसा करना है कि जब हम बारात लेकर जाएँ तो नीरू की नज़रें केवल मुझ पर हों।''

''और वो कैसे होगा?'' बिट्टू ने पूछा।

''एक ख़त लिखूंगा उसे।''

''अबे पिटेगा।''

''अगर मैं लिखूंगा तो ज़रूर पिटूंगा। पर अगर तू, मेरे शायर-ए-आज़म, अगर तू लिखेगा तो...''

''मैं क्यों लिखूंगा?'' बिट्टू हवा में हाथ लहराते हुए बोला, ''मुझे मरने का शौक नहीं है।''

''अरे वाह! दोस्त होकर दोस्त के काम नहीं आएगा? पैंचो जब तेरा दिल उस मुसलमानी आरिफ़ा पे आया था तो कौन तेरी शायरी उसकी खिड़की पर फेंक कर आता था? आरिफ़ा के लिए जितनी शायरी तूने पढ़ी है, अब उसका थोड़ा-सा इस्तेमाल करके एक ज़बरदस्त ख़त लिख दे। बाकी तेरा वीर खुद संभाल लेगा।''

''आरिफ़ा के चक्कर में जो मेरा हाल हुआ वो याद है?'' कहते-कहते

बिट्टू का हाथ स्वत: ही चूतड़ों पर चला गया। वहाँ पड़ी डंडों की मार याद करके उसका जिस्म आज भी थोड़ा अकड़ जाता था।

''याद है काके। पर यहाँ ऐसा कोई ख़तरा नहीं। नीरू हिन्दू भी है और खत्रानी भी। ऊपर से भाभी की सहेली। बस, एक बार उसे मैं भा जाऊँ। बाकी का जुगाड़ तो रब ने वैसे ही कर रखा है।'' राजू की बात अभी पूरी भी नहीं हुई थी कि नीचे गली से आवाज़ आई :

''महात्मा गाँधी!''

''ज़िंदाबाद!''

दोनों दोस्तों ने नीचे देखा। गली से कुछ खादीधारी नारे लगाते हुए गुज़र रहे थे।

''लगता है जलसे में जा रहे हैं, चल हम भी चलते हैं,'' बिट्टू उतावलेपन में बोला।

''पागल है क्या? हमें क्या लेनादेना है इन काँग्रेसियों से? और पापा जी को पता चला तो?''

''अरे कुछ नहीं होगा। चल थोड़ा रौनक-मेला देख आते हैं। लगे हाथ देशभक्ति भी हो जाएगी।'' बिट्टू राजू का हाथ पकड़ उसे खींच कर सीढ़ियों तक ले आया। राजू अनमना-सा नीचे उतरने लगा। ''रौनक-मेला देखने के चक्कर में अगर टूई पर डंडे पड़ गए तो?''

''ओए कुछ नहीं होगा लाले। ज़रा-सा भी ख़तरा महसूस हुआ तो भाग लेंगे,'' कह कर बिट्टू तेज़ी से नीचे उतर गया।

~

जलियांवाले बाग के बीचोबीच एक स्टेज का निर्माण किया गया था। स्टेज पर हंस राज, बदर-उल-इस्लाम व अन्य काँग्रेसी लीडर बैठे थे। डॉक्टर सैफ़-उद-द्दीन किचलू अवाम को संबोधित कर रहे थे। किचलू की आवाज़ में गज़ब की कशिश थी। लंबा कद, दुबला-पतला शरीर, चेहरे पर फ्रेंचकट दाढ़ी, आँखों पर चश्मा व तन पर अचकन पहने हुए डॉक्टर किचलू का व्यक्तित्व हर आँख को अपनी ओर आकर्षित कर रहा था।

''साथियो, आज ये जो आप लोग पूरे जोश के साथ इस हड़ताल में

शामिल हुए हैं, उससे मुझे यकीन हो गया है कि बर्तानवी हुकूमत अब ज़्यादा दिन नहीं टिक सकती।'' किचलू की यह बात सुनकर हंस राज के माथे पर बल पड़ गए। अन्य काँग्रेसी भी थोड़ा असहज हो गए। हंस राज ने अपने साथ बैठे एक काँग्रेसी नेता को कहा, ''ये डॉक्टर साहब क्या बोल रहे हैं? हम यहाँ रौलेट ऐक्ट के विरोध में इकट्ठा हुए हैं, अंग्रेज़ी सरकार को गिराने के लिए नहीं।''

''आप कह तो ठीक रहे हैं परन्तु डॉक्टर किचलू की पूरी बात पहले सुन तो लें।''

''परन्तु यह सुर बगावत का है, इसका अंजाम अच्छा नहीं होगा।'' कह कर हंस राज चुप हो गया। डॉक्टर किचलू की तक़रीर जारी थी।

''चार साल तक हमारे पाँच लाख हिन्दुस्तानी भाई, हिन्दू, सिख, मुसलमान सब, इन अंग्रेज़ों की जंग में यूरोप और एशिया के अलग-अलग मुहाज़ पर लड़ते रहे। हज़ारों ने शहादत का जाम पिया, लाखों जिस्मानी तौर पर माज़ूर हुए। मगर अंग्रेज़ों की जंग में, इन लोगों का साथ देकर, बदले में हम हिन्दुस्तानियों को क्या मिला? रौलेट ऐक्ट? एक ऐसा कानून जिसमें महज़ शक की बिनाह पर किसी को भी बाग़ी करार देकर जेल में डाला जा सकता है। न कोई दलील, न वकील, न अपील। अंग्रेज़ हुक्मरान जिसके साथ जैसा चाहे सुलूक करे, किसी हिन्दुस्तानी को कोई हक़ नहीं कि वो आज़ादी से सांस ले सके। इस मुल्क़ की फ़िज़ा में आज़ादी से सांस लेना मेरा हक़ है और इस हक़ को मुझसे कोई नहीं छीन सकता।'' डॉक्टर किचलू की बात सुनकर भीड़ जोश से भर गई और नारे लगाने लगी।

''महात्मा गाँधी ज़िंदाबाद!''

''डॉक्टर किचलू ज़िंदाबाद!''

''डॉक्टर सतपाल ज़िंदाबाद!''

भीड़ के तेवर देख कर हंस राज और भी असहज हो गया। डॉक्टर किचलू की तकरीर जारी थी।

''आज सुबह सरकार ने डॉक्टर सतपाल को उनके घर में नज़रबंद कर दिया। वो सोचते हैं कि एक देशभक्त का मुँह बंद कर देने से यह तहरीक ख़त्म हो जाएगी। पर आज यहाँ मुकद्दस श्री हरिमंदिर साहब के साये में इस जलियांवाले बाग में आप लोगों का जज़्बा और ताकत इस बात का सुबूत है कि अंग्रेज़ी हुकूमत के ज़ुल्म की दास्तान के आखिरी हर्फ़ को लिखने का वक्त आ चुका है।''

डॉक्टर किचलू के एक-एक वाक्य पर भीड़ दस-दस नारे लगाती थी।

उन नारों की गूंज से कोतवाली की छत पर खड़े माइल्स अरविंग और जॉन के दिल दहल रहे थे।

इस भीड़ में राजू और बिट्टू भी थे। भीड़ का जोश और माहौल की गर्मी को देखकर राजू का मन घबरा रहा था। प्यास और डर के मारे उसका गला भी सूख रहा था। भीड़ नारे पर नारे लगाए जा रही थी। पर राजू की नज़र रह-रह कर वहाँ खड़े पुलिसवालों और उनके डंडों पर जाती थी। 'अगर ज़रा-सी भी गड़बड़ हुई तो डंडे अवश्य पड़ेंगे और अगर यहाँ डंडे पड़े तो घर जाकर पापा जी के छित्तर भी पड़ेंगे,' राजू के मन में यही उधेड़बुन चल रही थी कि उसके कानों में एक आवाज़ आई, "पानी पिओगे, लाला जी?" राजू ने मुड़ कर देखा तो वहाँ एक 19-20 साल का सिख नवयुवक खड़ा था। सर पर बेतरतीब-सी पगड़ी, ढीला-सा कुर्ता-पाजामा पहने हुए उस युवक के चेहरे पर घनी दाढ़ी-मूँछ थी। सांवले रंग व पैनी आँखों वाले उस सरदार ने कंधे पर पानी की मश्क लटका रखी थी। राजू कुछ कहता उससे पहले ही बिट्टू बोल उठा, "हाँ भाई, धरम से बड़ी प्यास लगी है।" उस नवयुवक ने दोनों दोस्तों को पानी पिलाया। प्यास शांत करके राजू ने शुक्रिया अदा करते हुए कहा, "बड़े पुन्न का काम कर रहे हो भाई।"

"ओ जी मैं कहाँ काम कर रहा हूँ। यह तो जी भाई कन्हैया की विरासत है जो हम संभाल रहे हैं। काम तो काँग्रेस वाले कर रहे हैं। फिरंगियों को नानी याद करवा दी। कम-से-कम पच्चास हज़ार लोग होंगे यहाँ।"

"हाँ, बिलकुल," बिट्टू ने सहमति जताई।

"आप लोग भी क्या काँग्रेस के वर्कर हो?"

"नहीं, हम तो बस रौनक..." राजू अपनी बात पूरी करता उससे पहले ही बिट्टू ने उसकी बात को काटते हुए कहा, "असल में हम यही देखने आए थे कि आज की हड़ताल को कैसा हुंकार मिलता है। हम भी शामिल होना चाहते हैं काँग्रेस में।"

"यह तो बड़ी अच्छी बात है। अच्छा जी चलता हूँ। और लोग भी प्यासे होंगे।"

"ओ भाई अपना नाम तो बता जा।"

"उद्धम सिंह नाम है जी मेरा," कह कर वो नौजवान भीड़ में गायब हो गया।

''देख लिया रौनक-मेला? अब इससे पहले कि यहाँ कुछ गड़बड़ हो यहाँ से निकल चलते हैं,'' राजू ने बिट्टू का हाथ पकड़ कर कहा। बिट्टू ने इस बार कोई आनाकानी नहीं की और भीड़ में से जगह बनाते हुए दोनों दोस्त बाग की उत्तर दिशा वाले संकरे रास्ते से बाहर जाने की कवायद करने लगे। इतनी भीड़ में से रास्ता बनाना आसान नहीं था। एक-एक इंच सरकते हुए वो संकरे रास्ते के मुख पर पहुँचे। स्टेज पर उस समय बदर-उल-इस्लाम का भाषण चल रहा था। राजू ने जैसे ही उस संकरे रास्ते में कदम रखा, उसकी नज़र दूसरी ओर से अंदर आ रही नीरू पर पड़ी। राजू जल्दी से दीवार की ओट में हो गया और बिट्टू को उसने अपनी ओर खींच लिया। नीरू ने सफ़ेद सूट पहन रखा था व लाल रंग का दुपट्टा बाएं कंधे से तिरछा लटकाकर कमर पर उसकी गांठ बांध रखी थी। उसके हाथ में झंडा था और उसके पीछे उसकी ही जैसी वेशभूषा पहने, उसी की हमउम्र लड़कियों की टोली।

''महात्मा गाँधी, ज़िंदाबाद'' के नारे लगाते हुए यह टोली जलियांवाला बाग में जुटी हज़ारों की भीड़ में सम्मिलित हो गई। राजू कुछ देर मुँह बाये उस दृश्य को देखता रहा। बिट्टू भी चुपचाप उसके साथ खड़ा रहा। फिर बिना कोई शब्द बोले दोनों दोस्त जलियांवाला बाग परिसर से बाहर आ गए। सूर्यास्त होने तक जलियांवाला बाग में ''महात्मा गाँधी ज़िंदाबाद'' व ''रौलेट ऐक्ट मुर्दाबाद'' के नारे गूंजते रहे।

इन नारों की गूंज माइल्स अरविंग के कानों में तब भी पड़ रही थी जब उस रात वो एमिली के साथ अपने बिस्तर पर लेटा हुआ था। एमिली अपने पति की मानसिक हालत समझती थी, फिर भी उसने माइल्स का तनाव दूर करने के इरादे से तनिक मज़ाकिया लहज़े में कहा, ''डार्लिंग, इट वॉज़ जस्ट अ स्ट्राइक दे इंजॉएड अ डे ऑफ़। व्हाट रज़ द बिग फ़स अबाउट?'' (Darling, it was just a strike. They enjoyed a day off. What is the big fuss about?)

''अ स्ट्राइक इज़ नॉट अ होलीडे, एमिली,'' (A strike is not a holiday, Emily.) माइल्स ने गंभीर लहज़े में कहा, ''इट इज़ अ डिक्लरेशन।'' (It is a declaration.)

''डिक्लरेशन ऑफ़ व्हाट?'' (Declaration of what?)

''डिक्लरेशन ऑफ़ कंट्रोल। व्हैन आई से दैट द सिटी शुड वर्क एंड द

सिटी रिफ़्यूज़िस, आई लॉस कंट्रोल। एंड व्हाट इज़ द प्वाइंट ऑफ़ हैविंग पॉवर ओवर द पीपल इफ़ यू हैव नो कंट्रोल ओवर दैम ?'' (Declaration of control. When I say that the city should work and the city refuses, I lose control. And what is the point of having power over the people if you have no control over them?)

''व्हॉट आर यू गोइंग टु डू नाओ ?'' (What are you going to do now?)

''आई डोंट नो एमिली, आई जस्ट डोंट नो।'' (I don't know Emily, I just don't know.) कह कर माइल्स ने आँखें बंद कर लीं। एमिली ने कमरे की बत्ती बुझा दी।

~

31 मार्च को अमृतसर शहर वापिस अपनी ताल पर लौट आया। दुकानें खुल गईं, व्यापार शुरू हो गया और सरकारी काम काज भी शुरू हो गया। सतही तौर पर ऐसा लगता था मानो कल कुछ भी ख़ास न हुआ हो। मगर माइल्स शहर की फ़िज़ा में व्याप्त उस पंजाबी ग़ुरूर को महसूस कर रहा था जिसे उसने पहले विश्व युद्ध के समय पंजाबी सिपाहियों की भर्ती करते वक़्त महसूस किया था। अमृतसरियों की चाल में आज एक नई तेज़ी थी, उनकी आँखों में ललकार थी, उनकी आवाज़ में आत्मविश्वास था। वो अंग्रेज़ अफ़सरों के सामने सिर उठा कर चलते व व्यंग्यात्मक लहज़े में उन पर फ़ब्तियां कसते।

शहर के ऐसे चुनौतीपूर्ण वातावरण में दो नए लोगों का आगमन हुआ। गोपाल और विद्या दिल्ली में रहते थे। उनकी शादी को छः साल हो चुके थे परन्तु उनकी आँखों ने अभी तक औलाद का मुख न देखा था। विद्या की बहन रत्ती देवी ने इस बार ज़िद करके उन्हें बैसाखी का त्यौहार अपने साथ मनाने के लिए तैयार कर लिया था। बहन व बहनोई के साथ बैसाखी मनाने के साथ-साथ विद्या मन-ही-मन श्री हरिमंदिर साहब में माथा टेक कर संतान का वर पाने की नीयत से भी अमृतसर आई थी।

फ्रंटियर मेल जब अमृतसर रेलवे स्टेशन पर पहुँची तो उस वक्त स्टेशन पर कुछ ख़ास हलचल न थी। माइल्स की कोशिशों के बावजूद 30 मार्च की हड़ताल की खबर पूरे उत्तर भारत में फैल चुकी थी और किसी बड़ी गड़बड़ के डर से शायद लोग अमृतसर आने से कतरा रहे थे। विद्या और गोपाल जब

प्लेटफ़ॉर्म पर उतरे तो उन्होंने रत्ती देवी के पति छज्जू राम को उनका इंतज़ार करते पाया। छज्जू राम छोटे कद का वज़नदार व्यक्ति था। यूं कह सकते हैं कि उसकी लंबाई व चौड़ाई में कुछ ज़्यादा अंतर नहीं था। गोल मुँह पर छोटी-छोटी मूँछें थीं और सिर के आधे से ज़्यादा बाल झड़ चुके थे। छत्तीस की उम्र में छज्जू राम छप्पन का लगता था। परन्तु छज्जू के स्वभाव में जो खुलापन था और हर एक के काम आने की जो उसकी प्रवृत्ति थी, उसके कारण वो सबका चहेता था। पूरी दुनिया में ऐसा कोई न था जो छज्जू को नापसंद करता हो।

"ओए आ गई मेरी साली, मेरी आधी घरवाली," छज्जू विद्या को देखते ही बोला, "तेरे बिना कसम से, घर बड़ा ही सूना है, शुक्र है तू आ गई।"

"मैं तो आ गई जीजा जी और कहोगे तो घर में जम भी जाऊंगी पर दीदी का क्या करोगे?"

"अरे तेरी बहन को संभालने के लिए है ना ये मेरा साढ़ू, क्यों गोपाल जी? हो जाए वट्टा-सट्टा?" कह कर छज्जू ज़ोर से हँस दिया। यूं हँसी-मज़ाक करते हुए तीनों स्टेशन से बाहर आ गए। बाहर तांगा उनका इंतज़ार कर रहा था। तीनों तांगे में बैठ कर बाज़ार माई सेवाँ में स्थित छज्जू राम के घर की ओर चले गए।

उधर माइल्स अरविंग से 30 मार्च की हड़ताल की जानकारी लेकर माइकल ओ'ड्वायर अमृतसर पहुँच चुका था। इस हड़ताल की खबर से दिल्ली तक हड़कंप मच गया था और भारत के वाइसरॉय लॉर्ड चैम्सफोर्ड ने माइकल ओ'ड्वायर को शहर के हालात काबू में करने की सख़्त हिदायत दी थी। महाराजा रणजीत सिंह द्वारा बनवाये गए राम बाग, जिसे तब कम्पनी बाग कहा जाता था, में स्थित महाराजा के महल में माइकल ओ'ड्वायर, माइल्स अरविंग हंस राज और काँग्रेस के कुछ नेता अमृतसर के हालात पर मंत्रणा कर रहे थे। ओ'ड्वायर का चेहरा उत्तेजना से तमतमा रहा था। ओ'ड्वायर प्रभावशाली व्यक्तित्व का स्वामी था। उसकी घनी नुकीली मूँछें उसकी पैनी बाज़ जैसी नज़र को और रौबदार बनाती थीं। गहरे नीले रंग का सूट व धारीदार टाई पहने वो महल के कॉन्फ्रेंस रूम में रखे एक विशाल मेज़ के मुहाने की ओर बैठा था। उसके दाईं ओर माइल्स व बाईं ओर जॉन बैठे थे। हंस राज व अन्य काँग्रेसी नेता ओ'ड्वायर से आँख मिलाने की हिम्मत नहीं जुटा पा रहे थे। ओ'ड्वायर ने अपने सामने रखे ब्रांडी के गिलास से एक छोटा-सा घूंट भरा व अपने गले में शराब की गर्मी को महसूस करते हुए बोला,"जैन्टलमैन, कल जो भी अमृतसर

में हुआ वो बर्दाश्त नहीं किया जा सकता। मैंने शहर का दौरा किया है, मैं इस शहर के लोगों की आँखों में बगावत की सुगबुगाहट देख रहा हूँ। मेरी सरकार ने हमेशा काँग्रेस के लीडरों की तर्कसंगत बातों को सुना भी है और जहाँ तक हो सका उनकी माँगों को माना भी है परन्तु मुझे लगता है अमृतसर तो जैसे काँग्रेस वालों की बात भी सुनने को तैयार नहीं है।'' ओ'ड्वायर की लताड़ सुन कर वहाँ बैठे कांग्रेसियों की हवा गुम हो गई। हंस राज अपने स्वर में चापलूसी भर कर बोला, ''हुज़ूर , ऐसी कोई बात नहीं है।''

''अगर ऐसी बात नहीं है तो कल जलियांवाला बाग में तीस हज़ार लोग कैसे इकट्ठा हो गए, एसपैशली व्हैन गाँधी हैड पोस्टपोन्ड द स्ट्राइक।'' (especially when Gandhi had postponed the strike!) ओ'ड्वायर लगभग हंस राज को डांटते हुए बोला। ओ'ड्वायर के तेवर से हंस राज अंदर तक कांप गया और मिमियाते हुए बोला, ''हुज़ूर यह सब डॉक्टर सतपाल और डॉक्टर किचलू की शरारत है। वही हैं जो शहरवासियों को भड़का रहे हैं, क्यों लाला जी ?'' हंस राज ने अपनी बगल में बैठे लाला चंदर भान की ओर इशारा किया। लाला चंदर भान हंस राज की हाँ में हाँ मिला कर बोला, ''हंस राज जी ठीक कह रहे हैं गवर्नर साहब। हम लोग तो गाँधी जी के कहे अनुसार हड़ताल मुलतवी करने को तैयार थे मगर किचलू और सतपाल ने हमारी एक न सुनी।'' लाला चंदर भान की बात सुनकर ओ'ड्वायर ने माइल्स की ओर देखा।

''इज़ दैट करैक्ट मि. अरविंग ?'' (Is that correct Mr. Irving?)

''आई डिड पुट सतपाल अंडर हाउस अरैस्ट, योर एक्सलैंसी।'' (I did put Satpal under house arrest, Your Excellency.)

''एंड व्हाट अबाउट द अदर फ़ैलो ? (And what about the other fellow?) क्या नाम है उसका ?''

''डॉक्टर किचलू हुज़ूर,'' हंस राज लगभग कुर्सी से खड़े होते हुए बोला, ''डॉक्टर सैफ़-उद-दीन-किचलू।'' ओ'ड्वायर ने फिर माइल्स की ओर नज़रें घुमाईं।

''आई थॉट ही अलोन वुड नौट बी मच ऑफ़ अ थ्रेट।'' (I thought he alone would not be much of a threat.) माइल्स नज़रें चुराते हुए बोला।

''अपेरेंट्ली ही इज़ (Apparently he is) इस किचलू को भी नज़रबंद कर दो। गाँधी ने छः अप्रैल को पूरे इंडिया में स्ट्राइक की कॉल दी है। आप लोगों की

ज़िम्मेदारी है कि अमृतसर में अब कोई हड़ताल न हो। अगर ऐसा हुआ तो इस शहर में मार्शल लॉ लगाने के अलावा मेरे पास कोई चारा नहीं होगा। हैव आई मेड माई सेल्फ़ क्लीयर ?'' (Have I made myself clear ?) कह कर ओ'ड्वायर खड़ा हो गया। यह इशारा था मीटिंग की बर्खास्तगी का। सभी काँग्रेसी कमरे से बाहर निकल गए। माइल्स और जॉन इंतज़ार कर रहे थे ओ'ड्वायर के अगले कदम का। जब कुछ सैकंड तक ओ'ड्वायर कुछ नहीं बोला तो माइल्स ने धीमे से पूछा, ''सर, अबाउट द मार्शल लॉ, आर यू श्योर इट इज़ अ गुड आइडिया ?'' (Sir, about the martial law, are you sure it is a good idea?)

''माइल्स, डू यू नो व्हाट आई स्मैल इन द एयर ऑफ़ दिस सिटी ? आई स्मैल म्यूटिनी। एंड आई कान्ट बी रिस्पॉन्सिबल फ़ॉर द बिगनिंग ऑफ़ द रिपीट ऑफ़ 1857।'' (Miles, do you know what I smell in the air of this city? I smell mutiny. And I can’t be responsible for the beginning of the repeat of 1857.)

~

पहली अप्रैल को नवरात्र शुरू हो गए। पूरा शहर देवी भक्ति के रंग में डूब गया। गलियों में झंड्डियाँ लग गईं। मिठाई व खिलौनों की दुकानें सज गईं। घरों में, गलियों में व कहीं-कहीं चौराहों व बाज़ारों में माता के जागरण होने लगे।

राजू अपने घर की छत पर खड़ा पहले नवरात्र के सूरज को डूबते हुए देख रहा था। उसका हुलिया देखकर लगता था कि जैसे उसे दीन दुनिया की फ़िक्र नहीं है। ढीले-ढाले पाजामे के ऊपर बुशर्ट पहन रखी थी व दो दिन से दाढ़ी भी नहीं बनाई थी। सिर पर रूखे व बिखरे बाल देखकर लगता था जैसे जनाब नहाए भी नहीं हैं। इतने में बिट्टू उसे ढूँढ़ता हुआ छत पर पहुँचा। ''ओ भाई, यहाँ क्या कर रहा है, नीचे तेरी चाई तुझे ढूँढ़ रही है,'' बिट्टू छूटते ही बोला।

''अपने इश्क के सूरज को डूबते हुए देख रहा हूँ,'' राजू ने शायराना अंदाज़ में जवाब दिया।

''ओए तू इतनी जल्दी मायूस भी हो गया। हमें देख, आरिफ़ा के लिए उसके भाइयों की मार भी खाई और अपने बाऊ जी की भी। उसकी शादी भी हो गई। सुना है पेट से भी है पर हमने अपनी उम्मीद की शमा आज तक रौशन

रखी है। और तुम हो कि दो दिन में ही फुस्स।''

''वो बात नहीं यार। तुमने जलियांवाले बाग का नज़ारा नहीं देखा? कहाँ वो बहादुर लड़की और कहाँ मैं? मेरे तो पापा जी को अगर भनक भी लग गई कि मैं जलसे में गया था तो खड़े-खड़े मेरी छित्तर-परेड कर देंगे।''

''अरे बहादुर भले ही हो, पर है तो लड़की ना। दिल तो मोम का ही होगा।'' यह कह कर बिट्टू ने अपनी जेब से एक कागज़ निकाला और राजू की आँखों के आगे लहरा कर बोला, ''यह देख शहज़ादे, ऐसा जज़्बाती और रूहानी ख़त लिखा है नीरू के लिए कि पढ़ते ही अगर वो ग़श खाकर तेरे आग़ोश में न गिर पड़ी तो मेरा नाम भी वीरेंद्र नहीं।''

''छोड़ यार, शेरनियों के दिल शायरी से नहीं जीते जाते। उसके लिए बहादुरी दिखानी पड़ती है।''

''और कैसे दिखाएगा तू बहादुरी? काँग्रेस में शामिल होकर?'' बिट्टू ने तंज़ भरे लहज़े में कहा, पर राजू के चेहरे के भाव बता रहे थे कि जैसे वो वाकई ऐसा कुछ करने का सोच रहा हो। बिट्टू ने उसके मन की बात पढ़ ली और कहा, ''तू क्या सचमुच ऐसा सोच रहा है?''

राजू चुप रहा।

''ओए खोते,'' बिट्टू ने राजू के सिर पर हल्की-सी चपत लगाई, ''घर में तेरे भाई की शादी है। सौ काम करने वाले हैं। तेरे पापा जी को काँग्रेस के नाम से चिढ़ है क्योंकि ये काँग्रेसी हड़ताल के नाम पर बार-बार उनकी दुकान बंद करवा देते हैं और तू आशिकी में काँग्रेस का वर्कर बनने की सोच रहा है?''

राजू अभी भी चुप था। परन्तु उसकी मुद्रा से अंदाज़ा लगता था जैसे वो गहरी सोच में हो। बिट्टू ने उसे समझाने की नीयत से अपना भाषण जारी रखा, ''बेटा जब पुलिस के डंडे पड़ते हैं ना टुई पे तो कई दिन तक हगना मुहाल हो जाता है।'' बिट्टू खामोश हो गया। उसकी दलीलें खत्म हो गई थीं।

''तेरा भी यार कुछ पता नहीं लगता,'' राजू ने कहा। ''अभी जब मैं मायूस था तो तू अपने इश्क की दास्तां सुना कर मेरा हौसला बढ़ा रहा था, अब जब मैं हिम्मत की बात कर रहा हूँ तो तू मुझे डरा रहा है।''

''मैं तो भाई सिर्फ़ तेरा भला ही सोचता हूँ।'' बिट्टू ने राजू के कंधे पर हाथ रख कर कहा।

''तो फिर सुन काके। मेरी भलाई इसी में है कि मैं नीरू के करीब जाने के लिए काँग्रेस का वर्कर बन जाऊँ।''

''पर पापा जी?'' बिट्टू ने पूछा।

''मैं संभाल लूंगा।''

''ओम की शादी?''

''हो जायेगी।''

''टुई पे डंडे?''

''खा लेंगे।''

''खा लेंगे? मतलब?''

''दोनों भाई मिलकर,'' राजू ने कहा और सीढ़ियां उतर गया। बिट्टू भी चेहरे पर प्रश्नात्मक भाव लिए हुए उसके पीछे-पीछे चला गया।

~

बाज़ार माई सेवाँ में छज्जू राम की एक चार मंज़िला हवेली थी। किसी ज़माने में महाराजा रणजीत सिंह इस हवेली की छत पर बैठ कर श्री हरिमंदिर साहब में हो रहे शबद कीर्तन को श्रवण किया करते थे। आज इक्कीसवीं सदी में वो हवेली आधुनिकता की भेंट चढ़ चुकी है। हवेली के मुख्य द्वार पर एक अति प्राचीन गणेश जी की मूर्ति थी। हवेली के टूटने पर वो मूर्ति कहाँ गई, इसके पीछे भी एक कहानी है परन्तु वो कहानी मैं फिर कभी सुनाऊँगा। फ़िलहाल आप इतना जान लें कि 1919 में छज्जू राम की हवेली के मुख्य द्वार पर वो मूर्ति विद्यमान थी और इसी हवेली की छत पर खड़ी विद्या अपनी बहन रत्ती के साथ श्री हरिमंदिर साहब के अलौकिक नज़ारे का आनंद ले रही थी।

रत्ती देवी विद्या से पाँच साल बड़ी थी। दोनों के बीच में दो बहनें और थीं और चार बहनों का सबसे छोटा भाई था रतन लाल। चारों बहनों में एक रत्ती देवी ही थी जिसे साड़ी पहनने का शौक था। नवरात्र का पहला दिन था। रत्ती देवी ने बड़े शौक से सुनहरी बॉर्डर वाली लाल साड़ी पहनी थी। तीस वर्षीय रत्ती देवी अपने गोरे रंग और तीखे नैन-नक्श के चलते किसी कश्मीरी पहाड़न जैसी लगती थी। उसके विपरीत विद्या का रंग तनिक सांवला था, नाक छोटी

व चपटी, सिर पर लंबे काले बाल थे। उसके व्यक्तित्व का सबसे आकर्षक पहलू था उसकी हिरण जैसी बड़ी-बड़ी आँखें। दो सगी बहनों के रूप-रंग में इतनी विषमता 'जीन मिक्सिंग' (gene-mixing) की बदौलत थी। जैसा मैंने आप से शुरू में ही कहा—इस धरती पर दुनिया के कोने-कोने से लोग आए, कुछ आकर बस गए, कुछ लूटपाट कर चले गए और जो चले गए वो भी कभी प्यार के, और कभी बलात्कार के रूप में अपने अंश यहाँ छोड़ गए। इसलिए अगर कभी आप अमृतसर आएं तो ग़ौर कीजिएगा—लोगों के रूप-रंग व नैन-नक्श में जैसी विविधता आप को यहाँ देखने को मिलेगी, वैसी शायद ही कहीं और देखने को मिले।

माफ़ कीजिए थोड़ा विषय से भटक गया। क्या करूँ, इस धरती की कहानियाँ और विविधताएँ ही बेशुमार हैं। हाँ, तो रत्ती देवी लाल व सुनहरी साड़ी पहने अपनी बहन विद्या के साथ, जो कि हल्के नीले रंग का पंजाबी सूट पहने थी, अपनी चार मंज़िला हवेली की छत से स्वर्ण मंदिर का मनोरम दृश्य निहार रही थी। विद्या की नज़र एक पक्षी की भांति घूमती हुई स्वर्ण मंदिर से करीबन सौ गज़ दूर एक बड़े से मैदान पर पड़ी जहाँ अलग-अलग उम्र व धर्मों के लोग कई तरह की गतिविधियों में व्यस्त थे।

''वो देख, सब जल्ले इकट्ठे हो गए सुबह-सुबह जलियांवाले बाग़ में,'' विद्या ने हँस कर कहा। अमृतसर की भाषा में 'जल्ला' शब्द निकम्मे और आलसी लोगों के लिए इस्तेमाल किया जाता है।

''अरे, अगर तू दो दिन पहले यहाँ होती तो देखती, हज़ारों लोग जमा थे यहाँ। महात्मा गाँधी ज़िंदाबाद के नारों से पूरा शहर गूँज रहा था।''

''हाँ, सुना है मैंने 30 मार्च की अमृतसर की हड़ताल के बारे।''

''अच्छा! क्या दिल्ली तक धूम मच गई हमारे शहर की?''

''बिलकुल। अरे रेलगाड़ी में भी तो सभी लोग यही बातें कर रहे थे। इनका तो तुम्हें पता ही है। जहाँ कहीं राजनीतिक चर्चा शुरू हुई नहीं कि कूद पड़े अपने विचार पेश करने।''

''अरे तेरे जीजा का भी तो यही हाल है। काँग्रेस के लीडर बन गए हैं। आजकल तो कभी-कभी भाषण भी देने लगे हैं।''

''सच!'' विद्या अपनी कल्पना में छज्जू राम को भाषण देते हुए देख कर हँसते हुए बोली। अपनी बहन के मन:पटल पर उभरी अपने पति की तस्वीर

को शायद रत्ती देवी ने भी देख लिया और वो भी मुस्कुराए बिना न रह सकी। फिर विषय बदल कर बोली, ''अब चल ना, मंदिर नहीं जाना है क्या? चल कर अपना हुलिया ठीक कर ले।''

''ठीक तो है हुलिया मेरा।''

''ऐसे जाएगी मंदिर? लोग क्या कहेंगे? रत्ती देवी की बहन है या कोई भंगिन? चल नीचे चल और कोई ढंग की साड़ी पहन।''

''साड़ी?''

''हाँ, हाँ साड़ी।''

छज्जू राम की हवेली, जिसकी छत पर यह गुफ़्तगू हो रही थी वो श्री हरिमंदिर साहब के उत्तर की ओर थी और श्री हरिमंदिर साहब के पश्चिम की ओर, शहर की दीवार के पार, और रेलवे स्टेशन से दो किलोमीटर दूर पुतलीघर के पास स्थित खालसा अनाथालय में उद्धम सिंह अपने मित्र साधु सिंह के साथ लकड़ी के शहतीर को छील कर समतल कर रहा था। साधु सिंह उद्धम सिंह से दो वर्ष बड़ा था। उद्धम उसकी वैसे ही इज़्ज़त करता था जैसे कोई छोटा भाई अपने बड़े भाई की करता है। उद्धम के माँ-बाप तो उसके बचपन में ही गुज़र गए थे और दो वर्ष पूर्व उसका बड़ा भाई भी स्वर्ग सिधार गया था। अनाथालय में रहने वाले लड़कों, और अनाथालय के संचालक भाई भाग सिंह के अलावा उद्धम का इस दुनिया में कोई न था। हालाँकि साधु सिंह, उद्धम से केवल दो साल ही बड़ा था परन्तु उसके स्वभाव में अपनी छोटी उम्र के बावजूद अत्यधिक गंभीरता एवं परिपक्वता थी। दोनों मित्र यह नहीं जानते थे कि कब वो इस अनाथाश्रम में पहुँचे। बस वो इतना जानते थे कि इस अनाथाश्रम के संचालक भाई भाग सिंह ही उनके सर्वेसर्वा थे।

उस दिन अनाथाश्रम में दो मेहमान आए थे और भाग सिंह उन दोनों के साथ अपने कमरे में बैठे कुछ बातें कर रहे थे। उद्धम सिंह व साधु सिंह उन दोनों आगन्तुकों को लेकर उत्सुक तो थे परन्तु इस समय उन्होंने अपना ध्यान लकड़ी छीलने में ही लगाया हुआ था। कुछ देर बाद भाग सिंह के कमरे से आवाज़ आई ''ओए उद्धम सिंह, ओए साधु, अंदर आओ पुत्तरो।'' भाग सिंह की आवाज़ सुनकर दोनों भाई अपने औज़ार छोड़ कर भाग सिंह के दफ़्तर की ओर भागे।

भाग सिंह अमृतधारी सिख था। सफ़ेद कुर्ते के ऊपर काले रंग की पट्टी और पट्टी के साथ बंधी कृपाण उसकी पहचान थी। उसकी खुली दाढ़ी में सफ़ेद

बालों की अक्सरीयत उसकी ढलती उम्र की निशानी के रूप में झलक रही थी। भाग सिंह ने साधु सिंह और उद्धम सिंह को मेहमानों का परिचय करवाते हुए कहा, ''यह सरदार गुरदित्त सिंह हैं और ये गुज्जर सिंह। बैठो इनके पास। इनके पास दूर देश कनाडा की कहानियाँ हैं। आओ इनसे सुनते हैं।''

''जी यह तो बड़ी अच्छी बात है,'' साधु सिंह ने कहा। उद्धम सिंह के चेहरे पर सवालिया भाव थे जिन्हें गुरदित्त सिंह ने पढ़ लिया। भाग सिंह की तरह गुरदित्त सिंह की दाढ़ी भी खुली थी परन्तु उस दाढ़ी में सफ़ेदी भाग सिंह से ज़्यादा थी। ''क्या बात है बेटा? कुछ पूछना चाहते हो?'' गुरदित्त सिंह ने उद्धम से पूछा।

''जी बस ऐसे ही, कुछ खास नहीं,'' उद्धम ने ज़रा झेंपते हुए कहा।

''कहो बेटा, बेझिझक होकर कहो,'' गुरदित्त सिंह ने पुनः आग्रह किया।

उद्धम सिंह ने भाग सिंह की ओर देखा। भाग सिंह ने सहमति में सिर हिला दिया। ''जी, आप लोग जब बाबा जी से मिलने आए...'' अनाथाश्रम के सभी निवासी भाग सिंह को बाबा जी कहते थे, ''तो मैं समझा शायद आप काँग्रेस के लोग हो जो शहर के हालात पर चर्चा करने आए हो। परसों मैं और वीरा जब जलियांवाले बाग में जल सेवा कर रहे थे तो मैंने महसूस किया कि अंग्रेज़ों की हुकूमत को इस देश से खत्म करने से अधिक महत्त्वपूर्ण और कुछ भी नहीं है।''

''हम सब तुम्हारी बात से सहमत हैं पुत्तर,'' गुरदित्त ने मुस्कुराकर कहा।

''तो फिर हम कनाडा या फिर किसी और मुल्क की कहानियाँ क्यों सुनें? हमें हमारे मुल्क की कहानियाँ सुनाइये। अपने मुल्क से विदेशियों को कैसे निकाला जाए, इस बारे में बात कीजिए ना।''

''तुम्हारा जोश काबिल-ए-तारीफ़ है बेटा, मगर किसी जंग में, किसी भी मुहाज़ पर जोश और होश दोनों की ज़रूरत होती है,'' गुरदित्त सिंह ने कहा।

''और गुरदित्त सिंह और गुज्जर सिंह ऐसी एक जंग लड़ चुके हैं,'' भाग सिंह ने चेहरे पर संजीदगी लाते हुए कहा।

''कैसी जंग बाबा जी?'' साधु सिंह ने पूछा।

''बताता हूँ। तुम जानना चाहते हो ना कि भारत की आज़ादी और कनाडा का क्या रिश्ता है। तो सुनो यह रिश्ता जुड़ता है बर्तानवी ताज से जिसके आगे भारतवासी भी सिर झुकाते हैं और कनाडावासी भी। फ़र्क केवल इतना है कि हम भारतवासी इस ताज को उतार फेंकना चाहते हैं, जबकि कनाडा के लोग इस

ताज की छत्रछाया में खुद को महफ़ूज़ मानते हैं। तुम जानते हो मेरा पूरा नाम क्या है? मेरा पूरा नाम है गुरदित्त सिंह सरहाली, पर अब मैंने अपना नाम बदल लिया है। अब मेरा नाम गुरदित्त सिंह सरहाली नहीं बल्कि अब सब लोग मुझे गुरदित्त सिंह कामागाटा मारु के नाम से जानते हैं।''

''जी क्या?'' यह अजीब-सा नाम सुनकर दोनों नौजवान एक साथ ही बोल पड़े।

''मेरा नाम है गुरदित्त सिंह कामागाटा मारु।''

~

नवरात्र की गहमागहमी के बीच अमृतसर काँग्रेस कमेटी रौलेट ऐक्ट के विरुद्ध जारी संघर्ष के अगले पड़ाव को लेकर चिंतित थी। हुकूमत की सख़्ती के बावजूद लोगों का जोश ज्वारभाटे की तरह बढ़ता जा रहा था। ऊपरी तौर पर तो शहर में उत्सव का माहौल था परन्तु धरती के नीचे बह रहे गर्म पानी के चश्मे की तरह लोगों का गुस्सा भी अपने उफ़ान पर था। लगता था जैसे शहर बारूद के ढेर पर बैठा हो। ज़रा-सी चिंगारी भी घातक साबित हो सकती थी। ऐसे में काँग्रेस के सामने दोहरी चुनौती थी—रौलेट ऐक्ट का विरोध करना और यह भी सुनिश्चित करना कि विरोध शांतिपूर्ण रहे और किसी प्रकार की हिंसा न हो। इसी असमंजसपूर्ण स्थिति से निपटने के लिए पहली अप्रैल की शाम को लाला दीनदयाल के घर में एक मीटिंग बुलाई गई। नीरू दीनदयाल की बेटी थी और वो भी इस मीटिंग में मौजूद थी। इनके अलावा बदर-उल-इस्लाम, छज्जू राम, हंस राज, चंदर भान, गुरबख्श सिंह और कन्हैया लाल भी वहाँ मौजूद थे। नीरू के साथ उसकी शक्ति ब्रिगेड की दो सदस्याएं, कंचन और सुषमा भी वहाँ मौजूद थीं। हंस राज इन औरतों की मौजूदगी में थोड़ा असहज महसूस कर रहा था। मीटिंग की सदारत दीनदयाल कर रहा था। उसने मुख्य मुद्दे को सब के सामने रखते हुए कहा, ''मैंबरान-ए-काँग्रेस। आज की यह मीटिंग हमने एक बहुत ही अहम मुद्दे पर चर्चा करने के लिए बुलाई है। जैसा कि आप लोग जानते हैं, सतपाल जी के बाद कल अंग्रेज़ों ने डॉक्टर किचलू को भी नज़रबंद कर दिया। गाँधी जी ने 6 अप्रैल को हड़ताल का आह्वान किया है। ऐसी सूरत

में अमृतसर शहर में कॉंग्रेस का नेतृत्व कौन करेगा, आज हम लोगों ने इस बात का फ़ैसला करना है।''

दीनदयाल की बात सुनते ही हंस राज को ओ'ड्वायर की लताड़ याद आ गई। वो झट से बोला, ''जब हम लोगों ने दो दिन पहले ही हड़ताल की है तो फिर हफ़्ते भर के अंदर दोबारा शहर को बंद करने का क्या तुक है? इस तरह अगर हम लोगों के रोज़गार बंद करते रहे तो लोग हमारे ख़िलाफ़ हो जायेंगे।''

हंस राज की बात का जवाब बदर-उल-इस्लाम ने दिया, ''काँग्रेस कभी किसी के साथ कोई ज़बरदस्ती नहीं करती। अगर लोग परेशान होंगे तो वो हमारा साथ नहीं देंगे। मगर जहाँ तक मेरा अंदाज़ा है, जंग में मिले धोखे और रौलेट ऐक्ट की वजह से लोगों में बहुत गुस्सा है। वो हर हाल में गाँधी जी का और हमारा साथ देंगे।''

''माफ़ कीजिएगा बदर भाई, ये आपका अंदाज़ा है,'' हंस राज हवा में हाथ लहरा कर बोला, ''जहाँ तक मैंने लोगों की नब्ज़ टटोली है, वो इन रोज़-रोज़ की हड़तालों से तंग आ चुके हैं। क्यों चंदर भान जी, मैं ठीक कह रहा हूँ ना?'' चंदर भान भी एक दिन पहले राम बाग पैलेस में ओ'ड्वायर के तेवर देख चुका था। उसने हंस राज की बात से सहमति जताते हुए कहा, ''हंस राज जी सही फ़र्मा रहे हैं। मैंने भी व्यापारियों से बात की है। नवरात्र शुरू हो गए हैं। त्यौहार के दिन हैं। ऐसे में अगर बाज़ार बंद रहेंगे तो उनका बहुत नुक्सान होगा।''

''यह किस किस्म की बातें कर रहे हैं आप लोग?'' गुरबख्श सिंह भी बहस में कूद पड़ा, ''यहाँ बात हमारी क़ौम की ग़ैरत की हो रही है और आप लोगों को दुकानों और व्यापार की पड़ी है।''

''व्यापारियों के चंदे से ही काँग्रेस का खर्चा चलता है गुरबख्श सिंह जी। उनका दर्द आप कैसे समझेंगे? आपकी वकालत तो हर हाल में चलती ही रहेगी।''

''यह क्या बेहूदा बात कर रहे हैं आप,'' गुरबख्श सिंह गुस्से में बोला। दीनदयाल ने बीच-बचाव की मुद्रा अपनाते हुए हंस राज को लताड़ा, ''हंस राज जी, कृपया ऐसी ज़ाती टिप्पणियों से परहेज़ करें। और रही बात हड़ताल की, तो हम लोग गाँधी जी का साथ न दें, यह हो नहीं सकता।''

परन्तु हंस राज कहाँ इतनी जल्दी हार मानने वाला था। उसने अपनी

दलील का रुख बदल दिया, "पिछली बार जब गाँधी जी के हड़ताल मुलतवी करने के बावजूद हम लोगों ने हड़ताल की थी। इस बार नहीं करेंगे तो हिसाब तो बराबर ही रहेगा।"

"मुल्क़ और क़ौम की लड़ाई में ऐसे हिसाब-किताब नहीं देखे जाते हंस राज जी," बदर-उल-इस्लाम ने कहा, "अगर गाँधी जी ने कहा है कि 6 अप्रैल को हड़ताल होगी तो 6 अप्रैल को हड़ताल ज़रूर होगी। इस मामले में बहस की गुंजाइश नहीं है।"

"अगर फ़ैसला कर ही चुके हैं तो मीटिंग क्यों बुलाई?" हंस राज ने आखिरी पत्ता भी चल दिया।

"यह मीटिंग इसलिए बुलाई है कि फ़ैसला किया जा सके कि डॉक्टर सतपाल व डॉक्टर किचलू की ग़ैरमौजूदगी में अमृतसर काँग्रेस का नेतृत्व कौन करेगा?" दीनदयाल ने कहा।

"अगर ऐसी बात है तो मुझे कुछ नहीं कहना। आप जिसे चाहे सदर नियुक्त कर दें, मुझे कोई एतराज़ नहीं।" हंस राज ने कहा। चंदर भान ने भी सिर हिला कर सहमति भर दी। यह सुन कर दीनदयाल ने खड़े होकर कहा, "तो फिर मैं अमृतसर ज़िला काँग्रेस के अध्यक्ष के लिए बदर भाई का नाम तजवीज़ करता हूँ। क्या आप सब मुत्तफ़िक हैं?"

"जी बिलकुल।" सबसे पहले गुरबख्श सिंह ने सहमति जताई। उसके बाद हंस राज और चंदर भान को छोड़ कर सबने पूरे जोश से हामी भर दी। दीनदयाल ने बदर-उल-इस्लाम को गले लगाकर मुबारकबाद दी और कहा, "मुझे यकीन है बदर भाई, आप की सदारत में 6 तारीख की हड़ताल बहुत कामयाब होगी।"

मीटिंग ख़त्म हो गई और नए अध्यक्ष की हैसियत से बदर-उल-इस्लाम ने काँग्रेस के वर्करों को अलग-अलग ज़िम्मेदारियाँ सौंप दीं। नए-नए काँग्रेस में शामिल हुए राजू और बिट्टू के ज़िम्मे हॉल बाज़ार में पोस्टर लगाने का काम आया।

रात के तकरीबन आठ बज चुके थे। राजू और बिट्टू पोस्टरों का पुलिंदा उठाए चौक बिजली में स्थित नेशनल बैंक की दीवार पर पोस्टर चिपका रहे थे। तभी वहाँ पर दो लाठीधारी पुलिसवाले गश्त करते हुए आ गए। पुलिसवालों ने राजू व बिट्टू को चेताया। दोनों लड़के लाठियों को देखकर घबरा गए और भाग

खड़े हुए। एक पुलिसवाले ने आगे बढ़ कर बैंक की दीवार से उस पोस्टर को फाड़ दिया। राजू और बिट्टू वहाँ से भाग कर गोल हट्टी चौक में पहुँचे और वहाँ दुकानों की दीवारों पर पोस्टर चिपकाने लगे।

मगर उनकी किस्मत ने वहाँ भी उन्हें धोखा दे दिया। अभी तीन ही पोस्टर चिपकाए थे उन दोनों ने कि दूसरी ओर से उन्हें भजन लाल आता हुआ दिखाई दिया। अपने पापा जी को अपनी ओर आते देख कर राजू की सिट्टी-पिट्टी गुम हो गई। उन दोनों के बीच तकरीबन सत्तर गज़ का फ़ासला था। सांझ के झुटपुटे में भजन लाल ने उन दोनों को पहचाना था या नहीं, यह कहना राजू के लिए मुश्किल था परन्तु अपने पापा जी को अपनी ओर आते देखकर राजू ने बिट्टू को इशारा किया और दोनों सिर पर पाँव रख कर भागे। भागते-भागते एक-दो पोस्टर उनके हाथ से निकल कर ज़मीन पर गिर गए।

उधर हंस राज अपने आका माइल्स अरविंग को काँग्रेस की मीटिंग व उसमें लिए गए फ़ैसले की जानकारी दे रहा था।

''तो तुम यह कहना चाहते हो कि तुम्हारी मौजूदगी या ग़ैरमौजूदगी का काँग्रेस के फ़ैसले पर कोई असर नहीं होता। ''देन व्हाट परपज़ डू यू सर्व, हंस राज ?'' (Then what purpose do you serve, Hans Raj?) हमें तुम्हारा क्या फ़ायदा ?'' माइल्स ने खीझ कर कहा। वो शहर का हुक्मरान था परन्तु शहर में कुछ भी उसके मुताबिक नहीं हो रहा था। हर बीतते दिन के साथ शहर की कमान उससे छूटती जा रही थी और वो कुछ नहीं कर पा रहा था। हंस राज माइल्स के तेवर देखकर पल भर के लिए सहम गया। परन्तु शीघ्र ही स्वयं को सहज करके बोला, ''हुज़ूर आप नाहक परेशान हो रहे हैं। बदर-उल-इस्लाम को अध्यक्ष बना भी दिया तो क्या हुआ ? जब तक सतपाल और किचलू की आवाज़ बंद रहेगी, तब तक इस शहर में कोई हलचल नहीं होगी।''

''वैल'' (Well) उन दोनों की ज़बान को बंद रखने का इंतज़ाम कर दिया गया है। पुलिस की गश्त भी बढ़ा दी है। तुम काँग्रेस के ज़्यादा-से-ज़्यादा लीडरों को अपने साथ मिलाओ। और यह काम जल्दी होना चाहिए, समझे !''

''जी हुज़ूर। मैं इसी कवायद में जुटा हूँ।''

माइल्स के तेवर तीखे होते देखकर हंस राज ने वहाँ से खिसकने में ही भलाई समझी। माइल्स से आज्ञा लेकर वो तुरंत ही अपनी साइकिल पर सवार हो अपने घर की ओर रवाना हो गया। परन्तु अपने घर पहुँचते-पहुँचते उसे यह

अंदाज़ा हो गया था कि कल उसकी और भी फ़जीहत होने वाली थी। कारण यह कि उसके घर के रास्ते में पड़ने वाली हर गली और हर बाज़ार में 6 अप्रैल की हड़ताल व जलियांवाले बाग में जलसे की सूचना देते हुए पोस्टर लगे थे। 'कुछ घंटे भी नहीं हुए मीटिंग ख़त्म हुए और शहर पोस्टरों से अटा पड़ा है। यह बदर तो बड़ी तेज़ चीज़ निकला,' सोचते हुए हंस राज ने साइकिल की स्पीड बढ़ा दी और साइकिल की दिशा अपने साथी चंदर भान के घर की ओर कर दी।

~

गुरदित्त सिंह कामागाटा मारु, यह अजीब-सा नाम सुनकर उद्धम व साधु सिंह ने एक-दूसरे की ओर देखा।

"यह पंजाबी नाम तो नहीं लगता जी," उद्धम ने कहा।

"यह जापानी नाम है," गुरदित्त सिंह ने जवाब दिया।

"पर आप तो जापानी नहीं लगते।"

"बेटा, कामागाटा मारु एक जहाज़ का नाम है," गुज्जर सिंह, जो अब तक खामोश था, उद्धम सिंह और साधु सिंह के मन की उलझनों को सुलझाने की नीयत से बोला। "एक बहुत बड़ा जापानी जहाज़ जिसे गुरदित्त सिंह जी ने किराए पर लिया था हिन्दुस्तानियों को कनाडा ले जाने के लिए परन्तु कनाडा की गोरी सरकार ने उस जहाज़ को किनारे नहीं लगने दिया।"

"वो क्यों?"

"क्योंकि वो नहीं चाहते कि हिन्दुस्तानी उनके मुल्क़ में आएं। वो कनाडा को केवल गोरों का ही मुल्क़ बनाए रखना चाहते हैं," गुज्जर सिंह ने कहा।

"तो इसमें गलत क्या है? उनका देश है, वो जिसे चाहे आने दें, जिसे चाहे न आने दें," साधु सिंह ने कहा।

"तुम्हारी बात में दो गलत धारणाएं हैं। पहली बात तो यह कि वो देश गोरों का नहीं, देश वहाँ के मूल निवासियों का है।"

"मूल निवासी?"

"जैसे हम हैं ना भारत के मूल निवासी और गोरे बाहर से आए हैं वैसे ही कनाडा व अमरीका में भी वहाँ के मूल निवासी रहते हैं और गोरों ने उनकी ज़मीन पर कब्ज़ा करके उस मुल्क़ को अपना मुल्क़ करार दे दिया।"

"और मज़े की बात यह है," गुरदित्त ने कहा, "कि गोरे उन मूल निवासियों को इंडियन यानी भारतीय कहते हैं।"

"सच?" उद्धम व साधु की आँखें विस्मय से फैल गईं।

"हाँ, और दूसरी गलत धारणा यह कि हम वहाँ बिन बुलाये मेहमान की तरह गए थे," गुज्जर सिंह ने कहानी को आगे बढ़ाते हुए कहा। "भारत और कनाडा, दोनों ही ज़मीनों पर बर्तानवी झंडा लहराता है और ब्रिटिश कानून के मुताबिक ब्रिटेन के अधीन सभी देशों के निवासी एक-दूसरे के देश में बेरोकटोक आ-जा सकते हैं। इसलिए कनाडा में जाने का हम लोगों को पूरा हक़ था। लेकिन वहाँ की स्थानीय सरकार ने हमारे इस हक़ से हमें वंचित कर दिया। दो महीने तक हमारा जहाज़ वैनकूवर के तट पर खड़ा रहा। कनाडा में पहले से रह रहे भारतीयों की मदद से हमने लंबी कानूनी लड़ाई लड़ी परन्तु हमारी एक न चली। फिर एक दिन कनाडा की सरकार ने एक बोट में कुछ शस्त्रधारियों को जहाज़ पर हमला करने के लिए भेजा। गुरदित्त सिंह जी के नेतृत्व में जहाज़ के मुसाफ़िरों ने उस बोट पर पत्थरों और कोयले की बारिश कर दी। शस्त्रधारी हार कर वहाँ से भाग गए।" यह सुनकर दोनों नौजवानों के चेहरे पर मुस्कान फैल गयी।

गुज्जर सिंह ने आगे बताया। "अगले दिन कनाडा की सरकार ने HMS रेनबो नाम के जंगी बेड़े को जहाज़ पर हमला करने के लिए भेजा। तोपों और मशीनगनों से लैस उस जहाज़ का मुकाबला पत्थरों से करना असंभव था। इसलिए दो महीने के लंबे इंतज़ार के बाद कामागाटा मारु जहाज़ भारत की ओर रवाना हो गया।"

"क्या आप भी उसी जहाज़ पर सवार थे?" साधु सिंह ने गुज्जर सिंह से पूछा।

"नहीं, मैं नहीं था उस जहाज़ पर। मेरी बहन थी उस पर व मेरा सात साल का भानजा। मैं तो वैनकूवर के तट पर खड़ा लहरों के पार खड़े उस जहाज़ को देखता और रोज़ अपनी विवशता पर आँसू बहाता था। मुझे ख़बरें मिलती रहती थीं कि जहाज़ पर खाने और पीने के पानी की कमी हो गई है। ऐसी हालत में एक भाई के लिए रोटी का एक कौर मुँह में डालना अथवा पानी का एक घूंट भी पीना कितना कष्टदायक होता है, इसका वर्णन भी मैं तुमसे नहीं कर सकता।" अपनी बात पूरी करते-करते गुज्जर सिंह की आँखों में आँसू आ गए जो कि उसके सीने में धधकते दुःख और क्रोध के प्रतीक थे।

"तो फिर आप भारत कब आए?" उद्धम ने पूछा।

"तीन साल पहले।"

"अपनी बहन से मिल लिया?"

गुज्जर ने इस प्रश्न का उत्तर नहीं दिया। उसके दाएं हाथ का अंगूठा और तर्जनी उसकी आँखों पर चली गई और उसके सीने से एक लंबी सांस निकली।

"गुज्जर सिंह की बहन अब इस दुनिया में नहीं है," गुरदित्त सिंह ने कहा।

"अरे! क्या हुआ?"

"वो अंग्रेज़ों की गोलियों का शिकार होकर कलकत्ता के पास बज-बज स्टेशन पर शहीद हो गई।" गुरदित्त सिंह की बात सुनकर कुछ समय तक कमरे में सन्नाटा छा गया।

उद्धम सिंह और साधु सिंह के मन में सवाल तो कई उठ रहे थे परन्तु वो समझ नहीं पा रहे थे कि किस तरह वो उन सवालों को पूछें। कुछ समय की असहज ख़ामोशी के बाद गुरदित्त सिंह ने कहा, "जब हमारा जहाज़ बज-बज बंदरगाह पर पहुँचा तो हमारा स्वागत अंग्रेज़ों की गोलियों से हुआ।"

"लेकिन क्यों?"

"क्योंकि सरकार को शक था कि कामागाटा मारु के यात्रियों में ग़दर पार्टी के सदस्य हो सकते हैं। सरकार ने हम सबको पंजाब जाने का हुक्म दिया। हम थके-हारे और कंगाल अवस्था में थे। ऐसी हालत में पंजाब नहीं बल्कि कलकत्ता जाना चाहते थे। अपनी यात्रा से सकुशल वापिस आ जाने के उपलक्ष्य में हमने *श्री गुरु ग्रन्थ साहिब जी* के अखंड पाठ का आयोजन किया। जहाज़ से *श्री गुरु ग्रन्थ साहिब जी* की पालकी लेकर हम गुरुद्वारे की तरफ़ जा रहे थे कि तभी अंग्रेज़ी फ़ौज की एक टुकड़ी ने हमें पंजाब जाने वाली गाड़ी में चढ़ने का हुक्म दिया। जब हमने ऐसा करने से इंकार किया तो फ़ौजियों ने हम पर गोली चला दी। इस गोलीबारी में बीस से ज़्यादा लोग शहीद हो गए। मेरा सात साल का बेटा भी मुझ से बिछुड़ गया जो बहुत जद्दोजहद के बाद मुझे मिला। पुलिस अभी भी मुझे जगह-जगह ढूँढ़ रही है पर मैं पिछले पाँच साल से उनको चकमा दे रहा हूँ।" गुरदित्त सिंह खामोश हो गया।

सात समंदर पार हुई कामागाटा मारु की घटना और उसके बाद बज-बज में हुई फ़ायरिंग के बारे में मैं भी कुछ नहीं जानता था इसलिए साधु और उद्धम

की तरह मैं भी इस कहानी के बारे में और जानने को उत्सुक था। परन्तु मैं प्रश्न नहीं पूछ सकता था। केवल उम्मीद कर सकता था कि जो सवाल मेरे मन में उठ रहे थे वही सवाल उद्धम और साधु की ज़ुबान पर भी आ जाएँ। और मेरे मन की मुराद जल्दी ही पूरी हो गई। उद्धम ने धीमे से पूछा, ''यह ग़दर पार्टी क्या है और इसका सदस्य होने पर अंग्रेज़ों को एतराज़ कैसा?''

''ग़दर पार्टी का गठन 1913 में अमरीका में किया गया था। कनाडा में भी बहुत से भारतीय इसके सदस्य बने। इस पार्टी का मक़सद था भारत की अंग्रेज़ी हुकूमत के विरुद्ध युद्ध छेड़ना और भारत को गुलामी से निजात दिलाना। 1857 की जंग-ए-आज़ादी के बाद यह पहला मौका था जबकि हिन्दुस्तानियों ने हथियारबंद तरीके से अंग्रेज़ी हुकूमत से टक्कर लेने की तैयारी की थी। अमरीका और कनाडा में बसने वाले तकरीबन आठ हज़ार भारतीय इस जंग में भाग लेने के लिए निकल पड़े। परन्तु सरकार को इसकी भनक पड़ गई। कई बागी पकड़े गए, बहुतों को फांसी हुई, कइयों को कालापानी भेज दिया गया और बहुत सारे अभी तक पुलिस से छुपते हुए घर से बेघर हो कर घूम रहे हैं। उन शहीदों में एक, करतार सिंह सराभा तो उद्धम सिंह, लगभग तुम्हारी ही उम्र का था,'' कह कर गुज्जर सिंह ने उद्धम के सिर पर हाथ रखा।

फिर गुरदित्त सिंह ने कहा, ''ग़दर पार्टी की गतिविधियों का बहाना बना कर ही तो सरकार ने रौलेट ऐक्ट जैसा काला कानून पूरे देश में लागू कर दिया जिससे वो महज़ शक की बिनाह पर, बिना किसी वारंट के किसी को भी गिरफ़्तार कर के बिना कोई मुकदमा चलाये, महीनों तक जेल में बंद रख सकते हैं।''

''और इसी रौलेट ऐक्ट के विरुद्ध गाँधी जी की अगुवाई में सारे भारतीय लामबंद हो रहे हैं,'' उद्धम ने कहा।

''अब पूरी बात तुम्हारी समझ में आई,'' भाग सिंह ने मुस्कुरा कर कहा।

''बेटा उद्धम, यह दुनिया बहुत छोटी होती जा रही है। व्यापार के लिए, नौकरी के लिए, पढ़ाई के लिए बहुत से हिन्दुस्तानी यूरोप और अमरीका जाते हैं। परन्तु जब तक भारत आज़ाद नहीं होगा, तब तक हमें विदेशों में कभी भी बराबरी का दर्जा नहीं मिलेगा और न ही वहाँ हमें कोई इज़्ज़त की नज़र से देखेगा,'' गुज्जर सिंह ने कहा, ''इसलिए हम ये चाहते हैं कि तुम्हारे जैसे नौजवान अंग्रेज़ी सरकार के खिलाफ़ लड़ाई की बागडोर अपने हाथ में लें, और महज़ एक कानून को बदलने के लिए नहीं बल्कि भारत को ग़ुलामी से आज़ाद

करवाने के लिए संघर्ष करें। करतार सिंह सराभा तो चला गया परन्तु मुझे तुम सभी नौजवानों की सूरतों में उसका अक्स दिखाई देता है। तुम नौजवानों से ही सारी उम्मीदें हैं वरना हम बूढ़े तो केवल बातें ही कर सकते हैं।''

''आपकी बातों ने कितना जोश, कितनी हिम्मत दी है, क्यों उद्धम?'' साधु ने कहा।

''ठीक कहा वीरे,'' उद्धम ने कहा और फिर गुरदित्त सिंह और गुज्जर सिंह से बोला, ''कितना तजुर्बा है आप लोगों का, कितना संघर्ष किया है जीवन में। रहती दुनिया तक लोग याद रखेंगे आपकी क़ुर्बानियों को।''

''अरे ऐसा कुछ नहीं है बेटा। हमें शोहरत नहीं आज़ादी चाहिए। और तुम्हें यह सब बताने का सिर्फ़ यह मक़सद था कि तुम लोग यह समझ सको कि देश में नहीं बल्कि विदेशों में भी आज़ादी की शमा रौशन कर दी गई है। बस तुम संघर्ष को मद्धिम न होने देना,'' गुरदित्त सिंह ने कहा।

~

2 अप्रैल को रत्ती देवी अपनी बहन विद्या के साथ सुबह-सुबह ही बड़े मंदिर में पूजा के लिए गई। रास्ते में जहाँ भी उनकी नज़र जाती वहाँ या तो उन्हें नवरात्र सम्बन्धी सजावट देखने को मिलती या फिर 6 अप्रैल की हड़ताल की घोषणा करते पोस्टर। विद्या चाहती थी कि गोपाल भी उनके साथ मंदिर चले परन्तु गोपाल को तो छज्जू राम ने अपने साथ काँग्रेस के काम में लगा लिया था। अब ऐसे माहौल में भला गोपाल मना भी कैसे कर सकता था। रत्ती देवी इस बात से खुश थी। उसे अपनी बहन के साथ अकेले वक़्त बिताने को मिल रहा था। आज वो सोच कर निकली थी कि मंदिर में दर्शन करने के बाद दोनों बहनें खूबी राम हलवाई की दुकान से पूरियाँ खाएँगी और लस्सी पीयेंगी। मंदिर में आरती शुरू हो गयी थी। रत्ती देवी ने अपना ध्यान पूरियों से हटा कर माता दुर्गा की प्रतिमा की ओर कर लिया।

उसी दिन सुबह के वक़्त बदर-उल-इस्लाम और गुरबख्श सिंह डॉक्टर किचलू से मिलने उसके घर पहुँचे। किचलू के घर के बाहर तैनात पुलिसवालों ने जब उन्हें अंदर जाने से रोकना चाहा तो गुरबख्श सिंह ने नज़रबंदी संबंधी कानून के नुक्ते बताकर उन्हें खामोश कर दिया। पुलिसवालों को निरुत्तर कर के

दोनों ढाब खटीकां में मोहल्ला वकीलां में स्थित डॉक्टर किचलू के तीन मंज़िला मकान की छत पर पहुँचे। सुबह की हवा में अभी भी हल्की-सी ताज़गी थी। शहर के अलग-अलग कोनों से मंदिरों की घंटियों की आवाज़ें आ रही थीं। किचलू का नौकर तीनों के लिए चाय रख गया था। बदर-उल-इस्लाम ने चाय के कप में एक चम्मच चीनी डाली और उसे हिलाते हुए कहा, ''किचलू भाई, आप को और सतपाल जी को नज़रबंद करके माइल्स ने दोहरी चाल चली है। आप दोनों शहर के न सिर्फ़ सबसे कद्दावर नेता हो बल्कि हिन्दू-मुस्लिम इत्तेहाद की मिसाल भी हो।''

''बदर भाई ठीक कह रहे हैं,'' गुरबख्श सिंह ने कहा, ''जब आप दोनों मिलकर शहर की अगुवाई करते हैं तो आपका वार सीधा अंग्रेज़ सरकार की फूट डालो और राज करो की नीति पर होता है और इस नीति के सहारे ही तो गोरों ने पूरे हिन्दुस्तान को अपने कब्ज़े में किया है।''

''तो फिर हमें कुछ ऐसा करना चाहिए जिस से कि हम हुकूमत को यह पैगाम पहुँचा सकें कि उनकी फूट डालो और राज करो की यह नीति अब और नहीं चल सकती। कुछ ऐसा, जिससे कि हमारा शहर पूरे मुल्क़ के लिए हिन्दू-मुस्लिम इत्तेहाद की मिसाल बन जाये,'' किचलू ने कहा।

''ऐसा क्या किया जा सकता है?'' गुरबख्श सिंह के सवाल पर तीनों सोचते-सोचते ख़ामोश हो गए।

बड़े मंदिर में आरती ख़त्म हुई। पंडित ने सभी देवी-देवताओं की जय-जयकार बुलाई। भक्तों ने पूरे जोश के साथ जयकारे लगाए। इसके बाद पंडित ने एक शंख उठाया और उसे फूँक दिया। उसके पीछे-पीछे चार अन्य पंडितों ने भी शंखनाद किया। पूरे शहर में शंख-ध्वनि गूँज गई।

डॉक्टर किचलू की छत पर बैठे गहन सोच में डूबे तीनों काँग्रेसियों के कानों में भी यह शंख-ध्वनि पड़ी। शंख-ध्वनि सुनते ही किचलू के दिमाग में एक विचार कौंधा। उसने अपना विचार अपने दोनों साथियों को सुनाया। किचलू की बात सुनते ही गुरबख्श सिंह और बदर-उल-इस्लाम के चेहरे पर मुस्कान फैल गयी और आँखों में चमक आ गई।

जैसे फूल सुबह की पहली किरण का आनंद लेता है ठीक वैसे ही विद्या, स्वर्ण मंदिर व बड़े मंदिर के बीच वाले रास्ते पर अमृतसर की पावन गंध का आनंद ले रही थी। बड़े मंदिर से जब दोनों बहनें निकलीं तो रत्ती देवी सीधी

खूबी राम हलवाई की दुकान पर जाकर रुकी। हमेशा की तरह दुकान पर भीड़ थी। बड़ी-सी कड़ाही में खौलते देसी घी में पूरियाँ तली जा रही थीं। रत्ती देवी के मुँह में तो जैसे सैलाब आ गया। मगर विद्या ने उसकी उम्मीदों पर पानी फेर दिया। उसने कहा, ''मैं पहले हरिमंदिर साहिब माथा टेकना चाहती हूँ, फिर नाश्ता करेंगे।''

''विद्या, मुझे भूख लगी है।''

''थोड़ी देर और बर्दाश्त कर लो ना मेरी खातिर। और फिर अंदर कड़ाह परशाद भी तो मिलेगा।'' कहकर विद्या अपनी बहन की बाँह खींच कर घंटा घर की ओर ले गई।

घंटा घर हरिमंदिर साहिब में जाने वाले चार दरवाज़ों में से एक है जो कि स्वर्ण मंदिर के पूर्व की ओर है। खूबी राम की दुकान से इसकी दूरी महज़ सौ गज़ की है। खूबी राम की दुकान से जलियांवाले बाग की दूरी भी इतनी ही है। जोड़ा घर में चप्पलें जमा करवा के दोनों बहनें स्वर्ण मंदिर की परिक्रमा में पहुँचीं। हालाँकि वो पहली बार यहाँ नहीं आयी थीं, पर इस तीर्थ का नज़ारा ही कुछ ऐसा है कि जब भी इसके दर्शन करो, ऐसा लगता है कि जैसे आज पहली बार ही देखा है। मैंने तो तब से, जब गुरु रामदास जी ने इस सरोवर को खुदवाया और अपनी देख-रेख में मंदिर का निर्माण करवाया और फिर जब महाराजा रणजीत सिंह ने इस पर सोने का पानी चढ़ाया, कई रूप देखे हैं इस पावन जगह के। कुछेक बार तो ऐसे रूप देखे हैं जिन्हें याद करके मैं सिहर उठता हूँ परन्तु वो कहानियां फिर कभी सुनाऊंगा। बस इस लेखक के हाथों में ताक़त रहनी चाहिए, कहानियों की आपके कुरु के पास कोई कमी नहीं है।

विद्या और रत्ती देवी घंटा घर की ओर से परिक्रमा में दाखिल हुईं और बायें हाथ मुड़ कर पहले उन्होंने दुःख-भंजनी बेरी के नीचे खड़े होकर सरोवर के पानी के छींटे अपने शरीर पर डाले। उसके बाद थड़ा साहिब व बाबा दीप सिंह के शहीदी स्थल पर माथा टेकती हुईं दर्शनी ड्योढ़ी पर पहुँचीं। दर्शनी ड्योढ़ी की दहलीज़ लांघते ही विद्या को अपने अंदर अमृत संचार की अनुभूति हुई। तभी उसकी नज़र हरिमंदिर की पृष्ठभूमि में एक सात मंज़िला इमारत पर पड़ी। यह इमारत, बाबा अटल साहिब गुरद्वारा,उस समय अमृतसर की सबसे ऊँची इमारत थी। बचपन में विद्या भाग कर इसकी सीढ़ियां चढ़ जाती थी और घंटों सातवीं मंज़िल की छतरी पर बैठी अमृतसर का नज़ारा देखा करती थी। श्री हरिमंदिर

साहिब में माथा टेकने के बाद विद्या ने बाबा अटल जाने की इच्छा ज़ाहिर की तो रत्ती बिफर पड़ी।

"अब क्या बाबा अटल भी जाना है? लाहौर देखना है क्या वहाँ से?" आसमान खुला हो तो बाबा अटल से लाहौर भी दिख जाता था उन दिनों। "मेरी जान निकल रही है भूख के मारे।"

"कल चलेगी?" विद्या ने बच्चे की तरह कहा।

"हाँ।"

"पक्का?"

"पक्का। अब जल्दी से माथा टेक ताकि कम-से-कम कड़ाह परशाद तो खाने को मिले," कहकर रत्ती देवी ने विद्या को धकेल कर स्वर्ण मंदिर में रखी *आदि ग्रन्थ* की बीड़ के आगे खड़ा कर दिया।

~

लाला भजन लाल के घर में शादी की चहल-पहल दिन-ब-दिन बढ़ती जा रही थी। संतोष और सरला बुआ मोहल्ले की कुछ औरतों के साथ बैठक में बैठी एक साड़ी-फ़रोश द्वारा लाई गईं साड़ियाँ देख रही थीं। ज़मीन पर कई किस्म व कई रंगों की साड़ियों का ढेर लगा था और साड़ी-फ़रोश जिसका नाम तो सतीश था पर सब उसे तीछा कहकर बुलाते थे, संतोष व सरला को लुभाने के लिए एक से एक बढ़िया साड़ियाँ दिखा रहा था। संतोष लाल रंग की कोई बढ़िया-सी साड़ी तलाश कर रही थी जबकि सरला की आँखें मोरपंखी रंग में अच्छा-सा लहंगा ढूँढ़ रही थीं। तीछा बड़े सब्र के साथ एक-के-बाद एक साड़ियाँ और लहंगे उन्हें दिखा रहा था पर अभी तक उन दोनों को कुछ ख़ास जंचा नहीं था। पर तीछा भी मंझा हुआ खिलाड़ी था। न तो उसके पास साड़ियों की कमी थी न ही सब्र की। तीछे और औरतों के बीच शब्दों की खींचतान अभी चल ही रही थी कि कमरे का दरवाज़ा खुला और चार आगंतुकों ने प्रवेश किया।

"बुआ जी, अपनी लाड़ली भतीजी के लिए भी तो कोई नई साड़ी चुन लो," आगंतुकों में सबसे पहले कमला अंदर आई थी। कमला, भजन लाल और संतोष की दूसरी बेटी थी। उनकी बड़ी बेटी लीलावती की शादी अमृतसर में ही हुई थी और वो दिन में कई बार मायके का चक्कर लगा जाती थी, आखिर

उसके भाई की शादी जो थी। कमला का ससुराल लखनऊ में था, इसलिए वो अपने पति सुदेश व दो बच्चों बबलू और भोली के साथ शादी से हफ़्ता भर पहले मायके पहुँच पाई थी। अपनी भतीजी का चेहरा देखते ही सरला बुआ का चेहरा खिल उठा और झट से खड़ी होकर बोली, ''लो जी आ गई मुंडे की बहन। अब फ़ुर्सत मिली है इन लखनऊवालों को।'' सुदेश ने आगे बढ़ कर सरला व संतोष के पाँव छुए।

''जीते रहो, जवानियां मानो,'' दोनों औरतें लगभग एक साथ ही बोलीं।

''पैरी पैना चाई जी, पैरी पैना बुआ जी,'' बबलू और भोली भी सरला और संतोष के पैर छूकर बोले। बबलू छः साल का था और भोली चार साल की। इन दोनों का एक भाई या बहन कमला के पेट में दो महीने से पल रहा था। सरला ने दोनों बच्चों का माथा चूमा और संतोष ने कहा, ''ले परजाई, अब हम इन दोनों की भी चाई और बुआ हो गईं।''

''यह तो अच्छा है ना बुआ जी। दादी माँ कहने से जो एहसास-ए-बुज़ुर्गी होता है, वो तो नहीं होगा,'' सुदेश ने कहा। सुदेश औसत से अधिक लम्बा, दुबला-पतला व्यक्ति था जिसके घुंघराले बाल और नाक पर चौकोर फ्रेम का चश्मा उसे किसी कॉलेज के प्रोफ़ेसर सरीखी छवि देते थे। जबकि हक़ीक़त यह थी वो केवल आठवीं तक पढ़ा था और लखनऊ में कपड़े का कारोबार करता था।

''ओए होए, क्या कहा, ज़रा फिर से तो कहना। एहसास, किस बात का एहसास?'' बात करते हुए सरला बुआ ऐसे चटकारे मार रही थी मानो उसने अभी-अभी इमली की तीखी चटनी समोसे के साथ खाई हो।

''एहसास-ए-बुज़ुर्गी यानी बुढ़ापे का एहसास,'' सुदेश ने कहा।

''इसीलिए पुत्तर हमने लड़की को लखनऊवालों को दिया था कि उसकी आने वाली संतान की बोली एकदम शहद जैसी मीठी हो जाए तुम्हारी तरह। एहसास-ए-बुज़ुर्गी, भई वाह!'' कहते-कहते सरला बुआ ने सुदेश की बलाएं लीं।

''अब बातें ही करती रहोगी या बेटी और दामाद को कुछ खिलाओगी भी?'' संतोष ने कहा, ''लम्बे सफ़र से आये हैं। थक गए होंगे। भूख लगी होगी।''

संतोष की बात सुनते ही सरला ने सुर बदलकर कहा, ''ले बुआ के होते भूख का क्या काम? तुम लोग मुँह-हाथ धो लो। मैं दो मिनट में खाना लगाती

हूँ।'' सरला बुआ जाने लगी तो उसे तीछे का ख़याल आया। ''तीछे, तू घड़ी दो घड़ी दुकान हो आ। मैं सुनेहा भेज कर बुलवा लूंगी तुझे।''

''कोई बात नहीं जी, जब आपका दिल करे हुक्म कर देना,'' कहकर तीछा साड़ियाँ समेटने लगा, ''अब तो खैर से कमला धी भी आ गई है। मेरी बिक्री तो और बढ़ जानी है।'' तीछे की बात ख़त्म होने से पहले ही सरला रसोई का रुख़ कर चुकी थी। संतोष भी सरला के पीछे-पीछे चल दी। इतने में राजू भी वहाँ आ पहुँचा और अपनी बहन को देखते ही बोला, ''ओए! मेरी पुची आ गई!'' उसने कमला को गले लगाया और जीजा को नमस्कार किया।

''कैसा है हमारा छोटा साला?'' सुदेश ने राजू को गले लगाते हुए कहा।

''एकदम बढ़िया। आप लोग मंगनी पर क्यों नहीं आये?''

''अरे भई, पूरे शहर में तो तुम लोगों ने हड़ताल कर रखी थी। आते भी तो कैसे? सरकार ने अमृतसर आने वाली गाड़ियाँ ही रोक दी थीं,'' सुदेश ने सफ़ाई दी।

''हड़ताल तो मंगनी के अगले दिन थी जीजा जी। ऐवें ही बहाने मत बनाओ।''

''अरे साले साहब, हड़ताल का हड़कंप तो पहले ही मच गया था। क्या सच में अमृतसर की हड़ताल उतनी कामयाब थी जैसा हमने अखबारों में पढ़ा?''

''पूरी हड़ताल थी जीजा जी। पूरा शहर एकदम बंद। जलियांवाले बाग में कम-से-कम पच्चीस हज़ार लोग थे। डी.सी. की तो पीपनी बज गई।''

''बाकी बातें बाद में कर लेना,'' कमला ने उनको टोका, ''राजू, तेरे जीजा जी को भूख लगी होगी।''

''भूख तो मुझे भी लगी है।''

''तुझे तो लगी ही रहती है,'' बहन ने चुहल की।

''वो भोली और बबलू कहाँ हैं?'' राजू ने पूछा।

''वो तो पहले ही बुआ के पीछे-पीछे रसोई में चले गए बिलकुल तुम पर गए हैं,'' कमला ने कहा।

''क्यों नहीं जाएंगे, आखिर मामा हूँ, वो भी छोटा वाला।'' राजू अपने भांजी और भांजे को ढूँढ़ता हुआ रसोई की तरफ़ चला गया।

अपने घर की चहल-पहल से दूर लाला भजन लाल अपनी दुकान पर बैठे

गली से उठाये हुए पोस्टर को निहार रहे थे। दुकान के दोनों नौकर रोमी और पप्पी जुड़वां भाई थे। अभी दोनों के चेहरे पर मूँछें भी नहीं आई थीं कि गरीब माँ-बाप ने लाला जी की दुकान पर रखवा दिया था। भजन लाल का मिज़ाज कुछ उखड़ा हुआ था। कल जो लड़के उसको देख कर भाग गए थे, उनमें से एक राजू जैसा लगता था और दूसरा उसके दोस्त बिट्टू जैसा। शाम के झुटपुटे में वो अच्छी तरह से तो नहीं दिखे थे मगर अगर वो राजू और बिट्टू नहीं थे तो फिर वो भागे क्यों? इसी उधेड़बुन में बैठे भजन लाल ने वही किया जो परेशानी और खीझ मिटाने के लिए अक्सर अमृतसर के दुकानदार करते हैं। उसने अपने नौकर को आवाज़ दी, "ओए रोमी! जा, जाकर केशो राम से एक आलू वाला कुलचा लेकर आ।"

"जी, लाला जी," कहकर रोमी दुकान से निकलने ही वाला था कि भजन लाल ने फिर कहा, "आते-आते लस्सी भी लेते आना ज्ञान हलवाई से।"

"जी, बिलकुल ठीक है।" दुकान से बाहर जाते-जाते रोमी काउंटर के पास जाकर रुक गया और भजन लाल से बोला, "लाला जी, लस्सी विच मलाई मारनी है जी?"

"तो और क्या तूने मलाई अपनी चाई के लिए बचानी है। मलाई पूरी हो और लस्सी गिलास के कड़े तक भरी हो, समझा?"

लाला जी के तेवर देखकर रोमी जल्दी से भाग लिया। अपने भाई के जाते ही मालिक से चुहल करने का ज़िम्मा पप्पी ने संभाल लिया।

"लाला जी, आज घर में नाश्ता नहीं मिला?"

भजन लाल ने घूर कर पप्पी को देखा। फिर अपने दिल की भड़ास निकाल दी, "ओए खाकर आया हूँ दो परांठे पर कल रात से जब से यह पोस्टर देखा है, सब खाया-पिया हराम हो गया है।"

"यह है क्या लाला जी?"

"तेरी माँ का सिर है। दिख नहीं रहा कि पोस्टर है। काँग्रेस ने फिर से हड़ताल की तैयारी शुरू कर दी है।"

"फिर से हड़ताल?" संभावित छुट्टी की कल्पना करते हुए पप्पी ने मुस्कुराकर पूछा, "इस बार कब है?"

"जिस दिन तेरे पापे की शादी है। चल जाकर काम कर अपना। हड़ताल के नाम पर कैसे लार टपकती है तेरी।"

पप्पी डांट खाकर दुकान के कोने में सिमटकर काम में लग गया। तभी वहाँ

एक जांगम मुनि आया। शिव भक्त इन जांगम मुनियों की वेशभूषा निराली ही होती है। सिर पर जूड़ा, हाथ में घंटी और तन पर चोगा और धोती ओढ़े ये अमृतसर की गलियों में अक्सर भगवान शिव का गुणगान करते हुए मिल जाते हैं। इन्हें भिक्षा देने से कोई मना नहीं करता। जांगम ने भजन लाल के सामने अपनी घंटी उलटी करके रख दी। उसके मुँह से लगातार शिव की स्तुति निकल रही थी। भजन लाल ने घंटी में इकन्नी रखी। जांगम आशीर्वाद देकर जाने के लिए मुड़ा तो भजन लाल का पारा और चढ़ गया। जांगम की पीठ पर हड़ताल का पोस्टर चिपका था।

ठीक वैसा ही एक पोस्टर माइल्स अरविंग के दफ़्तर में उसकी मेज़ पर पड़ा था। माइल्स के माथे पर पड़े बल हर पल के साथ गहराते जा रहे थे। उसने फ़ोन उठाया और ऑपरेटर से माइकल ओ'ड्वायर के दफ़्तर से संपर्क साधने के लिए कहा।

उधर हॉल बाज़ार में से पचास के करीब लड़कियों का एक जुलूस निकल रहा था। इस जुलूस की अगुवाई नीरू कर रही थी। जिस समय यह जुलूस भजन लाल की दुकान के सामने से निकला उस वक़्त ज्ञान हलवाई की लस्सी का आखिरी घूँट भजन लाल के हलक से नीचे उतर रहा था। फ़िज़ा में ''महात्मा गाँधी, ज़िंदाबाद'' के नारे गूँज रहे थे। लड़कियों का वो जुलूस पुतलीघर स्थित अनाथालय के सामने से भी गुज़रा। नारों की आवाज़ सुनकर साधु सिंह, उद्धम सिंह और अनाथालय में रहने वाले अन्य बच्चे और नौजवान बाहर आ गए। लड़कियों के नारों से सब में जोश भर गया। नारे लगाते-लगाते सभी लड़कियाँ राहगीरों के हाथों में 6 अप्रैल की हड़ताल की घोषणा करते परचे पकड़ा रही थीं। उद्धम और साधु ने भी परचे पकड़े। अनाथालय के सभी लड़के अपने घड़े और मशकें साफ़ करने में लग गए।

लड़कियों का यह जुलूस कटड़ा आहलूवालीया से होकर भी गया जहाँ बदर-उल-इस्लाम और गुरबख्श सिंह, डॉक्टर किचलू द्वारा सुझाये गए प्रस्ताव को लेकर बड़े मंदिर की ओर जा रहे थे। बड़े मंदिर में सुबह-सुबह आने वाले भक्तों की भीड़ उस समय तक थोड़ी कम हो चुकी थी। लोग सुबह की आरती में माँ भगवती का गुणगान करके अपनी-अपनी दिनचर्या में मसरूफ़ हो चुके थे। ऐसे में मंदिर का मुख्य पुजारी बद्री परसाद भी अपने कक्ष में बैठा आने वाले दिनों में मंदिर में होने वाले कार्यक्रमों की रूपरेखा तैयार करने में व्यस्त था।

''पडित जी, क्या हम भीतर आ सकते हैं?'' गुरबख्श सिंह ने कमरे का

दरवाज़ा हल्का-सा खोलकर पूछा।

पंडित बद्री परसाद ने अपने सामने रखी लाल रंग की पोथी से नज़रें उठा कर देखा तो सामने एक पगड़ीधारी सिख व उसके ठीक पीछे अचकन और टोपी पहने एक मुसलमान खड़ा था। पंडित के चेहरे पर हल्की-सी शिकन तो आयी पर वो शिकन शीघ्र ही एक मुस्कान में बदल गई। ''आइए सरदार साहब,'' पंडित ने खड़े होकर हाथ जोड़ दिए।

''नमस्कार पंडित जी,'' गुरबख्श सिंह और बदर-उल-इस्लाम ने एक साथ कहा और तीनों ज़मीन पर बिछी दरी पर बैठ गए। गुरबख्श सिंह ने अपना और बदर-उल-इस्लाम का परिचय कराया।

''कहिये, मैं आपकी क्या सेवा कर सकता हूँ?'' पंडित ने पूछा।

''पहले तो पंडित जी, आपको नवरात्र की बहुत-बहुत बधाई हो,'' बदर ने कहा।

''माँ भगवती की कृपा सब पर बनी रहे,'' पंडित ने हाथ जोड़कर कहा।

''पंडित जी, आप तो जानते ही हैं कि मुल्क का माहौल कैसा है। सब ओर अंग्रेज़ी हुकूमत के ख़िलाफ़ लहर चल रही है,'' गुरबख्श सिंह ने मुद्दे पर आते हुए कहा।

''जानता हूँ सरदार जी, भगवान की सेवा के साथ-साथ हम जहान की भी ख़बर रखते हैं।''

''इस सिलसिले में गाँधी जी ने 6 अप्रैल को देशव्यापी हड़ताल का आह्वान किया है।''

''जी,'' पंडित के माथे पर हल्की-सी शिकन लौट आई। गुरबख्श सिंह थोड़ा असहज हो गया।

बदर ने गला साफ़ करके कहा, ''हम आपके पास एक इल्तज़ा लेकर आये हैं।''

''आप बेफ़िक्र रहिये, मैं मंदिर में आने वाले हर भक्त से कहूँगा कि वो इस हड़ताल में ज़ोर-शोर से हिस्सा ले,'' पंडित ने कहा।

''आपका बहुत-बहुत शुक्रिया मगर इस बार हमारी दरख़्वास्त हड़ताल में शामिल होने की अपील से कुछ बढ़कर है,'' बदर ने थोड़ा झिझकते हुए कहा।

''जी, मैं समझा नहीं।''

बदर-उल-इस्लाम ने गुरबख्श सिंह की ओर देखा। गुरबख्श सिंह बदर

की झिझक को समझ कर पंडित से मुख़ातिब होकर बोला, ''पंडित जी, नवरात्र के आखिरी दिन यानी रामनवमी को,'' कहते कहते गुरबख्श सिंह रुक गया।

''रामनवमी को क्या?''

''रामनवमी वाले दिन जो जुलूस निकलेगा, हम चाहते हैं कि वो जुलूस हिन्दू-मुस्लिम इत्तेहाद की ऐसी मिसाल बने जिससे पूरे मुल्क में अंग्रेज़ों की फूट डालो और राज करो की नीति की जड़ें हिल जाएं।'' गुरबख्श सिंह ने हिम्मत करके एक सांस में ही कह दिया। पंडित ने कुछ कहा नहीं पर उसके चेहरे पर संदेह और आश्चर्य के मिले-जुले भाव अवश्य थे। ''देखिये पंडित जी, पिछले दो दिन के अंदर-अंदर, डी.सी. ने डॉक्टर सतपाल और डॉक्टर किचलू को नज़रबंद कर दिया, इस उम्मीद में कि ऐसा करने से अमृतसर में रौलेट ऐक्ट का विरोध बंद हो जायेगा। उनकी गैरमौजूदगी में हमने बदर भाई को काँग्रेस का सदर नियुक्त किया है।'' बोलते-बोलते गुरबख्श सिंह पल भर के लिए रुक गया क्योंकि अब जो वो तजवीज़ पेश करने वाला था उसे सिरे से ठुकरा देने की ताक़त बद्री परसाद के पास थी। गुरबख्श सिंह खुद को उस बच्चे की तरह महसूस कर रहा था जो पहली बार अपने पिता से कोई महंगा खिलौना लेने के लिए कहने वाला हो। वो नहीं जानता था कि उसकी बात सुनकर वो कैसी प्रतिक्रिया देंगे। शंका उस कमरे में बैठे तीनों व्यक्तियों के मन में थी। परन्तु दिल्ली में बैठे वाइसरॉय चैम्सफोर्ड और लाहौर में बैठे गवर्नर ओ'ड्वायर की नींदें हराम करने का ऐसा मौका भी आसानी से मिलने वाला नहीं था।

''पंडित जी,'' गुरबख्श सिंह ने बात जारी रखते हुए कहा, ''हम यह चाहते हैं कि इस बार रामनवमी के जुलूस में सब धर्मों के लोग मिल-जुल कर हिस्सा लें।''

''यह तो हमारे शहर की परंपरा है, गुरबख्श सिंह जी। यहाँ हिन्दू ईद पर मुसलमानों से और मुसलमान दीवाली पर हिन्दुओं से हमेशा गले मिलते हैं,'' पंडित ने कहा।

''आप सही फ़र्मा रहे हैं पंडित जी,'' बदर-उल-इस्लाम ने बात को आगे बढ़ाया, ''लेकिन इस बार अगर रामनवमी के जुलूस में हिन्दू संगठनों के साथ-साथ मुसलमानों की मुख़्तलिफ़ जमातों की भी शमहूलियत हो तो...''

''आप कहना चाहते हैं कि मुसलमान रामनवमी के जुलूस में राम लला का गुणगान करते हुए चलेंगे?'' पंडित ने बदर की बात को काटते हुए कहा।

"सामाजिक सौहार्द के तौर पर ईद और दीवाली के मौके पर सेवइयां और मिठाइयाँ बाँटना अलग बात है परन्तु एक हिन्दू होकर कलमा पढ़ना और एक मुसलमान होकर 'जय श्रीराम' कहना, क्या मुस्लिम धर्मगुरु इसकी इजाज़त देंगे?"

पंडित बद्री परसाद की बात में तर्क था। अपने-अपने धर्मों व खुदाओं के डिब्बों में बंद डरी-सहमी मानसिकता के गुलाम लोगों के लिए यह तजवीज़ बेहद चुनौतीपूर्ण थी। सांप्रदायिक प्रेम के साथ-साथ यह भी हक़ीक़त थी कि शहर के चौराहों, यहाँ तक कि रेलवे स्टेशन पर भी 'हिन्दू पानी' और 'मुस्लिम पानी' के रखे हुए मटके इस बात की गवाही देते थे कि इन दोनों धर्मों के अनुयायियों के बीच एक अदृश्य किन्तु मज़बूत दीवार थी।

"आप लोग पहले मुस्लिम धर्मगुरुओं से बात कर लें। यदि वो मान जाते हैं तो मैं आपकी तजवीज़ कमेटी के सामने ज़रूर रखूँगा।" पंडित जी ने हाथ जोड़ दिए। गुरबख्श सिंह और बदर-उल-इस्लाम मंदिर से बाहर आ गए। अब उनकी अगली मंज़िल थी हॉल बाज़ार में स्थित ख़ैर-उद्-दीन मस्जिद।

विद्या और रत्ती देवी जब पूरियाँ खाकर निकलीं तो नीरू की अगुवाई में लड़कियों का जुलूस अपनी मंज़िल यानी श्री हरिमंदिर साहब में दाखिल हो रहा था। नौजवान लड़कियों को ऐसे बेबाक तरीके से जुलूस निकालते और नारे लगाते विद्या ने पहली बार देखा था। नारों से उठते जोश से विद्या की धमनियों में रक्त की गति बढ़ गयी। जुलूस जब उसके सामने से निकला तो उसमें शामिल एक लड़की ने विद्या के हाथ में भी एक परचा पकड़ा दिया। विद्या ने परचे को पढ़ा, मोड़कर तह किया और हिफ़ाज़त से अपने बटुए में रख दिया।

उधर नीरू और उसकी शक्ति ब्रिगेड ने श्री हरिमंदिर साहब में माथा टेका और 6 अप्रैल को होने वाली हड़ताल की सफलता के लिए प्रार्थना की। जुलूस के अपनी मंज़िल पर पहुँचते ही सब लड़कियों को भूख सताने लगी। मगर गुरु के घर में भला भूख का क्या काम? यहाँ तो गुरु का लंगर सदियों से लगातार चलता आ रहा है।

बदर-उल-इस्लाम और गुरबख्श सिंह के पहले किचलू और सतपाल से मिलने और उसके बाद बड़े मंदिर के पुजारी से मिलने की खबर हंस राज तक पहुँच चुकी थी और वो बड़ी बेचैनी से रात के ख़त्म होने का इंतज़ार कर रहा था ताकि सुबह सवेरे यह जानकारी माइल्स तक पहुँचा सके। पर मेरे शहर में नवरात्र की रातें इतनी छोटी नहीं होतीं। और फिर उस दिन तो गली राम मंदिर में माता का जगराता था और इसी गली के एक मकान में अपने बिस्तर पर लेटा हंस राज करवटें बदल रहा था। घर के बाकी सभी सदस्य, उसकी पत्नी कांता, पाँच बच्चे और हंस राज की विधवा माँ, सबके सब जागरण में गए थे। गली का वातावरण माता की भेंटों से नहाया हुआ था। काफ़ी देर कोशिश करने के बाद भी जब हंस राज को नींद नहीं आई तो उसने जागरण में जाने का निश्चय किया।

अपने हज़ारों सालों की चेतनता के दौरान मैंने भक्ति के कई स्वरूपों को देखा है। आदिकाल से ही रावी और ब्यास नदियों के बीच की यह धरती ऋषियों, मुनियों, साधु-संतों, गुरुओं, पीरों की पसंदीदा धरती रही है। मैंने श्री हरिमंदिर साहब में हुई पहली अरदास को भी सुना है, खैर-उद्-दीन मस्जिद की पहली अज़ान को भी सुना है और पहले जागरण में माता के जयकारे लगते भी सुने हैं। आजकल माता के जगरातों का स्वरूप बदल गया है। बड़े-बड़े पंडालों में आधुनिक साज़ों और बड़े-बड़े स्पीकरों के शोर-शराबे के बीच कहीं-कहीं माता की स्तुति भी कानों में पड़ जाती है। परन्तु 1919 में ऐसा नहीं था। गलियों व बाज़ारों में लोग प्रेम व श्रद्धा के भाव से इकट्ठा होते। दो-तीन तख़्त जोड़ कर एक स्टेज बनाकर उस पर माँ की प्रतिमा स्थापित कर दी जाती। माँ के चरणों के पास ही एक हारमोनियमवाला बैठ जाता और एक ढोलकी वाला। मंजीरे तो कई लोगों ने हाथों में पकड़े होते थे। कोई माइक नहीं होता था, कोई स्पीकर नहीं होते थे। भक्तों में से कोई भी एक भेंट शुरू कर देता और बाकी लोग उसका साथ देने लगते। माता की भेंटों के सुर और बोल सब लोगों को विरासत में ही मिलते थे। बच्चे अपने माँ-बाप के मुँह से सुन-सुन कर भेंटें सीख जाते थे और वो भी जागरण में बढ़-चढ़ कर हिस्सा लेते थे।

हंस राज जब जागरण में पहुँचा तो सुबह के साढ़े तीन बज रहे थे। परंपरा के मुताबिक यह समय तारा रानी की कथा का था। तारा रानी की माँ के प्रति भक्ति और उस भक्ति के रास्ते में आने वाली सारी अड़चनों का हारमोनियम पर बैठा व्यक्ति बखूबी वर्णन कर रहा था। तारा रानी की कथा में एक प्रसंग आया,

जब रानी तारा एक छोटी जाति की औरत रुक्को के घर जागरण में जाने के लिए अपने पति महाराजा हरिश्चंद्र द्वारा लगाए गए पहरों को पार करके माँ की स्तुति करने के लिए रुक्को के घर पहुँच जाती है। इस प्रसंग को सुनाते-सुनाते कथावाचक ने कथा का रुख़ मोड़ दिया। हंस राज ने अभी तक कथावाचक की ओर अधिक ध्यान नहीं दिया था। परन्तु जैसे ही हंस राज के कानों में तारा रानी की जगह 'माँ भारती' शब्द पड़े तो उसने आँख उठाकर कथावाचक की ओर देखा। कथावाचक और कोई नहीं बल्कि डॉक्टर सतपाल था। गठा हुआ शरीर, रौबदार चेहरा, आँखों पर पतले फ्रेम का चश्मा व तीखी, लम्बी नाक के नीचे सलीके से कटी हुईं मूँछें।

'अरे ये सतपाल यहाँ कहाँ से पहुँच गया? यह तो नज़रबंद है।' हंस राज हैरत से सतपाल को कुछ पल देखता रहा। उधर सतपाल ने अपनी बात जारी रखी।

"जिस तरह तारा रानी को रुक्को के घर जागरण में जाने के लिए और माँ भगवती का गुणगान करने के लिए कई पहरों को लांघ कर जाना पड़ा, उसी तरह माँ भारती के बच्चों को भी अपनी ही धरती पर आज़ादी से बोलने, विचरने और अपने तरीके से ज़िन्दगी जीने में कठिनाइयाँ आ रही हैं। हम पर भी सौ किस्म के पहरे, हज़ारों बंदिशें लगाई जा रही हैं जिससे कि हम लोग अपनी ही धरती पर आज़ादी से चल-फिर न सकें। लेकिन माँ के भक्तो, अगर तारा रानी अकेली औरत होकर सभी रुकावटों को पार करती हुई देवी माँ के जागरण में जा सकती है तो हम सारे लोग एक संगठित आवाज़ में माँ भारती का जयघोष नहीं कर सकते?" इसके साथ ही सतपाल ने जयकारा बुलाया।

"बोलो अम्बे मैया की!"

"जय!"

"तारा रानी की!"

"जय!"

"भारत माता की!"

"जय!"

"महात्मा गाँधी की!"

"जय!"

जागरण का माहौल अब हंस राज की बर्दाश्त से बाहर हो गया था। स्टेज

पर रखी महिषासुर-मर्दिनी दुर्गा की आँखों का तेज वो सह नहीं पा रहा था। उधर सतपाल द्वारा लगाए जा रहे नारों और जयकारों का स्वर तेज़ होता जा रहा था। हंस राज वहाँ से उठा, लेकिन वो घर नहीं गया। बस अमृतसर की गलियों की भूलभुलैया में कहीं गुम हो गया।

जागरण समाप्त हुआ। हलवा और चनों का प्रसाद पत्ते के दोनों में भर कर कांता अपनी सास व बच्चों के साथ घर पहुँची। उसने न तो हंस राज को जागरण में आते देखा था और न ही वहाँ से जाते। वो तो उम्मीद कर रही थी कि उसका पति टाँगें पसार कर खर्राटे भर रहा होगा। मगर हंस राज तो उस समय अपनी गली से निकल कर नमक मंडी, मिश्री बाज़ार व पापड़ वाला बाज़ार होता हुआ, घंटा घर चौक लांघ कर जलियांवाला बाग पहुँच चुका था। रास्ते में अन्य गलियों में चल रहे जागरण की आवाज़ें उसके कानों में पड़ती रहीं जो कि घंटा घर चौक में पहुँचते-पहुँचते गुरबाणी कीर्तन में सम्मिश्रित हो गईं। इन्हीं मिश्र आवाज़ों में फ़ज्र की अज़ान की आवाज़ भी घुल-मिल गई।

हंस राज जलियांवाला बाग में दाखिल हुआ और बाग के अंदर बने कुएँ की मुंडेर पर बैठ गया। पौ फट रही थी और उसके साथ ही मैदान में सैर करने वालों और कसरत करने वालों की आमद भी शुरू हो गई थी। हंस राज का ध्यान बाग के पश्चिमी दरवाज़े की ओर था। उसी दरवाज़े से रोज़ सवेरे चन्दर भान सैर करने के लिए आता था। रोज़ाना की तरह ठीक पाँच बजे चन्दर भान ने बाग में प्रवेश किया। हंस राज ने ताली बजा कर उसका ध्यान अपनी ओर आकर्षित किया। चन्दर भान उसके पास आ कर मुंडेर पर बैठ गया।

''कुछ पता चला, गुरबख्श और बदर क्यों गए थे बड़े मंदिर में?'' हंस राज ने पूछा।

''नहीं। मंदिर कमेटी का मेंबर होने के नाते मैंने पुजारी से सवाल तो किया, परन्तु उसने स्पष्ट जवाब नहीं दिया। नवरात्र और रामनवमी के जुलूस के इंतज़ाम की बातें करके मेरे सवाल को टाल गया। मैंने भी ज़्यादा ज़ोर देना उचित नहीं समझा। ख़ामख़ाह उसे शक हो जाता। और फिर बातें चाहे कुछ भी न हों।''

''क्या बात कर रहे हो चन्दर भान जी? एक सिख और एक मुसलमान आजकल जैसे सियासी माहौल में एक मंदिर के पुजारी से मिलने जाते हैं और आप कह रहे हैं कि इस बात की कोई अहमियत ही नहीं?''

"आप ठीक कह रहे हैं। और फिर मंदिर से निकलकर वो दोनों सीधे खैर-उद्-दीन मस्जिद में गए। कुछ तो खिचड़ी पका रहे हैं ये लोग," चन्दर भान बोला।

"मस्जिद में गए? यह बात तो मुझे नहीं बताई गई थी?" हंस राज ने अचंभित होकर कहा।

"मुझे भी रात को ही इत्तला मिली।"

हंस राज ने कुछ समय इस सूचना को जज़्ब करने में लगाया। फिर उसने चन्दर भान को अचंभित करने की नीयत से कहा, "और जानते हो मैंने रात को क्या देखा?"

"कोई जिन्न-भूत देख लिया क्या?"

"ऐसा ही समझ लो। मैंने रात को सतपाल को देखा। मेरी गली के जागरण में तारा रानी की कथा सुना रहा था।"

हंस राज की बात सुनकर चन्दर भान ज़ोर से हँस दिया, "आपको तो वाकई भूत दिखने शुरू हो गए हंस राज जी। अरे सतपाल तो नज़रबंद है और अगर कहीं वो किसी तरह घर से बाहर निकल भी पाया हो तो क्या आपको लगता है कि वो इस तरह सरेआम जगरातों में तारा रानी की कथा सुनाता फिरेगा?"

"मैं सच कह रहा हूँ यार। वो सतपाल ही था। और तो और, माता के जयकारे लगाते-लगाते उसने देश भक्ति के नारे भी लगाए।"

हंस राज की बात पर अभी भी चन्दर भान को विश्वास नहीं हो रहा था। वो मज़ाकिया अंदाज़ में बोला, "लगता है रात भर सोए नहीं हो। इसीलिए आँखें भूत दिखा रही हैं और कान नारे सुना रहे हैं।"

"सोया तो चन्दर भान जी मैं कई रातों से नहीं हूँ। अंग्रेज़ों की चाकरी, और वो भी इस माहौल में? कोई आसान काम तो नहीं।"

"तो छोड़ दो अंग्रेज़ों की चाकरी।"

"छोड़ कर क्या करूँ? हलवा-कचौड़ी की रेहड़ी लगा लूँ? ऐसी बँधी-बँधाई तनख्वाह वाली नौकरी आसानी से मिलती है क्या? पाँच-पाँच बच्चे हैं। उनका भविष्य देखूँ या यह आज़ादी की सनक पाल लूँ? और फिर तुम ही बताओ, अगर अंग्रेज़ों हुकूमत नहीं करेंगे तो कौन करेगा? गाँधी? दक्षिण अफ्रीका का नाकाम वकील जो अब भारत का मसीहा बना बैठा है। चन्दर भान

जी, अंग्रेज़ों के आने से पहले क्या था हिन्दुस्तान—मुग़लों, नवाबों और निज़ामों के पैरों की जूती। अंग्रेज़ों ने बिजली दी, कानून दिया, रेल दी, व्यवस्था दी, डाक-तार, बैंक, क्या-क्या गिनवाऊँ मैं? अंग्रेज़ों ने हमें तरक्की दी है और यह धोती टोपी वाले इसी सरकार के ख़िलाफ़ लोगों को भड़का रहे हैं। यह ठीक नहीं है।''

''अरे यार, तुम तो तैश में ही आ गए। मुझ पर तक़रीर क्यों झाड़ रहे हो। मैं तो यूँ भी तुम्हारे ही साथ हूँ,'' चन्दर भान अभी कह ही रहा था कि घंटा घर ने छः बार घंटा बजा कर वक़्त बताया तो हंस राज ने बातचीत का विषय बदल दिया।

''छः बज गए। घर चलता हूँ। आठ बजे डी.सी. साहब की कोठी पहुँचना है,'' चन्दर भान को मुंडेर पर बैठा छोड़कर हंस राज अपने घर की ओर चला गया।

~

खैर-उद-दीन मस्जिद का इमाम नूर मोहम्मद ख़ामोशी से बैठा गुरबख्श सिंह और बदर-उल-इस्लाम की तजवीज़ के बारे में सोच रहा था। साठ वर्षीय इमाम के दुबले-पतले चेहरे पर हल्की, सफ़ेद, छितरी हुई दाढ़ी थी और सिर पर हरी पगड़ी थी। नूर मोहम्मद गहरी सोच में डूबा था और उसकी ख़ामोशी दोनों काँग्रेसी नेताओं को बेचैन कर रही थी। इमाम के सामने ऐसी चुनौती पहली बार आई थी। एक अल्लाह और उसके रसूल के अलावा किसी और के आगे सिर न झुकाने का फ़रमान देने वाला इमाम कैसे मुसलमानों को राम लला के जन्मदिन के जुलूस में शामिल होने का फ़तवा जारी कर दे? और अगर मुल्क़ और क़ौम को मज़हब से आगे रखकर उसने यह फ़तवा जारी कर भी दिया तो क्या उसके शहर, सूबे और मुल्क़ के बाकी उलेमा उसके इस कदम का साथ देंगे या फिर उसकी खुद की ही बर्खास्तगी का हुक्म जारी हो जायेगा। इसी कशमकश में उलझा हुआ इमाम, गुरबख्श सिंह और बदर-उल-इस्लाम से नज़रें बचाता हुआ *क़ुरान* और *हदीस* में इस मसले का हल खोजने की कोशिश में जुटा था। जब उसे कोई तसल्लीबख्श हल न मिला तो उसने नज़रें उठाकर कहा, ''देखिये, मैं आपके जज़्बे की कद्र करता हूँ लेकिन यह एक बेहद संजीदा दीनी मसला है। मुझे इस सिलसिले में कुछ और उलेमाओं से मशविरा करना होगा। आप लोग मुझे दो-एक दिन का वक़्त दें, इंशाल्लाह जुम्मे तक मैं आपको कोई-न-कोई जवाब देने की हैसियत में हो जाऊँगा।''

सुबह-सवेरे डॉक्टर किचलू की जिस तजवीज़ को सुनकर दोनों काँग्रेसी नेताओं की आँखें ख़ुशी और आशा से चमक उठी थीं, दोपहर होते-होते दोनों धर्मों के पैरोकारों की बातें सुनकर उनका जोश ठंडा पड़ गया। वे मायूस होकर मस्जिद से बाहर निकल आये।

''अब समझे गुरबख्श सिंह जी, अंग्रेज़ों की फूट डालो और राज करो की नीति इतनी कामयाब क्यों है?''

''मैं तो इसके बाद श्री हरिमंदिर साहब के मुख्य जत्थेदार को मिलने की सोच रहा था। पर अब सोचता हूँ, रहने ही दूँ,'' गुरबख्श सिंह ने कहा।

''इतनी मायूसियत भी ठीक नहीं सरदार साहब, देखते हैं जुम्मे को इमाम साहब क्या फ़ैसला सुनाते हैं। चलिए, दफ़्तर चलते हैं। वहाँ बैठकर हड़ताल के बाकी पहलुओं पर चर्चा करते हैं।''

~

भजन लाल के घर में ओम की शादी के सिलसिले में औरतों का गीत-संगीत शुरू हो गया था। शाम होते ही घर की औरतों के साथ कुछ मोहल्ले वालियाँ भी मिल जातीं और ढोलक की थाप पर पहले शादी के गीत गाए जाते और फिर शुरू हो जाता शरारत और चुहल भरे गीतों का सिलसिला। इन गीतों में हँसी-मज़ाक के अंदाज़ में ब्याहता जीवन के अलग-अलग पहलुओं का अक्स देखने को मिलता। जैसे एक गीत है, 'अजे वी हो जा रण्डा वे कुंवारा ही चंगा।' इसमें होने वाले दूल्हे को उसके कुंवारेपन की आज़ादी की याद दिला कर चेतावनी दी जाती है कि शादी के बाद यह आज़ादी उड़नछू हो जाएगी। उन दिनों शादी-ब्याह के गीतों में एक नया गीत शामिल हो गया था। कोई नहीं जानता था कि यह गीत किसने लिखा था या फिर पहली बार कहाँ गाया गया था। यहाँ तक कि मैं, जिससे इस इलाके की कोई बात छुपी नहीं रहती, मेरी हरदम जागृत चेतनता भी इस गीत के इतिहास से अनजान थी। पर शादी चाहे हिन्दू की हो, मुसलमान की या सिख की, घर और मोहल्ले की औरतें ढोलक की थाप पर यह गीत ज़रूर गाती थीं। यह गीत शादी-ब्याह का गीत कम, राजनीतिक तराना ज़्यादा लगता था। आप गीत के बोल पढ़िए, आप स्वयं ही मेरे कहने का आशय समझ जाएँगे। गीत के बोल कुछ यूँ हैं—

काला शॉ काला
मेरा काला ही सरदार
गोरेयां नूं दफ़ा करो।
मैं आप तिले दी तार
गोरेयां नूं दफ़ा करो।

मैंने शुरू में ही कहा था ना कि इस कथा का कोई नायक नहीं। अमृतसर शहर ही इसका नायक भी है और नायिका भी। अब अमृतसर की किस नायिका ने शादी-ब्याह के गीत में गोरों को दफ़ा करने की बात जोड़ दी, इस पर कभी-न-कभी मैं शोध अवश्य करूँगा। बस कुछ फ़िज़ा ही ऐसी थी उन दिनों कि कब किसके तरकश से कौन-सा तीर निकल आये, यह जानना मेरे लिए भी कठिन था।

दस्तूर के मुताबिक औरतों की गीत-संगीत की महफ़िल में मर्दों का प्रवेश वर्जित ही होता था और उस दस्तूर को तोड़ने का भी एक दस्तूर था और उसे निभाने की ज़िम्मेदारी घर के नौजवान लड़कों पे रहती थी।

भजन लाल के घर में यह ज़िम्मेदारी राजू की थी और राजू का सहायक था उसका यार बिट्टू। घर के आँगन में जहाँ औरतें गा-बजा रही थीं, वहीं राजू और बिट्टू कोने में दुबककर दुपट्टे में मुँह छुपाए गानों का आनंद ले रहे थे। दस मिनट तक तो दोनों दोस्त औरतों की भीड़ में छुपे रहे पर ज़्यादा देर तक सरला बुआ की पैनी निगाह से नहीं बच सके। बुआ ढोलक के पास से उठी और कान पकड़ कर दोनों को बाहर का रास्ता दिखा दिया।

"अरे बुआ जी, हम कुछ कर थोड़े ही रहे थे। बस गीत-संगीत का मज़ा ही तो ले रहे थे। इसमें गलत क्या है?" राजू ने हाथ जोड़ते हुए कहा।

"अगर मज़ा ही लेना है ना बच्चू तो जा अपने भाई ओम को ढूँढ़ कर ला। कल उसकी माहीएँ हैं और आज वो हर हाल में घर से गायब रहेगा। जा उसे ढूँढ़ कर इस महफ़िल में ले आ, फिर तू भी यहाँ रुक सकता है और यह तेरा दोस्त भी।"

"ठीक है बुआ जी, हम लाते हैं ओम को ढूँढ़ कर," राजू ने बुआ की चुनौती स्वीकार कर ली।

घर से बाहर निकलकर दोनों गली में आ गए। ओम के दो-तीन पक्के ठिकाने थे और उन सबका राजू को पता था।

"चल, शैले की हट्टी पर चलते हैं, वहाँ बैठा टिक्के खा रहा होगा," बिट्टू बोला।

"ओए खोते, नराते चल रहे हैं। चांपें-टिक्के खायेगा क्या, वो नरातों में ?"

"यह बात भी ठीक है। तो फिर पक्का बहादुर के पास बैठा समोसे खा रहा होगा," बिट्टू ने दूसरी जगह सुझायी।

"नहीं बिट्टू, तू समझ नहीं रहा। आज उसकी आज़ादी की आखिरी रात है। कल उसकी माहिएँ हैं। फिर शादी तक घर से निकलना बंद और शादी के बाद तो...तू जानता ही है। इस रात को वो टिक्के या समोसों में बर्बाद नहीं करेगा या यूं कहो कि उसके वो दोस्त हैं ना तीफ़ा और पप्पू, वो उसे इस शाम को बर्बाद नहीं करने देंगे।"

राजू का अंदाज़ा सही था। ओम उस दिन जब तरनतारन से उगाही ले कर आया था तो तीफ़े और पप्पू ने उसे दुकान पहुँचने से पहले ही दबोच लिया था और अपने साथ ले गए थे। पप्पू की पापड़-वड़ियों की फ़ैक्टरी थी। उस फ़ैक्टरी की छत पर, जहाँ पापड़ और वड़ियाँ सुखाई जाती थीं, पप्पू ने अपनी ऐशगाह के रूप में एक कमरा बनवा रखा था। दोनों दोस्त ओम के एतराज़ों की परवाह न करते हुए ओम को पप्पू की ऐशगाह में ले गए। पप्पू ने फ़ैक्टरी के एक नौकर के हाथों भजन लाल को सन्देश भिजवा दिया कि वो आज ओम का इंतज़ार न करें। कमरे में पहुँचते ही पप्पू ने कहा, "ओए ओम के बच्चे, तुझे ये नरातों में शादी करने की क्या सूझी ?"

"ऐसे मामलों में अपना बस कहाँ चलता है यार। पंडित ने जो तारीख निकाल दी, बस।"

"पंडित ने तो तारीख निकाल दी, पर तेरी बरात में हम क्या सूफ़ी नाचेंगे ?"

पप्पू था तो ओम का हमउम्र परन्तु पंद्रह साल की उम्र में उसे पहलवानी का शौक़ हो गया था जो कि बीस का होते-होते ख़त्म हो गया था। मगर उसकी खुराक अभी भी पहलवानों वाली ही थी और कसरत न के बराबर। इसलिए उसके शरीर के हर हिस्से पर मांस की दो-तीन परतें चढ़ गई थीं जो कि उसकी हर हलचल के साथ थिरकती रहती थीं। लतीफ़ उर्फ़ तीफ़ा भी पप्पू के साथ ही अखाड़े में जाता था मगर उसने अभी तक पहलवानी नहीं छोड़ी थी। अमृतसर में

बसने वाले बहुत सारे मुसलमानों की तरह तीफ़े के चेहरे पर कश्मीरियत साफ़ झलकती थी। लाल टमाटर जैसे गाल, तीखी नाक और स्नेहिल आँखें। तीनों की दोस्ती बिजली पहलवान के अखाड़े में हुई थी जहाँ पर भजन लाल ने ओम को भी भेजा था। ओम पहलवानी के दांव-पेंच तो नहीं सीख पाया, मगर ये दोनों जिगरी दोस्त ज़रूर मिल गए थे उसे।

''बता यार तीफ़े, क्या करें इस उजड्ड आदमी का। साले ने नरातों में शादी रख ली।''

''अब एक ही बात क्यों रटे जा रहा है?'' ओम ने कहा।

''देखो यारो,'' तीफ़ा बोला, ''नरातें हैं तो मतलब मीट और शराब तो बंद, मगर शबाब के साथ तो हम आज की महफ़िल रंगीन कर ही सकते हैं।''

''अरे पागल हो गया है क्या?'' ओम ने एतराज़ किया।

''तीफ़ा बिलकुल ठीक कह रहा है। साले, नरातों में शादी रख ली। अब चुपचाप बैठा रह। जो हम कहते हैं वही होगा। कल वैसे ही तेरी माहियाँ है। उसके बाद कहाँ मौका मिलेगा ऐसी बेफ़िक्र महफ़िल जमाने का,'' पप्पू भावुक ज़रा जल्दी हो जाता था।

तो रात को जिस वक़्त राजू और बिट्टू ओम की खोज में निकले, उस वक़्त ओम प्रताप बाज़ार में स्थित कंजरियाँ वाले मोहल्ले में एक कोठे में बैठा मुजरा सुन रहा था। सलीमा नाम की एक तवायफ़ मुजरा पेश कर रही थी। पप्पू ने कोठे में घुसते ही नोटों की एक गड्डी सलीमा की हथेली पर रखी और वहाँ आने का ख़ास मक़सद बता दिया। सलीमा ने नोटों का वज़न नापा और अपने कारिंदे को इशारा किया। कारिंदे ने कोठे का दरवाज़ा अंदर से बंद कर दिया। उस दिन का मुजरा केवल इन तीन दोस्तों के नाम ही होने वाला था।

सलीमा मंझी हुई तवायफ़ थी। ओम को देखते ही समझ गई कि वो जिस्म का नहीं सिर्फ़ फ़न का सौदागर है। सलीमा ने अपनी कला का हर जलवा, हर रंग, हर अंदाज़ ओम व उसके दोस्तों के लिए पेश कर दिया। उसने ठुमरी भी गाई, लोक गीत भी गाए, अश्लीलता के रंग में रंगे हुए कुछ बाज़ारू गाने भी गाए और हर गीत के साथ उसके स्वरों के अनुरूप नृत्य भी पेश किया। हरे व लाल रंग के लहंगे-चोली के बीच उसकी गेहुआँ रंग की नंगी कमर उसके हर झटके के साथ एक अलग ही रस बिखेरती थी। लाल सुर्खी से सजे उसके होंठों व गालों में यदि बनावटीपन था तो उसकी सुरमई आँखों में शोख चंचलता भी थी। अपनी

कला और अदाओं से सलीमा उन तीनों को रिझाने में पूरी तरह कामयाब रही। एक भोजपुरी गीत 'अम्बुआ की डाली पे तोतन का जोड़ा' ख़त्म करके सलीमा ओम के सामने आकर बैठ गई। उसके चेहरे और गर्दन पर पसीने की बूँदें नाच रही थीं। उसका पसीना उसके गले से होता हुआ तंग चोली में से उभरे हुए उसके उरोजों के मध्य की रेखा तक एक लम्बी लकीर बना रहा था। सलीमा ने अपने हाथों से एक पान बना कर ओम के मुँह में डाला। उसके बदन से आती इत्र और पसीने की मिली-जुली महक ने ओम पर एक मादक असर किया और उत्तेजना में भर कर ओम ने सलीमा को अपनी बाँहों में ले लिया। तीफ़ा और पप्पू एक-दूसरे की ओर देखकर मुस्कुरा दिए। ओम कुछ देर तक आँखें बंद करके सलीमा के बदन की गर्मी महसूस करता रहा। उसके होंठ सलीमा के नग्न कंधे पर थे। ओम ने सलीमा के कंधे को चूमा और अपनी आँखें खोलीं। आँख खुलते ही उसकी निगाह उस चमकदार और रंगीन पर्दों से सजे हुए कमरे के कोने में रखे एक झंडे पर पड़ी—वही झंडा जो उन दिनों काँग्रेस का चिह्न बन चुका था। ओम ने सलीमा को अपने से अलग किया। सलीमा ने मुस्कुरा कर उसकी ओर देखा।

परन्तु ओम का ध्यान तो झंडे की ओर ही केंद्रित था।

"क्या देख रहे हैं हुज़ूर ? हमारा मुजरा पसंद नहीं आया क्या ?" सलीमा ने पलकें झपकाते हुए पूछा और अपना हाथ ओम के हाथ पर रख दिया।

"वो झंडा, वो झंडा यहाँ कैसे आया ?" ओम ने पूछा। तीफ़े और पप्पू ने भी मुड़कर झंडे की ओर देखा।

"तुम काँग्रेसी हो ?" ओम ने पूछा।

"अब देखिये ना जनाब, हमारा काम तो शाम के बाद शुरू होता है। दिन भर कुछ और तो होता नहीं करने को तो सोचा थोड़ा देश का काम ही कर लें। अगर आपको पसंद नहीं तो हटवा देती हूँ। अरे करमू," सलीमा ने कारिंदे को आवाज़ लगाई।

"जी नहीं, उसकी ज़रूरत नहीं। मेरे ख़याल से अब हमें चलना चाहिए," कहकर ओम खड़ा हो गया। तीफ़ा और पप्पू भी ओम का मिज़ाज समझ कर खड़े हो गए।

"आप बहुत अच्छी फ़नकार हैं। यह शाम मैं हमेशा याद रखूंगा," ओम ने सलीमा की आँखों में देखकर कहा।

"आप की ज़र्रानवाज़ी। जब भी जी चाहे चले आइयेगा। बांदी आपके

इंतज़ार में रहेगी।'' तीनों दोस्त कोठे से निकलने ही वाले थे कि सलीमा ने पुकार कर कहा, '' हुज़ूर,'' तीनों मुड़े। ''शादी मुबारक।'' सलीमा ने कहा और झुककर सलाम किया।

तीनों दोस्त कोठे से नीचे उतर आए और तांगे पर बैठकर घर की ओर चल पड़े। तांगा जब बाज़ार माई सेवाँ पहुँचा तो वहाँ राजू और बिट्टू ओम को ढूँढ़ते हुए मिल गए।

''ओम, ओए भाई तू कहाँ गुम है,'' राजू ने छूटते ही पूछा।

''दोस्तों के साथ था। कोई परेशानी है?'' पप्पू ने राजू की बात का जवाब दिया। कोठे से निकलने के बाद पहली बार तीनों दोस्तों में से कोई कुछ बोला था।

''तो पप्पू भाई, अगर तुम लोगों की तसल्ली हो गई हो तो अब इस छोटे भाई को भी अपने अरमान पूरे कर लेने दो,'' राजू ने कहा और फिर ओम से बोला, ''ओम तू घर चल यार, तेरे बिना बुआ हमें संगीत में घुसने नहीं देगी और अगर भाई की शादी में संगीत का मज़ा नहीं लिया तो फ़ायदा क्या छोटा भाई होने का।''

''तो ले जा इसे जनानियों के गीत-संगीत में। हमने तो इसे इसलिए अगवा किया था क्योंकि कल माहिएँ के बाद तो ये शादी होने तक घर में बंद हो जायेगा। इसलिए जमा ली हमने यारों की महफ़िल,'' तीफ़ा बोला।

''कोई माहियाँ नहीं होंगी कल। मैं नहीं बैठ रहा हफ़्ता भर घर में।'' यह कहकर ओम घर की ओर चल पड़ा। राजू भी उसके पीछे-पीछे हो लिया। बिट्टू ने तीफ़े और पप्पू से हाथ मिलाया और कहा, ''कभी हमें भी अपनी महफ़िल में ले चलो पप्पू भाई।''

''ले चलेंगे काके, मगर क्या है ना, अभी आम कच्चा है तेरा। थोड़ा पक लेने दे, फिर ले चलेंगे। अभी जा। वो दोनों दूर निकल गए तो रात को अकेले में डर लगेगा तुझे।'' पप्पू ने कहा और दोनों दोस्त ज़ोर से हँस पड़े। बिट्टू भाग कर राजू व ओम के पास पहुँचा। राजू ओम से पूछ रहा था, ''माहिएँ क्यों नहीं होंगी तेरी? यह क्या बकवास कर रहा है?''

''कह दिया ना, नहीं होंगी माहियाँ। अब बक-बक बंद कर और घर चल,'' ओम ने अपने कदमों की चाल तेज़ कर दी।

~

तीन अप्रैल की सुबह, गुरबख्श सिंह और बदर-उल-इस्लाम की गतिविधियों की ख़बर देने के इरादे से हंस राज माइल्स अरविंग के बंगले पर पहुँचा। परन्तु हंस राज के पास जो भी ख़बर थी वो ख़बर माइल्स के जासूस पहले ही उस तक पहुँचा चुके थे। माइल्स ने ऊँचे स्वर में हंस राज से कहा, ''हंस राज, जो कुछ तुम मुझे बता रहे हो, उसके लिए मुझे तुम्हारी ज़रूरत नहीं। काँग्रेस के अंदर क्या चल रहा है, उसकी ख़बर मुझे लाकर दो। सड़कों पर कौन कहाँ आ-जा रहा है, उसकी तो पल-पल की ख़बर मेरी सी.आई.डी. को रहती है। तुम यह पता करो कि आम तौर पर रिलीजियस प्लेसिस (religious places) से दूर रहने वाले यह वकील और डॉक्टर ऑल ऑफ़ अ सडन (all of a sudden) मंदिर और मस्जिद के चक्कर क्यों लगा रहे हैं?''

''साहब, वो सजदा करने तो नहीं जा रहे। कोई साज़िश ही कर रहे हैं।''

''तो पता लगाओ कि क्या साज़िश है। और जब कोई ढंग की ख़बर हो तभी मेरे पास आना। अदरवाइज़ डोंट वेस्ट माई टाइम।'' (otherwise, don't waste my time.)

हंस राज की रात तो खराब हुई ही थी, सुबह-सुबह फटकार मिली सो अलग। माइल्स की कोठी से निकलकर उसने काँग्रेस के दफ़्तर का रुख़ किया। शायद वहीं कोई सुराग मिल जाए।

सुबह तो भजन लाल के घर में भी कुछ अच्छी नहीं हुई थी। सवेरे जब ओम को माहिएँ के लिए बुलाया गया तो उसने साफ़ इनकार कर दिया, ''मैं पाँच दिन तक घर में बंद होने वाला नहीं हूँ। क्या बेकार रिवाज है यह। अच्छे खासे इंसान को निठल्ला करके घर के अंदर बैठा दो। सिर्फ़ इसलिए कि उसकी शादी होने वाली है।''

''पर बेटा, अगर तू शादी से पहले गलियों और बाज़ारों की खाक छानता फिरेगा तो शादी वाले दिन काला लगेगा। अब नीचे चल। सब औरतें तुझे उबटन लगाने को तैयार बैठी हैं। दो-तीन बार उबटन लगेगा तभी तो यह बाज़ारों की कालिख उतरेगी तेरे मुँह से और एकदम गोरा-चिट्टा शहज़ादा लगेगा मेरा भतीजा,'' सरला बुआ ने ओम को मनाते हुए कहा।

''गोरों को तो दफ़ा करना है बुआ। मुझे क्यों गोरा बना रही हो?''

''अब तू यह काँग्रेसियों वाली भाषा मत बोल। तेरे पापा जी को बिलकुल पसंद नहीं,'' संतोष बोली।

''चाई जी, काँग्रेसियों की नहीं, अपने मन की भाषा बोल रहा हूँ।''

''मैं बताऊँ चाई जी,'' राजू भी बहस में कूद पड़ा। ''ओम कल तीफ़े और पप्पू के साथ था। उन दोनों ने ही कोई पट्टी पढ़ाई है इसे।''

''तेरे को कई बार कहा है कि उस मुसले तीफ़े का साथ छोड़ दे। और वो खसमा-नु-खाना पप्पू ते है ही परले दरजे का अय्याश,'' सरला बुआ ने संतोष से मुखातिब होकर कहा।

अब संतोष ने अपना आखिरी बाण चलाया। आँखों में आँसू भर कर बोली, ''इससे पूछ लो शादी करनी भी है कि नहीं? वरना हम किसलिए ये सब तैयारियाँ कर रहे हैं,'' संतोष कमरे से बाहर चली गई।

''क्यों अपनी चाई को रुला रहा है? शर्म नहीं आती तुझे?'' सरला बुआ ने डाँट कर कहा।

''शर्म आती है बुआ। इसीलिए यह सब कर रहा हूँ,'' ओम कमरे से बाहर गया और संतोष का हाथ पकड़ कर बोला, ''चाई, मैं वादा करता हूँ। मैं शादी भी करूँगा और माहियाँ पर भी बैठूंगा मगर आज नहीं। शादी से पाँच दिन पहले नहीं। आठ की शादी है, मैं सात को बैठ जाऊँगा माहियाँ पर। वादा।''

''पक्का।''

''हाँ चाई, पक्का। सात तारीख की सुबह से शादी होने तक मैं घर में ही रहूँगा। जितना चाहे उबटन मल देना।''

ओम की बात सुनकर संतोष को कुछ संतोष हुआ। सरला और राजू ने भी चैन की सांस ली। राजू यह जानना अवश्य चाहता था कि तीफ़े और पप्पू ने आखिर ऐसा क्या कहा जिससे कि ओम के व्यवहार में ऐसा परिवर्तन आ गया। मगर राजू को ज़्यादा देर तक इस विचार का मंथन करने का समय नहीं मिला। सरला बुआ ने उसे हुक्म सुना दिया, ''राजू, चल जाकर सबके लिए पूरियाँ ले कर आ बल्लो हलवाई से। चल मेरा बेटा जल्दी कर।'' घर में सबसे छोटा होने के कारण राजू के पास इस हुक्म को बजा लाने के सिवाय और कोई चारा न था।

गली से बाहर निकलकर कोई आधा फ़र्लांग की दूरी तय करके राजू बल्लो हलवाई की दुकान पर पहुँचा तो वहाँ ग्राहकों की भीड़ लगी थी। बड़ी-सी कड़ाही में देसी घी खौल रहा था और दो कारीगर उस खौलते घी में खेलती हुईं पूरियों को तब तक सेंक रहे थे जब तक उन पर शरमाई हुई दुल्हन के गालों जैसी लाली नहीं आ जाती थी। बल्लो की दुकान छोटी थी अत: उसमें लोगों के बैठने की जगह नहीं थी। वहाँ से लोग लिफ़ाफ़ों में पूरियाँ बंधवा कर, घर

जाकर उनका लुत्फ़ उठाते थे। दुकान पर ग्राहकों की भीड़ में एक चेहरा नीरू का भी था और भला राजू की नज़रों से यह चेहरा कैसे छुप सकता था। दुकान पर पहुँचते ही राजू ने ज़रा रौबदार आवाज़ में कहा, ''बल्लो जी ज़रा चालीस पूरियाँ तो बांध दो हमारे लिए। घर में मेहमान आए हैं।''

''ज़रूर जी, क्यों नहीं? शादी वाला घर है तो मेहमान तो आएँगे ना। और सब बाकी तैयारी तो ठीक-ठाक चल रही है राजू पुत्तर?'' बल्लो की घनी मूँछों में से उसके दाँत मुश्किल से ही दिखते थे मगर उसकी आँखें हमेशा मुस्कुराती रहती थीं।

''हाँ जी, सब ठीक है। आप बस जल्दी कर दो। बड़ी भूख लगी है।''

''इनको ज़्यादा भूख लगी है। हम तो यहाँ बस बल्लो हलवाई की कड़ाही सूंघने के लिए खड़े हैं,'' नीरू बोली।

उसकी बात सुनकर वहाँ खड़े सब लोग हँस पड़े। राजू को पल भर लगा संभलने में। फिर अपनी झेंप मिटाते हुए बोला, ''ओ जी, भला आप से पहले हमारा नंबर कैसे आ सकता है? आप तो लड़की वाले हो। पहला हक़ तो आपका ही बनता है। क्यों बल्लो?''

''हक़ तो जी जो जिस नंबर पे आया, उसी का पहले बनता है,'' बल्लो ने अपना पक्ष साफ़ किया।

''लेकिन यह बात सब लोगों को कहाँ समझ आती है,'' नीरू बोली।

वहाँ खड़े बाकी ग्राहक राजू की पतली हालत का मज़ा ले रहे थे। राजू बगलें झांक रहा था। फिर उसने शांति स्थापित करने का एक और प्रयास किया। ''मैंने तो मान लिया जी, आपके बाद ही मिलेंगी हम को पूरियाँ।''

''सिर्फ़ मेरे बाद ही क्यों? हर कोई जो तुमसे पहले आया है, उन सब के बाद तुम्हें मिलनी चाहिए, क्यों बल्लो?''

''बात तो ठीक है कुड़ी की,'' बल्लो ने नीरू का पक्ष लिया।

''यह आप इन सबकी वकील कब से बन गईं ?'' राजू ने कहा।

''ओए, हमें किसी की वकालत की ज़रूरत नहीं,'' वहाँ खड़े एक ग्राहक ने कहा।

ग्राहकों की गर्मी बढ़ते देख बल्लो ने माहौल को हल्का करने की नीयत से कहा, ''ओ न भाई, वकील नहीं बनना। जब से यह रौला ऐक्ट आया है, वकीलों की दुकान तो वैसे ही नहीं चलती।''

''बल्लो, इस कानून को रौला ऐक्ट क्यों कहते हैं?'' एक अन्य ग्राहक ने पूछा।

''इसलिए कि जो अब ज़्यादा रौला डालेगा उसे बंद कर देंगे गोरे, ताकि बाकी लोग चैन से काम कर सकें,'' बल्लो ने हँसते हुए कहा।

''इसे रौला नहीं रौलेट ऐक्ट कहते हैं,'' नीरू बोली, ''गोरे इसके ज़रिये, हम सब की बोलती बंद कर देना चाहते हैं।''

''पर दुनिया में कुछ भी हो जाए, बल्लो की दुकान हमेशा चलती रहेगी,'' पहला ग्राहक बोला।

''बल्लो की पूरियाँ खाएँगे और फिर पूरे ज़ोर से इन गोरों के खिलाफ़ नारे लगाएँगे,'' राजू बोला और फिर नीरू की ओर मुखातिब हुआ, ''क्यों जी, भाई की साली जी?''

इन्हीं बातों-बातों में बल्लो ने नीरू के लिए पूरियाँ बांध दीं और लिफ़ाफ़ा नीरू के हवाले कर दिया। नीरू लिफ़ाफ़ा लेकर अपने घर की ओर चल दी। नीरू के जाते ही बल्लो का लहज़ा बदल गया। वो आँखें तरेर कर राजू से बोला, ''तुझे मेरी ही दुकान मिली थी कुड़ी को तंग करने के लिए।'' राजू ने बल्लो की बात पर ध्यान नहीं दिया। वो नीरू के पीछे गया और उसे आवाज़ दी, ''मैंने कहा, नीरू जी।''

''कहिये?'' नीरू ने मुड़ कर पूछा। उसकी आँखों के तेज से राजू पल भर के लिए सकपका गया। फिर हिम्मत करके बोला, ''आप से कुछ बात करनी थी।''

''बोलो।''

''ओ जी, मैं भी अब काँग्रेस का वर्कर बन गया हूँ।''

''वर्कर बनने में और काम करने में बहुत फ़र्क़ होता है।''

''जी मैं काम भी करता हूँ। मैंने 6 तारीख की हड़ताल के पोस्टर भी लगाए हैं पूरे शहर में।''

''सच! फिर तो इस बार तुम हड़ताल में शामिल भी होगे शायद।'' नीरू के शब्दों में जो कटाक्ष था वो राजू से छिपा नहीं था।

''बिलकुल होऊँगा, और जब आप जुलूस की अगुवाई करेंगी तो आपके पीछे-पीछे मैं भी चलूँगा।''

''मैं सिर्फ़ लड़कियों के जुलूस की अगुवाई करती हूँ।''

"अच्छा जी?"

"अब मैं चलूँ। ये पूरियाँ ठंडी हो रही हैं।" नीरू चली गई। कुछ देर राजू उसे वहीं खड़ा देखता रहा। तभी बल्लो हलवाई की आवाज़ उसके कानों में पड़ी, "ओए राजू तेरी चालीस पूरियाँ हो गईं तैयार।"

~

खैर-उद-दीन मस्जिद के अंदर एक कुआँ था और उसी कुएँ के पास मस्जिद प्रांगण का सबसे बड़ा कमरा था। इसी कमरे में अमृतसर और आस-पास के इलाकों की मुख्तलिफ़ मस्जिदों के इमामों और कुछ मुस्लिम दानिशवरों की बैठक चल रही थी। यह बैठक खैर-उद-दीन मस्जिद के इमाम नूर मोहम्मद ने बुलवाई थी। वो सब वहाँ बैठे काँग्रेस की तजवीज़ पर बहस कर रहे थे मगर तीन घंटे की बहस के बाद भी बैठक अभी तक बेनतीजा थी। कुछ कट्टरपंथी रामनवमी के जुलूस में मुसलमानों के शमहूलियत को कुफ़्र कह रहे थे तो कुछ आज़ाद ख़याल लोग सूफ़ी संतों के कलाम का हवाला देकर राम और रहीम के एक होने की बात कह रहे थे। ये लोग जुलूस में शामिल होने के पक्ष में थे। दोनों ओर से तर्कों के तीर घंटों चलते रहे।

"बुत-परस्ती हराम है इस्लाम में।"

"जुलूस में शामिल होना बुत-परस्ती नहीं है।"

"क्या राम के बुत नहीं होंगे इस जुलूस में? क्या पूजा-आरती नहीं की जाएगी?"

"मुसलमानों को पूजा-आरती करने के लिए कौन कह रहा है?"

"अरे वाह! यह तो वही बात हुई कि ताजिए में शामिल होंगे पर या हुसैन नहीं कहेंगे। ऐसा भी कहीं होता है क्या?"

"मुल्क बहुत ही नाजुक दौर से गुज़र रहा है। इस वक़्त मज़हब की दुहाई देकर मुसलमान अगर हाशिए पर खड़े रहे तो अपनी आने वाली नस्लों को मुँह दिखाना मुश्किल हो जायेगा।"

"और कुफ़्र के रास्ते पर चलकर, रोज़-ए-क़यामत को अल्लाह को क्या मुँह दिखाइयेगा?"

इसी वाद-विवाद में घंटों गुज़र गए। आखिर नूर मोहम्मद ने कहा, "मेरे

ख़याल से अब हमें खाना खा लेना चाहिए। काफ़ी वक़्त हो गया है।'' नूर मोहम्मद की बात से सब राज़ी हुए और कमरे से निकलकर कुएँ के पास आ गए हाथ-मुँह धोने के लिए। मस्जिद के अंदर मौजूद मदरसे के छात्र कुएँ से पानी खींचकर उलेमाओं को पिला रहे थे। जी भर कर ठंडा मीठा पानी पी कर जामा मस्जिद के इमाम बरक़त लोन ने कहा, ''एक शर्त पर इस तजवीज़ को मंज़ूरी दे सकता हूँ।'' सब लोग हैरानी से उसकी ओर देखने लगे। अभी कमरे से बाहर आते वक़्त तक तो वो रामनवमी के जुलूस में मुसलमानों की मौजूदगी के सख़्त ख़िलाफ़ था। कमरे से बाहर आते ही हवा का रुख़ कैसे बदल गया? सभी सवालिया निगाहों को मुख़ातिब करके बरक़त लोन ने कहा, ''रामनवमी के जुलूस में मुसलमान शामिल होंगे मगर शर्त यह है कि उस दिन हिन्दू और मुसलमान एक ही घड़े से पानी पिएंगे। कोई हिन्दू पानी या मुस्लिम पानी नहीं होगा। मुल्क की खातिर, हम मुसलमान चलेंगे राम की सवारी के साथ। क्या हिन्दू दिखाएंगे मुल्क-परस्ती और पिएंगे हम म्लेच्छों के साथ पानी?'' लोन के लहज़े में व्यंग्य था। लेकिन इस व्यंग्य भरे बयान ने जुलूस विरोधियों और जुलूस के हिमायतियों को एक राय अवश्य कर दिया था। सब सहमत हो गए और अब नूर मोहम्मद के पास गुरबख्श सिंह और किचलू को देने के लिए जवाब था।

~

6 अप्रैल वाले दिन पूरा अमृतसर बंद था। कहीं भी, कुछ भी नहीं चल रहा था। एक बार तो ऐसा लगा कि जैसे अमृतसर का संपर्क ही पूरी दुनिया से टूट गया हो। सड़कों व बाज़ारों में लोग भजन व देशभक्ति के गीत गाते हुए गुज़र रहे थे। महात्मा गाँधी के अहिंसात्मक सत्याग्रह की रूपरेखा के अनुरूप सारे सत्याग्रही पूरी शांति के साथ रौलेट ऐक्ट का विरोध कर रहे थे। बाद में मैंने सुना कि कुछ ऐसा ही हाल पूरे भारत का था।

अमृतसर के टाउन हॉल की छत पर खड़ा माइल्स अरविंग अमृतसर का नज़ारा देख रहा था। टाउन हॉल से वो शास्त्री मार्किट, कटड़ा जैमल सिंह और हॉल बाज़ार जैसी जगहों को आसानी से देख सकता था। सब कुछ बंद था। बिलकुल 30 मार्च की तरह।

माइल्स क्रोधित भी था और खुद को असहाय भी महसूस कर रहा था।

और उसका गुस्सा उसके सामने खड़े हंस राज पर निकला।

"हंस राज, यह सब क्या हो रहा है? तुमने यह कहा था कि किचलू और सतपाल की एबसेंस (absence) में हड़ताल फ़ेल हो जाएगी मगर...लुक ऐट दिस।" (look at this.) माइल्स ने बंद बाज़ारों की ओर इशारा करके कहा।

"मुझे माफ़ कीजिये जनाब, मैंने तो पूरी कोशिश की।"

"मगर तुम्हारी कोशिश काफ़ी नहीं," माइल्स ने हंस राज की बात पूरी नहीं होने दी। "लुक ऐट दिस क्राउड (look at this crowd.) कम-से-कम ट्वेंटी थाउज़ेंड (twenty thousand) लोग होंगे यहाँ। सब अपना काम छोड़कर जलियांवाले बाग जा रहे हैं।"

हॉल बाज़ार हो या शास्त्री मार्किट, घी मंडी हो या बाज़ार माई सेवाँ, शहर का हर रास्ता लोगों से अटा पड़ा था। हर ज़ुबां पर महात्मा गाँधी की जय का नारा था और हर कदम जलियांवाले बाग की तरफ़ जा रहा था।

"एंड ऑल दिस डिसपाइट द फ़ैक्ट देट यू हैव इंपोज़्ड द ब्लडी वन फ़ोर्टी फ़ोर।" (And all this despite the fact that you have imposed the bloody one forty four.) जॉन जो कि माइल्स के साथ ही खड़ा यह नज़ारा देख रहा था, आग में घी डालने के अंदाज़ में बोला, "आई थिंक यू विल हैव टू यूज़ फ़ोर्स।" (I think you will have to use force.)

"आर यू क्रेज़ी जॉन? हाउ मैनी कैन आई अरेस्ट? हाउ मैनी कैन आई डिस्पर्स विद लाठीस?" (Are you crazy John? How many can I arrest? How many can I disperse with lathis?)

"हाउ अबाउट यूज़िंग बुलेट्स?" (How about using bullets?) जॉन ने कहा। उसकी बात सुनकर हंस राज की साँसें पल भर के लिए रुक गईं। माइल्स ने सिर हिला कर कहा, "इतनी गोलियाँ नहीं हैं हमारे एमुनिशन डिपो (ammunition depot) में जॉन। अमृतसर के लोगों ने शहर का कंट्रोल अपने हाथों में ले लिया है—बिना किसी लीडर के—कोई एक, दो, चार, दस लीडर हों तो उन्हें जेल में डाल सकते हैं। लेकिन देखो इस भीड़ को। इस भीड़ का हर चेहरा सतपाल है, किचलू है, गाँधी है।"

"तो फिर अब?" हंस राज ने पूछा।

"अब वही होगा जो गवर्नर ओ'ड्वायर ने कहा था। अमृतसर में जल्दी ही मार्शल लॉ लगा दिया जायेगा।"

जॉन के चेहरे पर एक कुटिल मुस्कान आ गई। हंस राज के माथे पर पसीने की बूँदें छलक पड़ीं। दोनों मार्शल लॉ लगने का मतलब भली-भाँति समझते थे। जॉन के लिए यह अमृतसरवासियों को सबक सिखाने और शहर का नियंत्रण वापिस लेने का बेहतरीन तरीका था। हंस राज की सहानुभूति बेशक अंग्रेज़ों के साथ थी मगर इस शहर में उसका परिवार और रिश्तेदार भी तो रहते थे। वो भी तो मार्शल लॉ के कोड़े की ज़द में आ सकते थे।

"कोई और रास्ता नहीं है, योर एक्सलैंसी (Your Excellency?) मेरा मतलब था हड़ताल तो आज पूरे भारत में है और फिर यहाँ अमृतसर में सब कुछ शांतिपूर्ण तरीके से हुआ। कोई हिंसा नहीं हुई। ऐसे हालात में मार्शल लॉ कुछ ज़्यादा ही सख़्त कदम तो साबित नहीं होगा? आखिर जो काम तलवार से हो सकता है, उसके लिए तोप का इस्तेमाल करने की क्या ज़रूरत है?" हंस राज ने कहा।

"हमारी तलवार इस शहर की एकता को नहीं काट पा रही है। हिन्दू और मुसलमान जब एक झंडे के नीचे इकट्ठे होते हैं तो पता है ना क्या होता है?" माइल्स ने सवाल के जवाब में सवाल दाग़ दिया।

"बगावत, ग़दर, 1857, म्युटिनी" जॉन ने माइल्स की बात को पूरा किया। इन चार शब्दों से हिन्दुस्तान में रहने वाला हर अंग्रेज़ वाकिफ़ था और इनका ज़िक्र आते ही वो सिहर उठता था।

टाउन हॉल के आस-पास की सड़कें तकरीबन खाली हो गई थीं, क्योंकि सब लोग जलियांवाले बाग में पहुँच चुके थे। बाग के पश्चिम की ओर स्टेज पर काँग्रेस के लीडर बैठे थे। राजू और बिट्टू भी वहाँ थे। ओम भी था उस भीड़ में। वो अपने जीजा सुदेश के साथ आया था। नीरू और उसकी शक्ति ब्रिगेड की सदस्याएँ जिनमें सलीमा भी शामिल थी, भी भीड़ में मौजूद थीं। तीफ़ा और पप्पू भी थे वहाँ। राजू की नज़रें नीरू पर टिकी थीं मगर नीरू, राजू की मौजूदगी से बेख़बर, बदर-उल-इस्लाम के भाषण को बड़ी तल्लीनता के साथ सुन रही थी।

बदर स्टेज पर गरज रहा था—

"मेरे अज़ीज़ हमवतनो! फिरंगी हुकूमत यह समझती है कि काँग्रेस के चंद लीडरान को क़ैद कर के यह हमारी तहरीक को ख़त्म कर सकते हैं।

डॉक्टर सतपाल के बाद इन लोगों ने डॉक्टर किचलू को भी नज़रबंद कर दिया। मगर आज यहाँ आप लोगों के जोश और आपकी तादाद की खबर जब लाहौर और दिल्ली पहुँचेगी तो गोरी सरकार को यकीन हो जायेगा कि हिन्दुस्तान की आज़ादी की मशाल इस मुक़द्दस शहर अमृतसर में रौशन हो चुकी है और इस मशाल की लौ अंग्रेज़ी हुकूमत को नेस्तनाबूद कर देगी।''

''भारत माता की!'' भीड़ में से किसी ने नारा लगाया।

''जय!'' हज़ारों लोगों का हुजूम एक सुर में बोला।

''महात्मा गाँधी!''

''ज़िंदाबाद!''

''डॉक्टर सतपाल!''

''ज़िंदाबाद!''

''डॉक्टर किचलू!''

''ज़िंदाबाद!''

''हिन्दू-मुस्लिम एकता!''

''ज़िंदाबाद!''

''अंग्रेज़ सरकार!''

''मुर्दाबाद!''

''रौलेट ऐक्ट!''

''मुर्दाबाद!''

कई मिनटों तक ये नारे लगते रहे। नारों की आवाज़ जलियांवाले बाग से कुछ दूर टाउन हॉल की छत पर खड़े माइल्स अरविंग, जॉन और हंस राज के कानों में भी पड़ी। माइल्स ने घूर कर हंस राज की ओर देखा। हंस राज ने नज़रें नीची कर लीं। जलियांवाले बाग में देर शाम तक काँग्रेस के नेताओं के भाषण चलते रहे और सूरज ढलने के बाद भी फ़िज़ा में सरकार विरोधी नारे गूँजते रहे।

उस रात अपने पाँच बच्चों और बीवी की चिल्लपों से छुटकारा पाकर हंस राज घर की छत पर सोने के लिए चला गया। रात को करीब दस बजे, चन्दर भान हंस राज के घर की छत पर आया। आधे चाँद की चाँदनी और तारों की टिमटिमाहट की रौशनी में चन्दर भान को पहचानने में हंस राज को ज़्यादा देर न लगी। वो उत्सुकता से उठ कर बैठ गया। हालाँकि चन्दर भान की मौजूदगी से वो हल्का-सा आशंकित भी था। पिछले कुछ दिनों से उसे केवल बुरी खबरें ही

मिल रही थीं। लेकिन इस बार चन्दर भान हंस राज के लिए एक अच्छी खबर लाया था। उसे पता चल गया था कि गुरबख्श सिंह और बदर-उल-इस्लाम क्यों पहले बड़े मंदिर के पुजारी से और उसके बाद मस्जिद के इमाम से मिलने गए थे।

"रामनवमी के जुलूस में हिन्दू और मुसलमान दोनों एक साथ? आप सच कह रहे हैं चन्दर भान जी?"

"हाँ।"

"किचलू बहुत दूर की कौड़ी पकड़ कर लाया है।"

"ऐसा तो इतिहास में पहले कभी नहीं हुआ। और अब अगर यह हुआ, तो अपनी नौकरी तो गई समझो," हंस राज ने चिंतित मुद्रा में कहा।

"चिंता मत करो। इस सिलसिले में एक अच्छी खबर है मेरे पास," चन्दर भान बोला।

"वो क्या?"

"मुस्लिम संगठनों ने एक शर्त रखी है। अगर हिन्दू यह शर्त मानेंगे तो ही मुसलमान इस जुलूस में शामिल होंगे। और अब आप कुछ ऐसा जुगाड़ लगाइए कि हिन्दू वो शर्त न मानें," चन्दर भान ने कहा।

"ऐसी क्या शर्त रख दी मुसलों ने?"

चन्दर भान हंस राज को सारी बात बता कर चला गया। बेचारा हंस राज। आज की रात भी उसकी आँखों से नींद दूर ही रहने वाली थी। माइल्स का विश्वास फिर से हासिल करने का एक सुनहरी मौका उसके हाथ लगा था और यह मौका वो गंवाना नहीं चाहता था। किचलू की चाल का तोड़ खोजते-खोजते रात कब बीत गई, हंस राज को पता ही नहीं चला।

~

6 अप्रैल की हड़ताल की कामयाबी से जहाँ अंग्रेज़ों की रातों की नींद उड़ी हुई थी, वहीं देशवासियों में ख़ुशी व उम्मीद की लहर दौड़ रही थी। नीरू का घर भी इस ख़ुशी से अछूता नहीं था। सभी लोग अमृतसर के जुलूस में बड़ी गिनती में औरतों की मौजूदगी का श्रेय नीरू और उसकी शक्ति ब्रिगेड द्वारा निकाले गए मार्च को दे रहे थे। 7 तारीख की सुबह नीरू जब बीते हुए कल की घटनाओं को सोच-सोच कर आनंद विभोर हो रही थी, तभी उसे अपने दूसरे सामाजिक दायित्व का ध्यान

आया। उसकी सबसे प्यारी सहेली निम्मो की शादी होने वाली थी एक दिन बाद और नीरू निम्मो की मंगनी वाले दिन के बाद से उससे मिलने भी नहीं जा पाई थी। इस बात का एहसास होते ही नीरू फटाफट तैयार होकर निम्मो के घर पहुँची।

निम्मो के पिता महेश खन्ना शादी के इंतज़ाम का जायज़ा ले रहे थे। घर रिश्तेदारों से भरा पड़ा था। जब नीरू दाखिल हुई तो महेश, हलवाई को हिदायत दे रहा था, ''दूलो राम जी, मिठाई में किसी किस्म की कमी नहीं रहनी चाहिए। अमृतसरियों के घर की शादी है। यहाँ के लोग सूँघ कर बता देते हैं कि मिठाई में देसी घी और मावा अच्छा पड़ा है या नहीं।''

''मैंने कहा लाला जी आप बिलकुल चिंता मत करो। आखिर साडी वी ते इज़्ज़त का सवाल है,'' दूलो राम ने तसल्ली दी महेश को।

नीरू को अंदर आते देख महेश खन्ना उसकी ओर मुखातिब होकर बोला, ''नीरू पुत्तर, कहाँ रहती है तू सारा दिन? निम्मो का ब्याह है और उसकी पक्की सहेली के पास वक़्त ही नहीं है।''

''चाचा जी, नमस्ते,'' नीरू महेश से नज़रें चुराकर बोली, ''मैं तो जी यहीं होती हूँ सारा दिन। घर में पापा जी कहते हैं कि मैं घर में नहीं टिकती, यहाँ आप कह रहे हो कि मैं आती नहीं। दस्सो कुड़ी जावे ते जावे कित्थे।''

''अच्छा चल अब ज़्यादा मस्करीयां मत कर। निम्मो उडीक कर रही होगी तेरी। तेरे बिना काम भी तो नहीं चलता उसका।'' महेश खन्ना ने नीरू के सिर पर प्यार भरी चपत लगाई और अपना ध्यान वापिस हलवाई की ओर कर लिया।

''चंगा जी।'' कह कर नीरू सीढ़ियाँ चढ़कर निम्मो के कमरे की ओर चल दी। रास्ते में उसे निम्मो की माँ कांता मिली तो वो भी शिकायत करने लगी। ''आ गई तू नीरू? कहाँ रहती है?''

''ओ मैं ले चुका हूँ उसकी क्लास,'' महेश नीचे से बोला। ''जाने दे उसे निम्मो के पास।''

पर कांता ने महेश की बात को अनसुना करके नीरू से कहा, ''मुझे तो निम्मो की समझ नहीं आती। लड़केवाले आने वाले हैं चुन्नी चढ़ाने और वो अभी तक तैयार नहीं है।''

''लड़केवालों के आने में अभी बहुत वक़्त है चाची जी। मैं दो मिनट में तैयार कर देती हूँ निम्मो को।''

''तो फिर जल्दी जा, यहाँ पौड़ियों में खड़ी-खड़ी तैयार कर देगी क्या?''

"जी चाची जी।" नीरू तेज़ी से ऊपर चढ़ गई।

नीरू जब निम्मो के कमरे में दाखिल हुई तो निम्मो आईने के सामने बैठी सूट के रंग के साथ मिलता-जुलता दुपट्टा ढूँढ़ रही थी। अंदर आते ही नीरू ने कहा, "कैसी चल रही है तैयारी मेरी जान?" नीरू को देखते ही निम्मो को उसकी बेरुखी का ख़याल आ गया। वो मुँह बिचका कर बोली, "तू तो चुप ही कर। कहने को मेरी पक्की सहेली है और मेरी ही शादी में शामिल होने की फ़ुर्सत नहीं तुझे; कि आकर मेरी मदद करे। सौ फ़ैसले करने होते हैं छोटे-बड़े और तुझे मेरा साथ देना चाहिए कि नहीं?"

"अब तो आ गई हूँ ना सहेली। तेरा सारा घर मुझसे एक ही शिकायत कर रहा है। अब मैं अकेली जान कहाँ-कहाँ संभालूँ।" यह कहते ही नीरू ने निम्मो को गले लगा लिया। अपनी सहेली का सान्निध्य पाते ही निम्मो की आँखें नम हो गईं। सारा गुस्सा आँसुओं के रास्ते निकल गया। "अरी मुई, दो दिन बाद तो मुझे चली जाना है ससुराल। फिर तू अपना सारा ध्यान दे देना उस खसमानूखानी काँग्रेस को। ससुरालवालों की हो गयी तो कब मौका मिलेगा सहेली से मिलने का? आ बैठ मिलकर चार बातें कर लें।"

"भावुक तो ऐसे हो रही है जैसे शादी करके कलकत्ते जा रही हो। अपने शहर में ही तो हो। जब चाहे मिल लेना," नीरू ने कहा।

निम्मो नीरू का हाथ अपने हाथ में लेकर बोली, "ससुराल में माँ नहीं सास होती है। वहाँ ऐसी आज़ादी कहाँ जो मायके में होती है। और तू कैसे आएगी मुझसे मिलने? तेरे क्या ताए का घर है?"

"अपने देवर के साथ मेरा रिश्ता करवा देना। फिर दोनों सहेलियाँ देवरानी-जेठानी बनकर इकट्ठी रहेंगी। वैसे भी आजकल मेरे आगे-पीछे घूमता रहता है।"

"कौन? राजू? अरे मंगनी के अगले ही दिन आया था मेरी सास के कंगन लेकर। तेरा नाम पूछ रहा था। मैंने बता दिया।"

"तू भी ना निम्मो। थोड़ा तो तड़पाना था उसको। इतनी आसानी से बता दिया मेरा नाम। वैसे परसों मिला था बल्लो हलवाई की दुकान पर। बड़ा हीरो बन रहा था। मैंने हवा निकाल दी बच्चू की।"

"सच?"

"और हाँ, कह रहा था काँग्रेस का वर्कर बन गया है," नीरू आईने में

खुद को निहारते हुए बोली।

‘‘राजू, और काँग्रेस का वर्कर? उसके पापा जी को तो बिलकुल पसंद नहीं यह सब,’’ निम्मो बोली।

‘‘कह तो यही रहा था।’’

‘‘और तू? तू भी क्या पसंद करती है उसको?’’ निम्मो नीरू के गले में बाँहें डाल कर बोली।

‘‘अरे छोड़ ना तू उस चेपू की बात,’’ नीरू ने निम्मो का हाथ अपने हाथों में लिया और कहा, ‘‘निम्मो, तेरी शादी हो रही है बहना।’’ नीरू उचक कर पलंग पर बैठ गई। ‘‘यहीं तेरे आँगन में कीकली डालते, गेंद-गीटे खेलते और स्टापू की लकीरों पर उछलते-उछलते इतने बड़े कब हो गए हम निम्मो। बचपन निकल गया हथेली से रेत की तरह।’’ नीरू ने अपनी बंद मुट्ठी निम्मो के सामने रखी।

‘‘पर दोस्ती बच गई, हथेली पर बची हुई रेत की तरह,’’ निम्मो ने नीरू की बंद मुठी की उंगलियों को खोलकर उसके हाथ को अपने हाथ में ले लिया।

‘‘और साल दो साल में तेरे बच्चे यहाँ कीकली डाल रहे होंगे।’’

‘‘हाँ नीरू, मेरी तो ज़िन्दगी की कहानी वैसी ही होगी जैसी हर हिन्दुस्तानी लड़की की होती है। पर तेरी हिम्मत और जज़्बा देखकर लगता है कि जैसे आने वाले भारत की तक़दीर लिखने में हम औरतों का भी योगदान होगा। कैसे कर लेती है तू यह सब?’’

‘‘अरे ऐसा कुछ नहीं है। बस पापा जी के दिए हुए संस्कार हैं और कुछ मेरे इर्द-गिर्द देश सेवा का माहौल है,’’ नीरू ने कहा।

निम्मो कुछ सोचती हुई कुछ देर चुप बैठी रही। नीरू ने विषय बदलते हुए कहा, ‘‘चल तू यह सब छोड़, आ तुझे तैयार करती हूँ। अगर लड़के वाले आ गए और तू तैयार न हुई तो तेरी चाई ने मेरी परेड करा देनी है।’’ नीरू पलंग से नीचे उतरी और आनन-फानन में निम्मो के लिए सूट, सुर्खी, बिंदी, ज़ेवर व अन्य श्रृंगार का सामान निकाल कर एक कुशल कलाकार की तरह अपनी सहेली को सजाने में जुट गई। घंटे भर की मेहनत के बाद निम्मो तैयार तो हो गई लेकिन वो पूरी तरह मुत्मइन नहीं थी। उसने अपनी चुन्नी को हाथ में लेकर कहा, ‘‘यह बात कुछ बन नहीं रही नीरू। यह गोटा सुनहरी रंग का होना चाहिए। चांदी रंग का गोटा जँच नहीं रहा।’’

‘‘तो किसी को भेज कर मंगवा ले ना सुनहरी गोटा।’’

''किसी के पास फ़ुर्सत ही कहाँ है? सबको अपने ही सजने-संवरने की पड़ी है। तू ही ले आ ना मित्तल की हट्टी से,'' निम्मो दोस्ती का वास्ता देकर बोली।

''मित्तल तो हर नवरात्र में चला जाता है वैष्णो देवी। उसकी हट्टी तो बंद होगी। और फिर अच्छा गोटा तो कटड़ा जैमल सिंह में मिलेगा,'' नीरू ने कहा।

''चल फिर तू रहने दे। मैं इसी से काम चला लूंगी,'' निम्मो ने मायूस होकर कहा।

''अब ऐसा मायूस होने की भी ज़रूरत नहीं। मैं जाकर ले आती हूँ तेरा सुनहरी गोटा।''

''तू कब जाएगी और कब आएगी। दो घंटे में तो वो लोग आ जाएंगे चुन्नी चढ़ाने।'' पर नीरू, निम्मो की बात ख़त्म होने से पहले ही चप्पल पहन कर दरवाज़े तक पहुँच चुकी थी। दहलीज़ पर खड़ी होकर निम्मो से बोली, ''साइकिल पर दस मिनट लगेंगे। यहाँ से दो पैडल मारे तो गुरु बाज़ार, वहाँ से दो पैडल में कटड़ा जैमल सिंह। बस मैं गई और आई।''

''मगर सुन तो,'' निम्मो बोलती रह गई और नीरू हवा की तरह कमरे से निकलकर सीढ़ियां फाँदती हुई आँगन में आ गई। नीचे आते ही उसकी निगाह आँगन में रखी एक साइकिल पर पड़ी। ''यह साइकिल किसकी है?'' उसने पूछा पर जवाब का इंतज़ार किए बिना ही उसके हाथ साइकिल के हैंडल पर थे।

''मेरी है। क्यों?'' दूलो राम ने कहा।

''मैं ज़रा ले जा रही हूँ। अभी दस मिनट में आ जाऊंगी।''

''पर यह तो लड़कों वाली साइकिल है।''

''मैं चला लूंगी।''

नीरू साइकिल लेकर घर से बाहर निकल गई। टोबा भाई सालो गुरुद्वारे के पास ही था निम्मो का घर। नीरू वहाँ से निकली और भाण्डे वाला बाज़ार लांघ कर गुरु बाज़ार पहुँची। गुरु बाज़ार में सर्राफ़ काम करते हैं। गहनों की चमक ने नीरू को कभी नहीं लुभाया था। गुरु बाज़ार की पतली गलियों में लोगों की भीड़ से खुद को बचाती हुई नीरू शास्त्री मार्किट पहुँची तो वहाँ एक अजब ही नज़ारे से दोचार हुई। शास्त्री मार्किट की सब दुकानें तो खुली थीं परन्तु वहाँ न तो कोई दुकानदार मौजूद था और न ही कोई ग्राहक। नीरू को ऐसा लगा जैसे

वो किस्से-कहानियों में वर्णित किसी ऐसे भुतहा शहर में आ गई हो जिसके निवासियों को किसी अनजान शक्ति ने अगवा कर लिया हो। पूरा बाज़ार खाली पड़ा था सिवाय कुछ आवारा कुत्तों और एकाध गाय के जो सड़क पर पड़े जूठे दोनों में से कुछ खाने की चीज़ ढूँढ़ने का प्रयास कर रहे थे। इस दृश्य को अपनी आँखों में समा कर व स्थिति को समझने की नाकाम कोशिश करते हुए नीरू ने अपनी साइकिल कटड़ा जैमल सिंह की ओर बढ़ा दी।

~

विद्या परेशान थी। उसकी आँखों से नींद नदारद थी। रात भर करवटें बदलती रही। उसकी आँखों के सामने कल की हड़ताल वाला मंज़र छाया हुआ था। कल वो बाबा अटल साहब गुरद्वारे की सातवीं मंज़िल पर चढ़कर शहर को देख रही थी। जैसे कोई आशिक़ अपने माशूक की एक झलक पाने की उम्मीद में बेकरार होता है, वैसी ही बेकरारी से विद्या अमृतसर से लाहौर देखने की ललक लिए दौड़ कर गुरुद्वारे की सीढ़ियाँ चढ़ कर उसकी सातवीं मंज़िल पर पहुँच गई थी। अद्भुत नज़ारा था उसकी आँखों के सामने! पश्चिम की ओर गोबिंदगढ़ क़िले पर यूनियन जैक लहरा रहा था। इसी दिशा में लाहौर भी था जो कि उस दिन तो विद्या को दिखाई न दिया। उत्तर की ओर लोहगढ़ गुरुद्वारा, टोबा भाई सालो गुरुद्वारा, और नवें गुरु, गुरु तेग बहादुर जी के जन्म स्थान को समर्पित गुरुद्वारा दिख रहा था। इसके अलावा पुराने शहर को सिविल लाइन्स से जोड़ता रेलवे कैरिज पुल और पुल के पार रेलवे स्टेशन भी दिख रहा था। जब तक विद्या की नज़र उत्तर से घूम कर पूर्व की ओर गई तब तक रत्ती देवी भी हाँफ़ती हुई वहाँ पहुँच गई।

''क्या रत्ती, इतनी देर लगा दी चढ़ने में। बूढ़ी हो गई हो।''

''कर ले बातें। बच्चे हो जाने दे तेरे। फिर देखती हूँ कितनी फुर्ती बचती है तेरी टांगों में।'' अपने मुँह से निकली बात ख़त्म होते-होते रत्ती देवी को एहसास हो गया था कि उसने विद्या की दुखती रग पर हाथ रख दिया है। विद्या के चेहरे पर एक परछाई-सी आ गई। रत्ती देवी ने बात संभालते देर नहीं लगाई और कहा, ''वाहेगुरु की कृपा से इस साल मेरी बहन की गोद ज़रूर भर जानी है।'' रत्ती देवी ने विद्या को पीछे से बांहों में भर लिया। दोनों बहनों की नज़रें शहर के पूर्व की ओर देख रहीं थीं, जहाँ उन्हें कोतवाली दिख रही थी। कोतवाली की छत पर कुछ

लोग खड़े थे। शायद उनमें से कुछ गोरे भी थे लेकिन इतनी दूर से कहना मुश्किल था। पूर्व की ओर ही जलियांवाला बाग भी दिख रहा था और उसके साथ ही बाग की ओर जाने वाले हज़ारों लोग भी दोनों बहनों की नज़रों के सामने थे।

''तेरे जीजा जी भी आज वहीं हैं,'' रत्ती देवी ने भीड़ की ओर इशारा करके कहा, ''और आज तो गोपाल भी उनके साथ है। तेरा पति आज स्टेज पर बैठा होगा, बड़े-बड़े काँग्रेसियों के साथ। अब तो मुस्कुरा दे।'' जवाब में विद्या ने केवल इतना कहा, ''चल अब चलते हैं,'' और वो नीचे उतर गई।

हज़ारों की भीड़, पुलिस की भारी मौजूदगी और इस सबके बीच स्टेज पर बैठे गोपाल की तस्वीर ने विद्या की नींद उड़ा रखी थी। 'कहीं उसने इस माहौल में अमृतसर आकर कोई गलती तो नहीं कर ली?' धरने-प्रदर्शन तो दिल्ली में होते थे पर गोपाल इस सब से दूर ही रहता था। वो अपने काम से ही काम रखता था। फिर दिल्ली बड़ा शहर है। एक कोने में कुछ हो भी तो दूसरे कोने में लोगों को भनक तक न पड़ती थी। पर यहाँ अमृतसर में तो लगता था जैसे पूरा शहर एक ही सूत्र में बंधा हुआ हो। क्या हिन्दू, क्या मुसलमान, क्या सिख, सब पर एक ही धुन सवार, सब की ज़ुबां पर एक ही नारा, ''महात्मा गाँधी, ज़िंदाबाद।'' और यहाँ पर छज्जू राम हर वक़्त काँग्रेस के काम में लगा रहता था और अब तो गोपाल भी छज्जू राम के रंग में रंगने लगा था। 'ऐसे में कुछ ऊँच-नीच हो गई तो?' हर तरह का बुरे-से-बुरा ख़याल विद्या के मन में आ रहा था और इन्हीं ख़यालों से जूझते उसने आँखों-आँखों में रात काट दी थी।

7 अप्रैल की सुबह जब छज्जू राम और गोपाल नाश्ता करके छज्जू राम की दुकान पर चले गए तो विद्या ने रत्ती देवी से कहा, ''मैं सोचती हूँ कि अब हमें दिल्ली वापिस चले जाना चाहिए। बहुत दिन हो गए।'' रत्ती देवी रसोई में बैठी सब्ज़ी काट रही थी, विद्या की बात सुनकर बोली,

''अरे अभी-अभी तो आए हो तुम लोग। ऐसी भी क्या जल्दी है? कुछ दिन और रुक जाओ।''

''श्री हरिमंदिर साहब में माथा टेकना था और मन्नत मांगनी थी सो वो तो हो गया। अब घर चलना चाहिए,'' विद्या भी सब्ज़ी काटने में रत्ती की मदद करने लगी। उस दिन रत्ती का गाजर-मटर की सब्ज़ी बनाने का मन था।

''क्या हुआ? बड़ी बहन के घर से ऊब गई?''

''नहीं रत्ती, ऐसी बात नहीं।''

"मैं जानती हूँ क्या बात है। जब से आई हो कभी यह मंदिर, कभी वो गुरुद्वारा। बहुत हो गई भक्ति, बहुत माँग ली मन्नतें। आज दोनों बहनें चलेंगी बाज़ार। कुछ खरीदारी करेंगी। अपने-अपने जीजे के कुछ रुपये खर्च करवाएंगी। अपने आप तेरा मन बहल जाएगा। चल तैयार हो जा। बाज़ार चलते हैं।"

विद्या ने बहन की बात मान ली। मन में सोचा कि शाम को गोपाल से इस विषय पर बात करेगी।

भांडे वाले बाज़ार में स्टील, तांबे व पीतल के चमकते बर्तनों की आभा को और गुरु बाज़ार के मादक स्वर्णाभूषणों की कशिश को महसूस करतीं दोनों बहनें कपड़े की मंडी यानी कटड़ा जैमल सिंह पहुँचीं तो वहाँ उन्हें रोज़ की तरह भीड़ न दिखी। ग्राहक तो थे ही नहीं, ज़्यादातर दुकानों से दुकानदार भी नदारद थे। कुछेक दुकानों पर वहाँ काम करने वाले नौकर ज़रूर दिख रहे थे। रत्ती देवी यह सब माजरा समझने के लिए एक दुकान के बाहर खड़े नौकर से कुछ पूछने ही वाली थी कि नीरू ने अपनी साइकिल उन दोनों के पास आकर रोकी और पूछा, "यह दुकानों में इतना सन्नाटा क्यों है? कहाँ गए हैं सब लोग?" विद्या और रत्ती ने नीरू को देखा जो कि हल्के पीले रंग का सूट और सुरमई दुपट्टा ओढ़े थी। गर्मी व तेज़ी से साइकिल चलाने की मशक़्क़त के कारण उसके चेहरे व गर्दन पर पसीना चमक रहा था। विद्या ने उसे पहचान लिया। यह तो वही लड़की है जो उस दिन जुलूस की अगुवाई कर रही थी।

"आप लोगों को पता नहीं है कि क्या हुआ है?" दुकान के नौकर ने पलट कर नीरू से सवाल किया।

"क्या हुआ है?" विद्या ने पूछा।

"जाकर खुद ही कोतवाली पर देख लो।" नौकर ने कहा और स्वयं दुकान की सफ़ाई में मसरूफ़ हो गया।

विद्या नीरू से बात करना चाहती थी मगर नौकर की बात सुनकर नीरू ने साइकिल के पैडल पर पैर रखा और बात की बात में ही कोतवाली की ओर जाने वाली गलियों में लुप्त हो गई। विद्या और रत्ती देवी भी उसी दिशा की ओर चल दीं।

~

6 अप्रैल के जलसे में उद्धम सिंह, साधु सिंह और अनाथालय में रहने वाले अन्य लड़कों ने जनता की खूब सेवा की। जलियांवाले बाग में स्थित कुएँ से पानी भर-भर वो सारा दिन लोगों की प्यास बुझाते रहे। हज़ारों की भीड़ का फ़ायदा उठा कर गुरदित्त सिंह और गुज्जर सिंह भी उस जलसे में शामिल हुए। यूँ तो पुलिस कुत्ते की तरह इन दोनों की गंध सूँघती फिरती थी मगर सत्याग्रह के देशव्यापी महायज्ञ से वो स्वयं को दूर न रख पाए। पकड़े जाने का ख़तरा उठा कर भी वो दोनों भीड़ के साथ नारे लगाते रहे। शाम को थके-मांदे जब सब लोग अनाथालय वापिस पहुँचे तो भाग सिंह ने सबके लिए खाने का इंतज़ाम कर रखा था। नौजवान लड़के खाने पर टूट पड़ना चाहते थे मगर मेहमानों की मौजूदगी में खुद पर संयम रख कर खड़े रहे। भाग सिंह ने गुरदित्त सिंह और गुज्जर सिंह के लिए खाना परोसा और फिर लड़कों से कहा, ''आओ भाई जवानों, कर लो पेट पूजा।''

पंगत में बैठकर खाना खाते हुए उद्धम सिंह ने साधु सिंह से कहा, ''वीरे आज का जलसा देखकर तो अंग्रेज़ की पीपनी बज जानी है।''

''ठीक कहा तूने। नारों की गूँज तो लाहौर तक पहुँची होगी। याद रहेगा यह दिन अमृतसर की तारीख में।'' साधु ने कहा और दाल से भरा हुआ रोटी का कौर मुँह में डाला। लड़कों की बात सुनकर गुरदित्त सिंह ने मुस्कुराते हुए अपनी दाढ़ी में हाथ फेरा और कहा, ''नारों की गूँज अगर लाहौर तक पहुँची तो इसके पीछे हमारे इन जवानों का भी तो हाथ था। जल की सेवा करके इन लोगों ने जनता के गले तर रखे ताकि नारे ज़ोर-शोर से लगते रहें।'' गुरदित्त सिंह की बात सुनकर सब हँस पड़े। तभी अनाथालय के मुख्य दरवाज़े पर ज़ोरदार दस्तक हुई। सभी के चेहरों पर प्रश्नवाचक भाव आए।

''इस वक़्त कौन आया होगा?'' भाग सिंह के मुँह से अनायास ही निकला।

दस्तक दोबारा हुई। इस बार अधिक ज़ोर से।

''कौन है?'' भाग सिंह ने खड़े होकर पूछा।

''दरवाज़ा खोलो,'' बाहर से एक रौबदार आवाज़ आई।

''कौन है?'' भाग सिंह ने फिर पूछा। अब तक सब लोग खड़े हो चुके थे।

''पुलिस है। अब दरवाज़ा खोलते हो या तोड़कर अंदर आएँ?''

यह सुनते ही भाग सिंह का इशारा पाकर उद्धम और साधु, गुरदित्त सिंह और गुज्जर सिंह को लेकर पहली मंज़िल पर स्थित एक कमरे में ले गए। भाग

सिंह ने दरवाज़ा खोला। अमृतसर कैंट पुलिस चौकी का दारोगा हशमत खान आठ सिपाहियों के साथ अंदर दाखिल हुआ। साढ़े छः फुट लम्बे पठान हशमत खान के सिर पर तुर्लेदार पगड़ी थी और चेहरे पर घनी मूँछें। बड़ी-बड़ी आँखों में लाली थी। अनाथालय में घुसते ही उसने सिपाहियों को सारे कमरों की तलाशी लेने का हुक्म दिया। सभी सिपाही अलग-अलग कमरों में घुस गए।

''बात क्या है दारोगा जी, कुछ तो बताइये ?'' भाग सिंह ने पूछा।

''बताने की ज़रूरत है क्या ?'' हशमत खान ने हाथ में पकड़े डंडे को हवा में घुमाते हुए कहा। फिर वो घूमकर भाग सिंह के ठीक सामने खड़ा हो गया और बोला, ''तुम क्या सोचते हो ? यहाँ इस यतीमखाने में गद्दारों को पनाह दोगे और हमें पता नहीं चलेगा ?'' फिर उसने सिपाहियों को ताकीद की, ''ओए जल्दी करो।'' सिपाहियों की चाल में और तेज़ी आ गई। नीचे वाली मंज़िल पर एक गाय-भैंसों का तबेला था, एक दफ़्तर, एक बड़ा-सा कमरा जिसमें बारह बिस्तर बिछे थे। इसके अलावा दो कमरे और थे जिनमें खाने-पीने का सामान व सर्दियों के बिस्तर जैसे गद्दे, रज़ाइयां आदि पड़ी थीं। एक रसोई थी और रसोई के बाहर आँगन में दरियाँ बिछा कर सब लोग खाना खाते थे। सिपाही हर कमरे का सामान उलट-पलट कर देख रहे थे।

''दारोगा जी, आप कैसी बात कर रहे हैं ? यहाँ पर सब गरीब, अनाथ बच्चे रहते हैं। इनमें से कोई गद्दार नहीं है,'' भाग सिंह ने कहा।

''पहले तो इन दाढ़ी-मूँछ वाले जवानों को बच्चा कहना बंद करो। और मैं यहाँ इनकी नहीं, तेरे उन दो ख़ास मेहमानों की बात कर रहा हूँ जो चार दिन से तेरे यहाँ रह रहे हैं। आज जलियांवाले बाग में भी थे ना वो ? मेरा बस चलता तो वहीं दबोच लेता। लेकिन, खैर, अब बताओ, कहाँ हैं वो दोनों गदरी।''

हशमत खान की बातें सुनकर उद्धम और साधु इस सोच में पड़ गए कि गुरदित्त सिंह और गुज्जर सिंह को वहाँ से कैसे भगाया जाए। नीचे के कमरों की तलाशी लेकर सिपाही जल्दी ही ऊपर की मंज़िल पर आ जाएंगे।

''मेरे ख़याल से हमें गिरफ़्तारी दे देनी चाहिए,'' गुरदित्त सिंह ने गुज्जर सिंह से कहा, ''ख़ामख़ाह हमारी वजह से इन सब पर मुसीबत आ जाएगी।''

''नहीं जी, आप ऐसा मत सोचो,'' उद्धम बोला।

''हम आप लोगों को छत के रास्ते से निकाल सकते हैं,'' साधु ने कहा।

''हम अगर कमरे से बाहर निकले तो उन लोगों की नज़र में आ जाएंगे,''

गुरदित्त सिंह बोला। कुछ देर की खामोशी के बाद गुज्जर ने कहा, ''एक ही रास्ता है। मैं नीचे जाता हूँ। कुछ देर के लिए उन लोगों का ध्यान भटकेगा। उतनी देर में तुम दोनों गुरदित सिंह जी को ऊपर के रास्ते से भगा देना।''

गुज्जर की बात सुनते ही गुरदित्त सिंह ने कहा, ''अगर गिरफ़्तारी ही देनी है तो मैं दूंगा। गुज्जर, तुम निकल जाओ।''

''गुरदित्त सिंह जी, आपका आज़ाद रहना ज़रूरी है। इस मुहिम को आगे चलाना है आपको।'' सिपाहियों के कदम पास आते जा रहे थे। ''ज़्यादा वक़्त नहीं है हमारे पास,'' कहकर गुज्जर सिंह कमरे से बाहर चला गया।

''रुक जाओ दारोगा जी, आप जिसे ढूँढ़ रहे हो वो मैं ही हूँ और मैं नीचे आ रहा हूँ।''

गुज्जर सिंह पहले खुद भी अंग्रेज़ों की पुलिस में रह चुका था, इसलिए वो पुलिस के काम करने के तरीके से वाकिफ़ था। पहली मंज़िल पर अँधेरा था। जैसे ही गुज्जर सिंह सीढ़ियों की ओर बढ़ा वैसे ही उद्धम सिंह ने अंधेरे और पुलिस के बँटे हुए ध्यान का लाभ उठाकर गुरदित्त सिंह को अनाथालय की छत पर पहुँचा दिया और फिर वहाँ से साथ-साथ सटी हुईं छतों से कूदते हुए दोनों पुलिस की पहुँच से दूर निकल गए।

गुज्जर सिंह नीचे आँगन में पहुँचा तो हशमत खान अपने पुराने साथी को पहचान गया और बोला, ''गुज्जर सिंहां, आ ही गया तू काबू मेरे। अब गुज़ारना ज़िन्दगी सलाखों के पीछे।''

''हशमत खान! चाहे अंग्रेज़ कालापानी भेज दे या फाँसी लगा दे, पर मौत मेरे को बड़े सुकून की आनी है।''

''ओए तू अच्छा-भला पुलिस में था। अब तक दारोगा बन गया होता मेरी तरह। क्या हासिल हुआ इन गदरियों का साथ दे के? चल अब जल्दी बता, कहाँ है तेरा साथी?'' हशमत खान डंडा लहराता हुआ गुज्जर सिंह के पास आकर खड़ा हो गया।

''वो नहीं आएगा तेरे हाथ।''

''आएगा कैसे नहीं,'' हशमत खान ने कहा और गरज कर सिपाहियों को हुक्म दिया, ''जाओ, ऊपर जाकर तलाश करो और दो जने गली में जाकर देखो।''

''आज तक धाड़ मारनी नहीं आई तुझे हशमते। बाहर वाले रास्ते पहले बंद किए जाते हैं, फिर घर के अंदर दाखिल हुआ जाता है। दारोगा कैसे बन गया

तू? अब ऐसा कर, मुझे ही ले चल और कोई नहीं मिलना तेरे को।''

गुज्जर सिंह का कटाक्ष सुनकर हशमत खान का पारा और चढ़ गया। वो झुँझला कर बोला, ''दो को लेने आया था। दो ही लेकर जाऊँगा। इस ज्ञानी को भी साथ ले लो,'' उसने भाग सिंह को गिरफ़्तार करने का हुक्म दिया।

''यह गलत कर रहे हो हशमत खान,'' गुज्जर सिंह गरजा।

''क्यों? क्या गलत है? गद्दार को पनाह देना भी तो जुर्म है इतना तो मैं भी जानता हूँ और तुम भी जानते होगे।''

उद्धम सिंह और गुरदित्त कई मकानों की छतें लाँघते हुए जीटी रोड पर पहुँचे। सड़क को पार करके वो इस्लामाबाद नामक एक बस्ती में घुस गए। उस वक़्त इस्लामाबाद में थोड़ी-सी ही आबादी थी। ज़्यादातर मकान कच्चे थे और गलियाँ बेतरतीब थीं। उन गलियों से होते हुए दोनों तरनतारन की ओर जाने वाली रेलवे लाइन तक पहुँच गए। लाइन के साथ-साथ चलते हुए दोनों पहले गेट हकीमां पहुँचे और फिर वहाँ से शहर की दीवार की ओट लेते हुए सिंह शहीदां साहब गुरुद्वारे में पहुँचे। वहाँ उद्धम ने गुरदित्त सिंह को गुरुद्वारे के एक रागी से मिलवाया। रागी गुरदित्त सिंह को गुरुद्वारे के अंदर ले गया। उद्धम सिंह ने उस रात अनाथालय जाना उचित न समझा। वो शहीदां साहब से निकल कर रामसर होता हुआ जलियांवाले बाग में पहुँचा और वहाँ घास पर लेट गया। हवा में तन-मन को सुकून देने वाली हल्की-सी ठंडक थी। कुछ ही पलों में उद्धम सिंह की आँख लग गई।

जब उद्धम सिंह की आँख खुली तो सूरज सिर पर आ चुका था। उसे ज़ोर की भूख लगी थी। उद्धम बाग से निकला और बाबा अटल साहब के लंगर भवन में जाकर खाना खाया और चाय पी। वो जल्दी-से-जल्दी अनाथालय जाना चाहता था परन्तु वो तय नहीं कर पा रहा था कि इस समय उसे वहाँ जाना चाहिए या नहीं। हो सकता है कि अभी भी वहाँ पुलिस का पहरा हो। तभी उसे ध्यान आया कि वो अमृतसर की सबसे ऊँची इमारत के नीचे खड़ा है। वो अक्सर अनाथालय की छत से बाबा अटल गुरुद्वारे को देखा करता था। उद्धम सिंह तेज़ी से गुरुद्वारे की सीढ़ियाँ चढ़कर सातवीं मंज़िल पर पहुँचा। दूर पश्चिम की ओर देखने पर उसे नीले रंग में रंगी अनाथालय की छत टाट पर लगे एक पैबंद की तरह दिख रही थी। लेकिन वहाँ पुलिस का पहरा मौजूद है या नहीं इस बारे में कुछ भी कहना नामुमकिन था। उद्धम सिंह ने वहीं रुकने का फ़ैसला किया। श्री

हरिमंदिर साहब से कीर्तन की आवाज़ उसके कानों में पड़ रही थी। वो आँखें बंद करके शबद कीर्तन श्रवण करते हुए वाहेगुरु का नाम जपने लगा। कुछ बीती रात की थकावट, कुछ पेट भर कर खाए हुए लंगर का सुरूर था, उद्धम सिंह की वहाँ बैठे-बैठे फिर से आँख लग गई।

दोपहर की तीखी धूप ने जब उसकी आँखों पर वार किया तो कहीं जाकर उद्धम की नींद खुली। आँखें मलता हुआ वो खड़ा हुआ और इससे पहले कि वो सीढ़ियाँ उतर कर नीचे जाता उसकी नज़र कोतवाली की ओर गई। वहाँ उसने वही नज़ारा देखा जो नीरू, विद्या, और रत्ती देवी सहित सैकड़ों लोग जिनमें दुकानदार, ग्राहक, राहगीर शामिल थे, देख भी रहे थे और जज़्ब करने की कोशिश भी कर रहे थे।

फ़ौजी गाड़ियों का एक लम्बा काफ़िला हॉल बाज़ार से निकलकर कोतवाली में इकट्ठा हो रहा था। कई गाड़ियाँ कोतवाली में आकर रुक चुकी थीं। एक के बाद एक इन गाड़ियों का सिलसिला मानो थमने का नाम ही नहीं ले रहा था। गाड़ियों में पठान, गोरखा और गोरे सिपाही भरे हुए थे। तीन बख्तरबंद गाड़ियाँ और दो टैंक, जिनके ऊपर मशीनगन लगी थीं, भी इस कारवां का हिस्सा थे। इतनी बड़ी तादाद में फ़ौजी अमले को शहर के अंदर पहले किसी ने नहीं देखा था। मेरी बात और है। मैंने कई लश्कर देखे हैं, मगर उन लश्करों की आमद के साथ जंग का बिगुल भी बजता था। या फिर ऐसे लश्कर राजा-महाराजाओं की सवारी के साथ चलते थे। मगर 7 अप्रैल 1919 को अमृतसर में न तो युद्ध का खतरा था और न ही लन्दन से कोई अति विशिष्ट व्यक्ति आया था। फिर इतनी बड़ी फ़ौज के शहर के बीचोबीच, श्री हरिमंदिर साहब से महज़ पाँच सौ गज़ की दूरी पर हुए जमावड़े का भला क्या अर्थ था? यह सवाल उस दिन मेरे मन में था, नीरू के मन में था, उद्धम सिंह के मन में था और सांझ होते-होते यह सवाल अमृतसर के हर उस व्यक्ति के मन में था जिसने यह काफ़िला देखा था या इसके बारे में सुना था। शहर की हवा में उत्सुकता भी थी, डर भी था और कुछ हद तक रोमांच भी था। कोतवाली के आस-पास की गलियों में रहने वाले बच्चे फ़ौजी गाड़ियों को देखने की ललक में कोतवाली की दीवार में बने छिद्रों में से झाँक रहे थे। इस नज़ारे को देखकर उद्धम सिंह एक-एक छलांग में तीन-तीन सीढ़ियाँ लाँघता हुआ बाबा अटल गुरुद्वारे से नीचे उतरा और अंजाम की परवाह किए बगैर अनाथालय की ओर भागा।

जब तक आखिरी फ़ौजी गाड़ी कोतवाली के अहाते में दाखिल नहीं हो गई, तब तक नीरू कटड़ा जैमल सिंह में ही खड़ी रही। उसने अपने घर में अपने पिता और अन्य काँग्रेसियों के मुँह से मार्शल लॉ जैसे शब्द सुन रखे थे। 'क्या इतनी तादाद में फ़ौजी गाड़ियों का आना मार्शल लॉ का एलान था? अगर यह सच था तो इसका अमृतसर के लिए क्या मतलब था? रौलेट ऐक्ट के विरुद्ध प्रदर्शन क्या अब रोकने होंगे? उनकी ओर से तो कोई हिंसा नहीं हुई, फिर इतनी सारी फ़ौज और वो भी शहर के अंदर?' आमतौर पर फ़ौजी गतिविधियाँ छावनी या फिर गोबिंदगढ़ किले तक ही सीमित रहती थीं। नीरू जल्दी से घर जाना चाहती थी और अपने पिता से मिलना चाहती थी। पर तभी उसे निम्मो का ध्यान आया जो घर पर सुनहरी गोटे का इंतज़ार कर रही थी। नीरू ने अपनी साइकिल गोटा-किनारी बेचने वाली दुकान की तरफ़ घुमा दी।

~

7 अप्रैल को हंस राज सुबह आठ बजे ही माइल्स की कोठी पर पहुँच गया। ख़बर महत्त्वपूर्ण थी और हंस राज को उम्मीद थी इसे सुनने के बाद माइल्स ज़रूर उसकी तारीफ़ करेगा। माइल्स भी उस दिन सुबह जल्दी ही तैयार हो गया था दफ़्तर जाने को। घर से निकलकर वो कार में बैठने ही वाला था कि उसकी नज़र बरामदे में बैठे हंस राज पर पड़ी। हंस राज हाथ जोड़ कर खड़ा हो गया। माइल्स को समझते देर न लगी कि हंस राज कोई महत्त्वपूर्ण सूचना लाया है। उसने हंस राज को कार में बैठने के लिए कहा। हंस राज कार में बैठा तो माइल्स ने उसे चुप रहने का इशारा किया। इन हालात में माइल्स किसी पर भी विश्वास करने की स्थिति में नहीं था। माइल्स की कोठी से कोतवाली तक का दस मिनट का सफ़र पूरा होते-होते हंस राज के पेट में दर्द होने लगा। रात भर वो इंतज़ार करता रहा था कि कब सुबह हो और कब वो काँग्रेस में पक रही खिचड़ी की सूचना अपने आका को दे। कार में बैठे-बैठे उसने कई बार माइल्स से नज़रें मिलाने की कोशिश की, लेकिन माइल्स का ध्यान कहीं और ही था। वो हंस राज की मौजूदगी को फ़िलहाल नज़रअंदाज़ करके उस टेलीग्राम को लेकर चिंतित था जो कल रात उसे जालंधर छावनी से भेजा गया था। उसे तो यह तक नहीं पता था कि

दफ़्तर पहुँचने तक उसके हाथों में शहर की बागडोर होगी भी या नहीं। ऐसी हालत में हंस राज के पेट में न पच पा रही खबर को सुनने की उसे कोई जल्दी नहीं थी।

माइल्स के दफ़्तर में जॉन पहले से ही मौजूद था। माइल्स दफ़्तर में घुसा। जॉन ने उसका अभिवादन किया। वो कुछ कहने ही वाला था कि माइल्स के पीछे आते हंस राज को देखकर चुप हो गया।

''अब बोलो हंस राज,'' माइल्स अपनी कुर्सी पर बैठते ही बोला। साथ ही उसने जॉन को हिदायत दी, ''जॉन, डू यू माइंड क्लोज़िंग द डोर एंड प्लीज़ एनश्योर नोबडी इज़ ट्राइंग टू इव्ज़ड्रॉप।'' (John, do you mind closing the door and please ensure nobody is trying to eavesdrop.)

जॉन ने कॉरिडोर में देखा। वहाँ कोई नहीं था। दरवाज़े को बंद करके वो माइल्स की कुर्सी के पास आ गया, जहाँ हंस राज रामनवमी के जुलूस और काँग्रेस की योजना के बारे में माइल्स को जानकारी दे रहा था। हंस राज की बात सुनकर माइल्स ने कहा, ''हंस राज तुम इस वक़्त यहाँ क्या कर रहे हो ?''

''जी ?'' हंस राज सकपका गया।

''आई सैड, व्हाट द हैल आर यू डूइंग हेअर, इन माई ऑफ़िस ?'' (I said, what the hell are you doing here, in my office?)

''हुज़ूर मैं तो आपको...''

''आई एम नॉट इंटरस्टिड इन व्हाट द काँग्रेस इज़ ट्राइंग टू डू। आई एम इंटरस्टिड इन नोइंग व्हाट यू आर डूइंग टू थ्वार्ट देअर एफ़र्ट्स'' (I am not interested in what the congress is trying to do. I am interested in knowing what you are doing to thwart their efforts.) यह जुलूस नहीं निकलना चाहिए हंस राज। हिन्दू–मुस्लिम एकता के रूप में तो बिलकुल नहीं।''

''जी हुज़ूर। मैं पूरी कोशिश करूंगा...''

''दिस टाइम आई वांट सम रिज़ल्ट्स।'' (This time I want some results.) अब जाओ, पंडितों से मिलो, मौलवियों से मिलो, धर्मगुरुओं से मिलो पर जैसे भी हो इस जुलूस को रोको।'' हंस राज बाहर जाने के लिए मुड़ा तो माइल्स ने उसे चेतावनी भरे स्वर में कहा, ''हंस राज, अगर रामनवमी वाले दिन हिन्दू और मुसलमान एक ही घड़े से पानी पीयेंगे तो यह न तो धर्म के लिए अच्छा होगा, न समाज के लिए और न ही अमृतसर के लिए।''

हंस राज के जाते ही जॉन बोला, ''आई थिंक वी शुड इम्पोज़ द कर्फ़्यू।'' (I think we should impose the curfew.)

"डोंट बी रिडिक्लयस जॉन। ऑन व्हाट प्रीटैक्स्ट कैन वी डू दैट? हैज़ देअर बीन एनी वॉयलेंस?" (Don't be ridiculous John. On what pretext can we do that? Has there been any violence?)

"नो, सर।" (No, sir.)

"एंड दिस इज़ द ब्लडी फ़ेस्टिवल सीज़न। द होल सिटी, ईवन अवर सिम्पेथाइज़र्स विल बी अगेंस्ट अस इफ़ वी टुक सच अ स्टैप। इन एनी केस, आई रिसीव्ड अ वायर फ्रॉम जालंधर लास्ट नाइट। अ कन्वॉय ऑफ़ आर्मी शेल बी अराइविंग दिस आफ़्टरनून। द गवर्नर वॉन्ट्स अ शो ऑफ़ स्ट्रैन्थ इन द सिटी। मेबी द साइट ऑफ़ आर्मी विल स्केअर दैम।" (And this is the bloody festival season. The whole city, even our symapthizers will be against us if we took such a step. In any case, I received a wire from Jalandhar last night. A convoy of army shall be arriving this afternoon. The governor wants a show of strength in the city. Maybe the sight of army will scare them.) अपनी बात पूरी होते-होते माइल्स दफ़्तर की एक खिड़की के पास जाकर खड़ा हो गया। खिड़की से बाबा अटल गुरुद्वारे का गुम्बद साफ़ दिखाई दे रहा था।

~

6 अप्रैल की हड़ताल की सफलता से गुरबख्श सिंह, दीनदयाल, बदर-उल-इस्लाम, सतपाल और सैफ़-उद-दीन किचलू जैसे नेता खुश तो थे मगर 7 तारीख की सुबह होते ही उन्हें अपने सामने खड़ी चुनौती का मुक़ाबला करने के लिए एक मीटिंग करनी पड़ी। रामनवमी के जुलूस में मुसलमानों की शिरकत की जो शर्त मौलवियों ने रखी थी, उसके बारे में काँग्रेस ने अभी तक न तो बड़े मंदिर के पुजारी से बात की थी और न ही मंदिर कमेटी के किसी सदस्य से। यह मीटिंग दीनदयाल के घर पर रखी गई थी। नीरू भी इसमें शामिल होना चाहती थी। मगर निम्मो के घर जाना भी आवश्यक था। अगले दिन निम्मो की शादी थी और उसे अपनी पक्की सहेली की ज़रूरत थी। मीटिंग में एक मत से यह फ़ैसला किया गया कि मंदिर कमेटी के सामने दीनदयाल, गुरबख्श सिंह और छज्जू राम पेश होंगे और उन्हें मौलवियों की शर्त पर राज़ी करने की कोशिश करेंगे। इस मीटिंग में हंस राज शामिल नहीं हुआ था, क्योंकि वो तो उस समय माइल्स की

कोठी पर हाज़िरी बजा रहा था। जब तीनों काँग्रेसी नेता मंदिर कमेटी से मिलने बड़े मंदिर में स्थित कमेटी के दफ़्तर में पहुँचे तो वहाँ पंडित बद्रीप्रसाद व चंदर भान के साथ दो और सदस्य हरिनारायण और उमाशंकर भी मौजूद थे। चंदर भान को चूँकि जामा मस्जिद के इमाम ने पहले से ही सब कुछ बता रखा था इसलिए वो काँग्रेसियों के तर्कों का जवाब देने की पूरी तैयारी करके आया था। दीनदयाल ने मौलवियों की शर्त मंदिर कमेटी के आगे रखी तो कुछ पल के लिए कमरे में सन्नाटा छा गया। मौन को तोड़ते हुए उमाशंकर ने कहा, ''मेरे ख़याल में इस विषय पर सबसे पहले पंडित जी ही अपनी राय दें तो ठीक होगा।''

''देखिये,'' पंडित बद्रीप्रसाद ने गला साफ़ करके कहा, ''जहाँ तक अलग-अलग घड़े न रखने का ताल्लुक है तो ऐसा किया जा सकता है परन्तु हिन्दू उन घड़ों से पानी पीयेंगे या नहीं, इस बारे में कुछ निश्चित तौर पर कहना मेरे लिए कठिन होगा।''

''कैसी बात कर रहे हैं आप पंडित जी।'' चंदर भान बोला, ''राम लला की सवारी के साथ जुलूस तकरीबन चार घंटे तक चलता है। इतनी गर्मी में क्या राम भक्तों को प्यासा रखेंगे?''

''अगर कोई पानी पीना चाहे तो पी सकता है,'' छज्जू राम ने कहा।

''कहाँ से पीयेगा?'' चंदर भान पूरे तैश में आकर बोला, ''उसी घड़े से जिस पर मलेच्छों के हाथ लगे होंगे? रामनवमी के पवित्र दिन पर शहर भर के हिन्दुओं का धर्म भ्रष्ट करवाएंगे क्या?''

''तैश में मत आइये चंदर भान जी,'' उमाशंकर ने थोड़े तेज़ लहज़े में कहा, ''हमें मर्यादा के अंदर रहकर बात करनी चाहिए।'' उमाशंकर पचास वर्ष का गंभीर स्वभाव का व्यक्ति था। चेहरे पर चेचक के दाग थे और आँखों पर मोटे फ्रेम का चश्मा। उमाशंकर की बात से काँग्रेसियों को कुछ हौसला मिला। फिर दीनदयाल ने कहा, ''अगर कोई हिन्दू पानी नहीं पीना चाहेगा तो चार-पाँच घंटे प्यासा रहने से कोई बहुत बड़ी मुसीबत तो आ नहीं जाएगी। कई प्रकार के व्रत और उपवास करते वक़्त भी तो हम कई-कई घंटे पानी नहीं पीते।''

''हाँ जी, निर्जला एकादशी पर तो लोग पूरा दिन पानी नहीं पीते, क्यों पंडित जी?'' छज्जू राम ने पंडित की ओर सवाल उछाला।

''वो सब तो धर्म-कर्म की बात है,'' हरिनारायण ने अपनी बात रखी।

''जब देश स्वाधीन न हो तो देशभक्ति से बड़ा कोई धर्म नहीं। भारत

माता को भी तो हम देवी ही मानते हैं। तो अगर किसी हिन्दू को सांझे घड़े से पानी पीने में एतराज़ होगा तो वो उस दिन देवी मातृभूमि के लिए उपवास रख लेगा,'' दीनदयाल ने कहा।

''अब यह देशभक्ति और धर्म की खिचड़ी तो मत पकाइये आप। धर्म और राजनीति को क्यों मिला रहे हैं आप लोग ? यह तो काँग्रेस की परम्परा नहीं। क्या गाँधी जी, गोखले जी व अन्य राष्ट्रीय नेताओं की इजाज़त ली है आपने ?'' चंदर भान ने बहस को एक नई दिशा दी।

''सत्याग्रह और महात्मा गाँधी के नुक्ता-ए-नज़र से देखा जाए तो हर शहर का हर सत्याग्रही स्वयं ही गाँधी है। अंग्रेज़ हिन्दुओं और मुसलमानों में फूट डालकर डेढ़ सौ वर्षों से हम पर राज कर रहे हैं। आज हमारे पास मौका है उनको बताने का कि यह फूट डालो और राज करो की नीति अब और नहीं चल सकती,'' गुरबख्श सिंह ने जोश भरे लहज़े में कहा। उसकी बात सुनकर चंदर भान के अलावा कमेटी के बाकी मेंबरों ने सहमति भरा हुंकारा भरा। बात अपने हाथों से निकलती देख चंदर भान ने आखिरी पांसा फेंका। उसने कहा, ''गुरबख्श सिंह जी, रामनवमी के जुलूस में कई सिख भी हिस्सा लेते हैं। क्या श्री हरिमंदिर साहिब के हेड ग्रंथी ज्ञानी अरूर सिंह सिखों को यह करने की इजाज़त देंगे ? आप लोग हम हिन्दुओं से कुछ ज़्यादा ही क़ुरबानी की मांग कर रहे हैं। और आप लोग यह बात भली-भाँति समझते भी हैं, इसीलिए बदर भाई को साथ नहीं लाये।'' चंदर भान का काँग्रेस में फूट डालने का यह प्रयास मीटिंग में मौजूद किसी भी व्यक्ति से छुपा नहीं था और यहीं उसका पांसा उल्टा पड़ गया। मंदिर कमेटी के सदस्य किसी भी हाल में यह नहीं चाहते थे कि रामनवमी जैसा पावन धार्मिक उत्सव अमृतसरवासियों में फूट पड़ने का कारण बने। उन तीनों ने स्वयं को चंदर भान के विचारों से अलग करने का मन बना लिया।

''मैं गुरबख्श सिंह जी की बात से सहमत हूँ,'' पंडित बद्री प्रसाद ने कहा। मेरी निगाह में सत्याग्रह एक देशव्यापी महायज्ञ है और हम सभी को इस यज्ञ में किसी-न-किसी रूप में आहुति देनी ही होगी। फिर वो आहुति कोई चाहे सांझे घड़े से पानी पीकर दे या उपवास करके दे। मैं रामनवमी के जुलूस के रास्ते में पानी के सांझे घड़े रखने के पक्ष में हूँ।''

पंडित बद्री प्रसाद की बात सुनते ही उमाशंकर और हरिनारायण ने भी झट से स्वीकृति दे दी। चंदर भान मीटिंग से उठकर चला गया। उसके जाते ही

उमाशंकर ने कहा, ''देश है तो धर्म है। हमारी कमेटी की ओर से आपको पूरी छूट है। आप जिस भी तरह से रामनवमी के जुलूस का आयोजन करना चाहते हैं, कर सकते हैं। मंदिर कमेटी आपका हर तरह से सहयोग करेगी।''

तीनों काँग्रेसी नेताओं के चेहरों पर ख़ुशी और सुकून के मिले-जुले भाव आ गए। कमेटी के मेंबरों से विदा लेकर वह दफ़्तर से बाहर निकलने ही वाले थे कि अचानक दीनदयाल रुक गया और पुनः कमेटी के मेंबरों को सम्बोधित करके बोला, ''रामनवमी के जुलूस में हिन्दू और मुसलमान मिलकर हिस्सा लेंगे, लेकिन अगर आप बुरा न मानें तो मैं एक दरख़्वास्त और करना चाहता हूँ।''

''जी कहिये,'' हरिनारायण ने कहा।

गुरबख्श सिंह और छज्जू राम की साँसें थम गईं।

'अब क्या चाहता है दीनदयाल? कहीं बना-बनाया खेल बिगाड़ ही न दे।'

~

शाम होते-होते महेश खन्ना का घर मेहमानों से भर गया था। भजन लाल और उसका कुनबा निम्मो को चुन्नी चढ़ाने की रस्म पूरी करने के लिए वहाँ पहुँच चुका था। चाय-नाश्ते से फ़ारिग होकर चुन्नी चढ़ाने की रस्म की औपचारिकताएँ पूरी की जा रही थीं। सरला बुआ हमेशा की तरह सबको हिदायत दे रही थी, ''मैंने कहा परजाई, अब आकर कुड़ी को शगुन की साड़ी दे दे,'' सरला बुआ ने संतोष से कहा। संतोष निम्मो के करीब गई और उसकी गोद में एक बनारसी साड़ी रख दी, जिस पर सोने की तारों से कशीदाकारी की गई थी। इसके साथ ही उसने साड़ी के ऊपर सवा पाँच रुपये भी रखे। निम्मो ने संतोष के पाँव छुए। संतोष ने उसे आशीर्वाद दिया, ''जुग जुग जियो, सदा खुश रहो।''

''चाई जी, वो जनानियों वाला आशीर्वाद भी तो दो,'' सुदेश ने चुहल की। अमृतसर में शादी की हर रस्म के साथ हँसी-मज़ाक का माहौल बना ही रहता है। इन लोगों का वश चले तो यह विदाई जैसी संजीदा रस्म के मौके पर भी जुमलेबाज़ी से बाज न आएं। दामाद की गुगली (जी हाँ, मैं क्रिकेट से भी वाकिफ़ हूँ) का उत्तर सरला बुआ ने दिया, ''दामाद जी यह जनानियों वाला काम आप हम पर ही छोड़ दो।'' फिर उसने भी निम्मो की हथेली पर सवा पाँच रुपये रखे और कहा, ''यह ले बेटी यह शगुन ओम की बुआ की तरफ़ से।''

निम्मो ने बुआ के पाँव छुए।

"दूधो नहाओ, पूतो फलो," बुआ ने आशीर्वाद दिया।

"यह हुई ना बात," सुदेश बोला।

भजन लाल ने आगे बढ़कर महेश खन्ना को गले लगा लिया, "मुबारक हो खन्ना साहब। मुबारक हो परजाई जी।"

"आपको भी मुबारक हो कपूर साहब," महेश खन्ना ने पूरी गर्मजोशी से समधी को बाँहों में भर कर कहा।

"हम कल ठीक आठ बजे आपके घर बारात लेकर पहुँच जायेंगे," भजन लाल ने एलान किया।

"लो जी, मेरे भाई ने कह दिया है तो दोनों घरों की घड़ियाँ मिला लो। समय की पाबन्दी के मामले में यह पूरा अंग्रेज़ है।" सरला बुआ ने मुनादी करने वाले लहज़े में कहा तो सब लोग हँस पड़े। फिर भजन लाल ने निम्मो के सिर पर हाथ रखकर कहा, "निम्मो पुत्तर, अब तू हमारी भी बेटी बन गई है।" निम्मो ने शर्मा कर सिर झुका दिया।

इस सब के बीच राजू की नज़रें नीरू पर ही टिकी थीं। सारी रस्म के दौरान नीरू निम्मो के साथ ही थी और वहाँ चल रही चुहलबाज़ी पर मुस्कुरा भी रही थी। परन्तु उसकी आँखें उसके होंठों का साथ नहीं दे रही थीं। उसका मन नहीं था वहाँ और इस बात को राजू भांप रहा था। 'काश! मैं उसके मन की बात पढ़ पाता।' नीरू ने एक बार भी राजू की ओर नहीं देखा था। राजू उससे बात करना चाहता था मगर वहाँ के रस्मी माहौल में और बड़े बुज़ुर्गों की मौजूदगी में ऐसा करना असंभव था।

"अच्छा जी, अब हम चलते हैं," भजन लाल ने महेश खन्ना से हाथ जोड़ कर विदा ली। सब लोग दरवाज़े की ओर बढ़ गए। दहलीज़ पर पहुँच कर राजू ने नीरू की एक झलक पाने की लालसा से पीछे मुड़कर देखा तो उसने नीरू को ठीक अपने पीछे खड़े पाया। उसे ऐसा लगा जैसे नीरू जल्दी से जल्दी वहाँ से निकल जाना चाहती है।

"अरे, आप कहाँ चल दीं?" राजू को मौका मिल ही गया कुछ कहने का। "आप को अभी यहीं रहना है। अभी आपकी बारी नहीं आई हमारे साथ जाने की।" नीरू ने कोई जवाब नहीं दिया। राजू और दरवाज़े के बीच जो थोड़ी-सी जगह थी, उसमें से सरक कर वो बाहर निकल गई। राजू भी उसके

पीछे-पीछे बाहर आ गया। घर के बाहर आकर नीरू दाईं तरफ़ चली गई और एक छोटी-सी गली में मुड़ कर गायब हो गई। राजू के घर के सदस्य नीरू से विपरीत दिशा में गली से बाहर जा रहे थे। राजू किसी को बिना कुछ बताए नीरू के पीछे चला गया। अपनी बातों में डूबे राजू के रिश्तेदारों को राजू की गैरमौजूदगी का आभास तक न हुआ।

राजू जब उस गली में दाखिल हुआ जहाँ नीरू गई थी तो उसने गली को खाली पाया। वो भाग कर गली के दूसरे छोर तक पहुँचा तो उसने नीरू को एक और गली में मुड़ते देखा। राजू भी उसके पीछे-पीछे भागा। वो गली एक बाज़ार में खुलती थी। बाज़ार का नाम था चिट्टा कटड़ा। बाज़ार में कुछेक दुकानों को छोड़कर बाकी सभी दुकानें बंद थीं। राजू जैसे ही बाज़ार में दाखिल हुआ तो उसने देखा कि नीरू एक दुकान में प्रवेश कर रही थी। राजू उस दुकान के सामने पहुँचा। एक बार तो उसका मन हुआ कि वो नीरू के पीछे दुकान में चला जाए परन्तु फिर उसने वहीं बाहर खड़े रहकर नीरू का इंतज़ार करने का निश्चय किया। तभी उसने भारी-भरकम क़दमों के चलने की आवाज़ सुनी। उसने मुड़ कर देखा तो पाया कि गोरखा सैनिकों की एक टुकड़ी बाज़ार में से गुज़र रही थी। उसी वक़्त दुकान के ऊपर वाली मंज़िल की एक खिड़की खुली और उसमें से नीरू ने झाँककर नीचे देखा। नीरू की आँखें भी फ़ौजियों पर ही टिकी थीं। फिर नीरू की नज़र राजू पर पड़ी। दोनों की आँखें मिलीं। नीरू ने झट से खिड़की बंद कर दी। राजू मायूस होकर वापिस चल पड़ा। अभी वो गली में कुछ ही दूर तक गया था कि उसे नीरू की आवाज़ सुनाई दी, "सुनो।" राजू मुड़ा। नीरू उसके करीब आ चुकी थी।

"तुमने कहा था कि तुम काँग्रेस के वर्कर बन गए हो।"

"हाँ जी," राजू ने नज़रें नीची करके उत्तर दिया।

"एक काम है तुम्हारे लिए। करोगे?" नीरू के स्वर में तेज़ी थी।

"काँग्रेस का काम?"

"हाँ।"

"कहिये।"

नीरू ने राजू के हाथ में कागज़ का एक टुकड़ा रखा और कहा, "यह मक़बूल महमूद जी के घर का पता है। शहर के जाने-माने वकील हैं। रेलवे कैरिज पुल के उस पार लॉरेंस रोड पर उनकी कोठी है। उनसे कहना कि शहर में

फ़ौज आ चुकी है और हो सकता है कि डी.सी. रामनवमी के जुलूस को रोकने की कोशिश करे।''

''जी ठीक है।''

''जल्दी जाओ।''

''कुछ और तो नहीं कहना है?''

''नहीं, बस इतना-सा सन्देश पहुँचा दो, बाकी वो खुद संभाल लेंगे।'' नीरू तेज़ी से मुड़ी और वापिस चली गई।

श्री हरिमंदिर साहब के बाहर स्थित घंटा घर शाम के सात बजने का एलान कर रहा था जब राजू अपने घर से साइकिल लेकर मक़बूल महमूद सिंह के घर की ओर चला। राह में पड़ते मंदिरों में से माँ दुर्गा की आरती व ढोल-मंजीरों के स्वर उसके कानों में पड़ते रहे।

~

रामनवमी के जुलूस में सांझे घड़े रखने की बात मनवाने के बाद दीनदयाल ने मंदिर कमेटी के सामने जो दूसरी तजवीज़ पेश की थी, उसे सुनकर एक बार तो छज्जू राम और गुरबख्श सिंह के पैरों तले से ज़मीन निकल गई थी। परन्तु मंदिर कमेटी ने उसे सहर्ष स्वीकार कर लिया। उसके बाद तीनों काँग्रेसी नेता खैर-उद-दीन मस्जिद पहुँचे तो वहाँ उन्हें बदर-उल-इस्लाम, डॉक्टर किचलू और डॉक्टर सतपाल मिले। बदर-उल-इस्लाम ने बताया कि हुकूमत ने किचलू और सतपाल से पहरा हटा लिया है। मस्जिद के इमाम को मंदिर कमेटी का फ़ैसला सुनाकर सभी काँग्रेसी हॉल बाज़ार में आये तो उनके सामने से अंगेज़ी फ़ौज की गाड़ियाँ निकल रही थीं। इतनी भारी मात्रा में शहर में फ़ौज की आमद देख सब के माथे पर बल पड़ गए। ''क्या फिर से कहीं जंग शुरू हो गई?'' छज्जू राम ने कहा।

''पहले किचलू जी और सतपाल जी की रिहाई और फिर शहर में फ़ौज की आमद। यह माइल्स कर क्या रहा है?'' गुरबख्श सिंह बोला।

''यह माइल्स नहीं, ओ'ड्वायर कर रहा है,'' सतपाल ने टिप्पणी की। ''मेरे विचार से माइल्स के हाथ से शहर की कमान निकल चुकी है। शहर या तो फ़ौज के हवाले कर दिया गया है या जल्दी ही कर दिया जायेगा।''

''आपके कहने का मतलब है कि ओ'ड्वायर मार्शल लॉ लगाने जा रहा

है? लेकिन क्यों?'' किचलू ने पूछा।

''हाँ। वही बात तो मुझे भी समझ नहीं आ रही। शहर में तो पूरी शान्ति है, तो फिर इतनी फ़ौज तलब करने का क्या मतलब?'' गुरबख्श सिंह ने कहा।

''ये लोग रामनवमी का जुलूस रोकने की कोशिश करेंगे,'' सतपाल ने कहा। ''आज से हमें अपनी सारी मीटिंगें गुप्त रखनी होंगी। हम सब यहाँ से अलग-अलग रास्तों से होते हुए चिट्टे कटड़े में छज्जू राम जी की दुकान के ऊपर मिलेंगे।''

''कब? अभी?'' छज्जू राम ने पूछा।

''नहीं, शाम को छः बजे,'' सतपाल ने उत्तर दिया। फिर वो सब वहाँ से अलग-अलग रास्तों पर निकल गए। दीनदयाल ने अपने नौकर टीटू के हाथ नीरू को छज्जू राम की दुकान पर पहुँचने का सन्देश भिजवा दिया।

राजू को वकील मक़बूल महमूद के घर भेजकर नीरू वापिस छज्जू राम की दुकान की ऊपरी मंज़िल पर पहुँची। दीनदयाल बड़े फ़ख्र से नीरू को देख रहे थे।

''हमारा सन्देश मक़बूल महमूद जी तक पहुँच जायेगा,'' नीरू ने कमरे में आते ही कहा।

''नीरू बेटी, लड़का भरोसे लायक तो है ना?'' किचलू ने पूछा।

''हाँ, चाचा जी।'' नीरू ने कह तो दिया मगर उसका मन आशंकाओं से आज़ाद नहीं था। उसने राजू पर भरोसा तो कर लिया था मगर उसने आज से पहले कभी राजू को आज़माया नहीं था।

शहर में अँधेरा छा चुका था। कहीं-कहीं गलियों में बिजली के बल्ब टिमटिमा रहे थे। बदर-उल-इस्लाम, सतपाल और गुरबख्श सिंह, छज्जू राम की दुकान से निकले और अलग-अलग रास्तों से होते हुए डॉक्टर हाफ़िज़ बशीर के दवाखाने पहुँचे। डॉक्टर हाफ़िज़ बशीर का दवाखाना हाथी गेट के अंदर कटड़ा परजा में स्थित था। डॉक्टर साहब के हाथ में शिफ़ा थी, इसलिए देर रात तक उनके दरवाज़े पर मरीज़ों का तांता लगा रहता था।

''अस्सलामालैकुम डॉक्टर साहब,'' बदर ने दवाखाने में घुसते ही कहा।

''वालैकुम अस्लाम,'' डॉक्टर बशीर ने सलाम का जवाब देने के बाद नज़रें उठायीं और अपने सामने शहर के तीन मुअज़्ज़ज़ लोगों को देखकर खड़े हो गए। ''अरे बदर भाई आप! सतपाल जी! गुरबख्श जी! आप सब मेरे गरीबखाने पर? आज का दिन तो बड़ा ही मुबारक है। आइये तशरीफ़ लाइये।''

''बशीर भाई, आप जैसे सज्जन जिस शहर में रहते हों, उस शहर का हर दिन मुबारक है,'' सतपाल ने कहा। तीनों अंदर आ गए। डॉक्टर बशीर ने अपने सामने बैठे मरीज़ को एक नुस्खा लिखकर दिया और कहा, ''बाहर जाकर कम्पाउण्डर से दवा ले लो। इंशाल्लाह कल तक बुखार उतर जायेगा।''

मरीज़ के बाहर जाते ही डॉक्टर बशीर ने सतपाल आदि से कहा,''कहिये, क्या खिदमत कर सकता हूँ आपकी?''

''डॉक्टर साहब हम लोग आपके पास एक गुज़ारिश लेकर आये हैं,'' बदर ने कहा।

''आप हुक्म कीजिये भाईजान।''

''डॉक्टर साहब, काँग्रेस ने फ़ैसला किया है कि इस बार रामनवमी के जुलूस में हिन्दू और मुसलमान दोनों मिलकर शिरकत करें। इस सिलसिले में हमने दोनों धर्मों के रहनुमाओं की रज़ामंदी हासिल कर ली है।'' बदर के मुँह से यह जानकारी सुनकर बशीर के चेहरे पर मुस्कुराहट आ गयी और वो बोले, ''यह तो बहुत ही अच्छी बात है। मेरे लायक क्या सेवा है?''

''हम आप से यह दरख्वास्त करने आये हैं कि इस जुलूस की अगुवाई आप करें,'' सतपाल ने कहा।

''जहेनसीब। ऐसे मुक़द्दस जुलूस में तो शामिल होना ही फ़ख्र की बात होती मगर यह तो बहुत ही बड़ी ज़िम्मेदारी सौंप रहे हैं आप लोग।''

''दीनदयाल जी ने बहुत सोच-विचार कर आपका नाम तजवीज़ किया था। आपके दवाखाने में किसी का मज़हब या ज़ात पूछकर उसका इलाज नहीं किया जाता। इसलिए हम यह चाहते हैं कि भले ही यह जुलूस रामनवमी का है मगर इस जुलूस में हिन्दू-मुस्लिम इत्तेहाद की वो मिसाल देखने को मिले कि अंग्रेज़ सरकार की जड़ें हिल जाएँ,'' गुरबख्श सिंह ने कहा।

''मेरे लिए तो यह बड़े मान की बात होगी, लेकिन,'' हाफ़िज बशीर ने पल भर कुछ सोचकर कहा, ''आप यकीन से कह सकते हैं कि इससे हमारे हिन्दू भाइयों को कोई एतराज़ नहीं होगा।'' बशीर ने सतपाल की ओर देखा।

''आप निश्चिंत रहें डॉक्टर साहब। आप जैसी शख्सियत इस जुलूस की अगुवाई करेगी तो यह पूरे अमृतसर के लिए गर्व की बात होगी,'' सतपाल ने हाफ़िज बशीर की शंका का निवारण कर दिया।

''तो फिर ठीक है। इस बार अमृतसर में रामनवमी के जुलूस की अगुवाई

एक मुसलमान ही करेगा। आपने मुझे यह मौका देकर मेरी सात पुश्तों की इज़्ज़त बढ़ा दी।'' डॉक्टर बशीर की रज़ामंदी मिलते ही सभी काँग्रेसियों में ख़ुशी की लहर दौड़ गयी।

~

दुर्गा अष्टमी वाले दिन विद्या सुबह-सवेरे ही उठ गई और कन्या पूजन के लिए प्रसाद बनाने में जुट गई। काले चने उसने रात को भिगो कर रख दिए थे। सूर्योदय से पहले ही उसने चनों को उबाला, फिर उन्हें घी और जीरे में भूना। उसके बाद उसने सूजी का हलवा बनाया। वह देसी घी में पूरियाँ तलने की तैयारी कर रही थी जब रत्ती देवी ने रसोईघर में प्रवेश किया। पूरा घर हलवा-पूरी की खुशबू से महक रहा था।

''अरी तू रात को सोई भी थी या यहीं सारी रात रसोईघर में ही खट रही थी,'' रत्ती ने रसोई में आते ही पूछा।

''तू तो जानती है, मुझे शुरू से ही कन्या पूजन का कितना शौक रहा है।''

''शौक तुझे कन्या पूजन का नहीं, हलवा और चने का प्रसाद खाने का है। आज सारा दिन कुछ और तो खाएगी नहीं तू, है ना?'' रत्ती देवी अपनी छोटी बहन के साथ बिताए बचपन के वो दिन याद करके बोली जब उनकी माँ इतना सारा प्रसाद बनाती थी कि मोहल्ले भर की कंजकों और लौकड़ों को पूजने के बाद भी इतना बच जाता था जिसे वो पाँचों भाई-बहन, खास तौर पर विद्या दिन भर खाते रहते। माँ की याद आते ही रत्ती देवी की आँखें नम हो गयीं। बारह वर्ष पूर्व रत्ती और विद्या के पिता केशो राम व्यापार में घाटा खाने के बाद किसी मित्र की सलाह पर कनाडा के लिए रवाना हुए थे। तब से लेकर अब तक उनकी सिर्फ़ दो बार खबर आई थी। एक बार 1910 में उनका खत आया था जिसमें लिखा था कि वो फिलीपींस में हैं और वहीं फँस गए हैं क्योंकि कनाडा की सरकार ने भारतीयों की आमद पर पाबंदी लगा दी है। दूसरी बार उनका खत 1914 में आया कि वो किसी जापानी जहाज़ में सवार होकर कनाडा जा रहे हैं। गरीबी और पति की गैरमौजूदगी के चलते विद्या और रत्ती देवी की माँ बीमार रहने लगीं और तीन वर्ष पूर्व उनका देहांत हो गया। रत्ती व अन्य सभी बहनों की शादी उनके चाचा ने करवाई थी।

''कहाँ खो गई रत्ती ?'' विद्या ने कड़ाही से पूरी निकालते हुए पूछा।

''चाई याद आ गई थी।''

''हाँ,'' विद्या ने आह भरी। ''कितने चाव से बनाया करती थी वो दुर्गा अष्टमी का प्रसाद।''

''और तुझे आज सुबह-सवेरे रसोई में काम करते देखकर लगता है जैसे चाई वापिस आ गई हो।''

''चाई तो आने से रही। अगर पापा जी ही आ जाते तो,'' वाक्य पूरा होने से पहले विद्या का गला रुंध गया और वो सुबकने लगी। रत्ती देवी उसके पास आई और उसके हाथ से कड़छी लेकर बोली, ''तू छोड़ अब। मैं तलती हूँ पूरियाँ। तू जाकर नहा ले। कुछ ही देर में मोहल्ले भर के बच्चे आ जाएंगे अपनी-अपनी थालियाँ लेकर। विद्या रसोई से बाहर जाने लगी तो रत्ती देवी ने पूछा, ''सुन, वो क्या नाम था उस जहाज़ का जहाँ से आखिरी बार पापा जी का खत आया था।''

विद्या ने कुछ देर दिमाग पर ज़ोर डाला और कहा, ''याद नहीं मुझे, कुछ अजीब-सा टेढ़ा-मेढ़ा सा नाम था। जापानी जहाज़ था शायद।''

''हाँ, था तो जापानी जहाज़ ही। चल छोड़ उसे, तू नहा ले और गुड्डो और डब्बू को भी तैयार कर दे। मौसी के हाथ से वैसे भी बड़े चाव से तैयार होते हैं।''

''ठीक है।'' विद्या बाहर चली गई। अपने भांजे और भांजी को तैयार करने की ख़ुशी ने माँ-बाप को खोने के ग़म को ढक दिया था।

अमृतसर के बाज़ारों में रामनवमी के जुलूस को लेकर तैयारियां शुरू हो गई थीं। काँग्रेस और मंदिर कमेटी के सभी सदस्य अपने-अपने विभाग की ज़िम्मेदारी संभाले हुए थे। तमाम मुस्लिम संगठनों के नुमाइन्दे भी जुलूस की तैयारी में ज़ोर-शोर से हिस्सा ले रहे थे। साठ वर्षीय दूनी चंद अपने सफ़ेद रंग के अरबी घोड़े को सजाने में लगा था कि डॉक्टर सतपाल ने उसके पास आकर कहा, ''दूनी चंद, इस बार रामनवमी के जुलूस की शान में तेरे घोड़े का खास मुकाम है। इसकी सजावट में कोई कमी न रहे।'' सतपाल जैसे नेता को अपने घर में देखकर दूनी चंद की छाती चौड़ी हो गई। सतपाल ने घोड़े की गर्दन पर हाथ फेरा और मुस्कुराते हुए वहाँ से निकल गए। दूनी चंद इस पशोपेश में ही रहा कि वो सतपाल की आवभगत करे या घोड़े को ही सजाता रहे। सतपाल के जाते ही दूनी चंद दुगुने जोश से घोड़े को सजाने में जुट गया।

उधर एक स्कूल के बाहर दीनदयाल लड़कों की एक टुकड़ी का निरीक्षण कर रहा था जो कि जुलूस में पूरे फ़ौजी अंदाज़ में कदम ताल करते हुए चलने वाली थी। लड़कों से मुखातिब होकर दीनदयाल ने कहा, ''तुम सब लोगों की चाल में ऐसी चुस्ती होनी चाहिए कि अंग्रेज़ी फ़ौज की परेड भी उसके सामने फीकी लगे।''

एक धर्मशाला के प्रांगण में नीरू की शक्ति ब्रिगेड भी जुलूस में शामिल होने की तैयारी में जुटी थी। तीन कतारों में खड़ी पचास लड़कियों को सम्बोधित करके नीरू ने कहा, ''यह रामनवमी का जुलूस सिर्फ़ एक धार्मिक यात्रा नहीं है। यह एलान है, हिन्दुस्तान के हर इंसान का, वो हिन्दू हो या मुसलमान, मर्द या औरत, सब तैयार हैं अंग्रेज़ों को अपनी धरती से उखाड़ फेंकने के लिए।'' नीरू की बात सुनकर कतार में खड़ी सलीमा ने नारा लगाया, ''महात्मा गाँधी की!''

''जय!''

रत्ती देवी के घर में कन्या पूजन की तैयारी हो चुकी थी। विद्या, गोपाल, रत्ती, डब्बू, गुड्डो व गली की कोई दस-बारह लड़कियाँ और पाँच-सात लड़के ज़मीन पर बिछी दरी पर बैठ चुके थे। छज्जू राम गायब था और रत्ती बार-बार दरवाज़े की ओर देख रही थी। बच्चों को ज़्यादा देर तक बिठाए रखना कठिन था, क्योंकि गली के हर घर में कन्या पूजन होना था, पर बच्चे तो ले-दे कर यही थे। छज्जू राम उस समय खूबी राम हलवाई की दुकान से लुच्चियाँ ले रहा था। लुच्ची एक ऐसा पकवान है जो केवल अमृतसर में ही मिलता है और वो भी साल में दो दिन—दोनों नवरात्र के बाद दुर्गा अष्टमी वाले दिन कन्या पूजन के मौके पर। लुच्ची मैदे की महीन रोटी होती है, इतनी महीन कि मलमल की चुनरी की तरह उसके आरपार देखा जा सकता है। इसे देसी घी में हल्का-सा तलकर हलवा और चनों के साथ खाया जाता है। छज्जू राम अपनी साली और साढ़ू को अमृतसर की इस खासियत से वंचित नहीं रखना चाहता था। खूबी राम की दुकान बड़े मंदिर से कुछ ज़्यादा दूर नहीं थी, इसलिए उस गली में जुलूस सम्बन्धी गहमा-गहमी अपने चरम पर थी।

छज्जू राम के घर में बैठे बच्चों और पड़ोसियों के सब्र का बांध टूट रहा था। अत: गोपाल ने कन्या पूजन का कार्यक्रम आरम्भ कर दिया। पहले उसने सभी कंजकों व लौकड़ों के पाँव धोये, फिर सबकी कलाइयों पर मौली बाँधी और अंत में सबके माथे पर तिलक लगाया। विद्या और रत्ती देवी ने सभी बच्चों को प्रसाद दिया और फिर सब मिलकर माता के जयकारे लगाने लगे :

''हे माँ सच्चियाँ सुच्चियाँ जोतां वाली माता, तेरी सदा ही जय।''

''अस्सी चार चुरासी घंटियाँ वाली माता तेरी सदा ही जय।''

इन्हीं जयकारों के चलते छज्जू राम ने घर में प्रवेश किया। उसकी अंटी में एक-एक पैसे के सिक्के थे। उसने एक-एक सिक्का बच्चों की हथेली पर रख दिया। बच्चे जयकारे बुलाते हुए वहाँ से निकल कर अगले घर में चले गए। रत्ती देवी ने माथे पर बल डाल कर छज्जू राम से कहा, ''तुम त्योहार वाले दिन कहाँ गायब हो गए थे?''

''अपनी साली और साढ़ू के लिए लुच्चियाँ लेने गया था।''

''लुच्चियाँ!'' छज्जू राम की बात सुनते ही विद्या के मुँह में पानी भर आया। उसने छज्जू राम के हाथ से लिफ़ाफ़ा लेकर उसे सूंघा और कहा, ''जीजा जी इसके लिए तो मैं आपके सात खून माफ़ कर दूँ।''

''मुझे नहीं पता था कि अमृतसर में लुच्चियाँ-लफ़ंगियाँ ऐसे सरेआम बाज़ारों में मिलती हैं,'' गोपाल ने हँसते हुए कहा।

''अरे तुम दिल्लीवाले क्या जानो इस लुच्ची की नज़ाकत। एक बार खाओगे तो हर दुर्गा अष्टमी पर यहीं आओगे,'' कहकर विद्या लिफ़ाफ़ा लेकर रसोई में चली गई और कुछ पल बाद वो थालियों में हलवा, पूरियाँ, चने और लुच्चियाँ भर कर ले आयी। सब्र अब किसी से नहीं हो रहा था। चारों प्रसाद रूपी उन पकवानों पर टूट पड़े। अगले कुछ पल कोई कुछ नहीं बोला। कमरे में केवल चटकारों और उंगलियाँ चाटने की आवाज़ें गूँजती रहीं। अपनी थाली के आखिरी कौर को निगलकर छज्जू राम ने डकार ली और गोपाल से कहा, ''क्यों गोपाल, घर में जनानियों के साथ ही बैठना है या चलना है बाहर? शहर में कल के जुलूस की तैयारियाँ चल रही हैं। खूब रौनक है। क्या कहते हो?''

''मैंने घर बैठकर क्या करना है। चलो चलते हैं,'' गोपाल बोला।

''चल विद्या, हम भी देखकर आते हैं बाज़ारों की रौनक,'' रत्ती देवी ने कहा।

''अरे कहाँ इतनी भीड़ में धक्के खाती फिरोगी?'' छज्जू राम ने एतराज़ किया।

''आप भी तो जा रहे हैं धक्के खाने, थोड़े से हम भी खा लेंगी। इसी बहाने थोड़ी कसरत हो जाएगी, खाना पच जायेगा और विद्या के पेट में और जगह बन जाएगी जिसमें यह फिर से हलवा-पूरी ठूंस सके।''

"अरी भाग्यवान, शहर में फ़ौज आई हुई है और तुम्हें घूमने-फिरने की पड़ी है। मेरी बात मानो तो घर में ही रहो। कभी भी कुछ भी हो सकता है," छज्जू राम बोला।

"तो फ़ौज क्या सिर्फ़ औरतों के लिए आई है? अगर खतरा है तो तुम लोग भी घर में ही रहो," रत्ती देवी ने फ़ैसला सुना दिया।

"चलिए गोपाल जी, करने दो इन औरतों को जो जी में आए। हमें क्या?" छज्जू राम गोपाल को लेकर निकलने लगा, पर दरवाज़े पर खड़ा हो कर बोला, "अगर लाठियाँ पड़ गईं जिस्म पर तो मेरे पास मत आना मरहम लगवाने के लिए।"

"नहीं आएंगे। जाओ काम करो अपना।"

छज्जू राम और गोपाल चले गए। रत्ती देवी और विद्या रसोई समेटने में व्यस्त हो गईं।

~

दुर्गा अष्टमी की सुबह अमृतसर में एक नए मेहमान का आगमन हुआ। दोपहर को जब फ्रंटियर मेल स्टेशन पर पहुँची तो मंसूर खान को दिल्ली से अमृतसर लेकर आई। छः फुट लंबा, दुबला-पतला मंसूर द *स्टेट्समैन* में रिपोर्टर था। उसकी उंगुलियों से सिगरेट तभी छूटती थी जब वो कुछ लिख रहा होता था। चाल में तेज़ी व आँखों में पैनापन लिए मंसूर ट्रेन से उतर कर सीधा प्लेटफ़ॉर्म पर मौजूद एक चाय के स्टाल पर पहुँचा।

"एक चाय देना।"

"दिल्ली से आए हो साहब?"

"हाँ।"

"तब तो आपकी चाय में दूध कम पत्ती ज़्यादा। क्यों सही कहा ना?"

"तुम ख़ूब जानते हो दिल्लीवालों के बारे," मंसूर ने एक नई सिगरेट जला कर कहा।

"यह रेलवे स्टेशन है साहब," चायवाला चाय में चीनी डालते हुए बोला, "यहाँ तो हर जगह से लोग आते हैं। हमें सबका ख़याल रखना पड़ता है।"

"क्यों? क्या बहुत से काँग्रेस के वर्कर आ रहे हैं अमृतसर में?"

''जितनी उम्मीद थी, उतने तो नहीं,'' चाय को छानकर चायवाले ने कप मंसूर की ओर बढ़ाया, ''पर कुछ इक्का-दुक्का आ ही रहे हैं। बाकी अमृतसर शहर की फ़िज़ा में आजकल बग़ावत है। कोई आए या न आए, यहाँ तो अंग्रेज़ों की नींद हराम कर रखी है हम लोगों ने।''

मंसूर ने चाय की चुस्की ली, ''चाय अच्छी है।''

''ज़ी शुक्रिया।''

''तुम भी क्या काँग्रेस के वर्कर हो?'' मंसूर ने पूछा।

''मैं तो जी अंबरसरिया हूँ। वैसे बड़े सही मौके पर आए हो।''

''वो क्यों?''

''कल अंबरसरिये अंग्रेज़ों की पीपनी बजाने वाले हैं।''

''वो कैसे?'' चाय और सिगरेट की जुगलबंदी से मंसूर के दिमागी घोड़े सरपट भाग रहे थे।

''अब अमृतसर आ ही गए हो तो कल खुद ही देख लेना।''

~

पंडित के निकाले मुहूर्त के अनुसार ओम की बारात ठीक साढ़े सात बजे भजन लाल के घर से निकली। ओम एक सजी-सजाई घोड़ी पर बैठा। उसके आगे बैंड-बाजे वाले चल रहे थे व उसके पीछे बाराती। राजू, बिट्टू, तीफ़ा, पप्पू व अन्य नौजवान नाचते हुए चल रहे थे। भजन लाल से भी नाचने का आग्रह किया जा रहा था परन्तु उनकी दिलचस्पी समयानुसार बारात को महेश खन्ना के दरवाज़े पर ले जाने में थी और भजन लाल ने इसमें कामयाबी भी हासिल की।

ठीक आठ बजे ओम की बारात निम्मो के घर पहुँच गई। पंडित ने गायत्री मंत्र का जाप करके दोनों परिवारों की विधिवत मिलनी का कार्यक्रम संपन्न किया। ओम को महेश खन्ना ने स्वयं घोड़ी से उतारा और फिर ओम उसके साथ आए पचास के करीब बारातियों को लेकर महेश खन्ना के घर में प्रवेश कर गया।

महेश खन्ना के घर के आंगन में घुसते ही बिट्टू ने राजू से कहा, ''भाभी नज़र नहीं आ रही।''

''अबे गधे, भाभी तो जयमाला के समय ही आएगी ना।''

''मैं नीरू भाभी की बात कर रहा था।''

राजू ने कोई जवाब नहीं दिया। बस खामोशी से खड़ा रहा। पर बिट्टू कहाँ चुप बैठने वाला था।

"क्या बात है? कल से देख रहा हूँ, जब भी नीरू का नाम लेता हूँ तू चुप हो जाता है। कल चुन्नी चढ़ाई के वक्त कुछ बात हुई थी क्या? मुझे आना चाहिए था तेरे साथ।"

"कुछ नहीं हुआ यार। ऐवें ही अंदाज़े मत लगाई जा।" राजू ने बात पूरी की ही थी कि निम्मो के बड़े भाई कुलदीप ने राजू और बिट्टू से खाना खा लेने का आग्रह किया। तीफ़ा और पप्पू तो पहले से ही खाने पर टूट पड़े थे।

पंडित भी अपनी पेट पूजा करने के बाद शामियाने के नीचे एक कोने में हवन कुंड व शादी की रस्म में काम आने वाला सामान सजा चुका था। उसने पहले ओम को बुलाया और कुछ मंत्रों का उच्चारण किया। तत्पश्चात् उसने निम्मो को बुलाने का निर्देश दिया। निम्मो जैसे ही पंडाल में आई, सबकी नज़रें उसकी ओर घूम गईं। लाल जोड़े में सजी हुई निम्मो ने गले में कुंदन का जड़ाऊ हार पहन रखा था, कानों में उसी हार से मिलते-जुलते झुमके और माथे पर टीका। लाल चूड़े से उसकी बाँहें भरी हुई थीं। निम्मो के दाईं ओर उसकी बहन शीला थी व बाईं ओर नीरू। नीरू मोरपंखी रंग का सूट पहने थी और उसके हाथों में हरी व नीली कांच की चूड़ियाँ थीं। उसे देखकर राजू को लगा जैसे मंदिर में रखी राधा की मूरत सजीव होकर उसके सामने आ गई हो। दोनों की नज़रें मिलीं। नीरू ने मुस्कुराकर राजू का अभिवादन किया। राजू ने भी हल्का-सा सिर झुकाया और नीरू का अभिवादन स्वीकार किया। यह मंज़र जब बिट्टू ने देखा तो उसका सिर चकरा गया। उसने राजू को हल्के से कुहनी मारकर कहा, "अबे ऐसा क्या जादू कर दिया तूने कल मेरी गैरमौजूदगी में? लगता है तेरी तो बात बन गई।"

उधर मंसूर खान अपने कंधे पर झोला लटकाए दिन भर शहर में घूमता हुआ लोहगढ़ के पास दुग्गलां वाली गली में पहुँचा। गली के कुएँ के आस-पास कुछ लोग खड़े थे। मंसूर के हाव-भाव देखकर उन लोगों ने अंदाज़ा लगा लिया कि वो इस इलाके से वाकिफ़ नहीं है।

"किसी को ढूँढ़ रहे हो बाबू जी?" एक व्यक्ति थोड़ा आगे बढ़कर मंसूर के पास पहुँचा।

"जी किरोड़ीमल धर्मशाला जाना था?"

"मुसाफ़िर हो?"

''जी, सहाफ़ी हूँ।''

''कहाँ से आए?''

''दिल्ली से। *स्टेट्समैन* के लिए काम करता हूँ।'' यह सुनते ही वो व्यक्ति मुड़ा और अपने बाकी साथियों से बोला, ''लो जी, अब यहाँ दिल्ली से पत्रकार आने शुरू हो गए, तुम तो मशहूर हो गए लाला जी।'' फिर वो मंसूर से बोला, ''आओ बाबू जी कुछ देर बैठो हमारे पास, कुछ दिल्ली की बात सुनाओ, गाँधी जी के बारे में बताओ, फिर छोड़ आएंगे तुम्हें किरोड़ीमल धर्मशाला। इसी गली में है, थोड़ा आगे जाकर।'' मंसूर उन सबके साथ कुएँ के पास रखी चारपाई पर बैठ गया।

''आपने जो 30 तारीख की हड़ताल की, उसकी चर्चा तो दिल्ली तक है,'' मंसूर ने कहा, ''और फिर हमें खबर मिली कि छः तारीख की हड़ताल के बाद जालंधर और अंबाला से फ़ौज भेजी गई है यहाँ।''

''ओ जी आ जाने दो फ़ौज को, देख लेंगे,'' एक व्यक्ति जो नाक से बोलता था, छाती फुला कर बोला।

''बाबू जी, 30 मार्च और छः अप्रैल तो पुरानी बात हो गई। अब जो कल होगा, उसके बाद अमृतसर की चर्चा पूरे देश में होगी,'' पहले व्यक्ति ने कहा।

''ऐसा क्या होने वाला है कल?''

''जुलूस निकलने वाला है जी, रामनवमी का।''

''और अंग्रेज़ों की इज़्ज़त का भी,'' नाक से बोलने वाले ने फिर कहा। पूरा माहौल ठहाकों से भर गया। उन लोगों की इस बेफ़िक्र-सी हँसी ने मंसूर को हैरान भी किया और डराया भी। 'क्या इन लोगों को ज़रा-सा भी इल्म है कि मार्शल लॉ का मतलब क्या होता है?' मंसूर को अपने सूत्रों द्वारा यह पक्की खबर मिली थी कि अमृतसर में किसी भी वक्त मार्शल लॉ लगाया जा सकता है।

राजू और नीरू की आँखों में चल रही गुफ़्तगू को बिट्टू समझ नहीं पा रहा था। राजू कुछ बता भी नहीं रहा था। इसलिए बिट्टू ने वक्ती तौर पर अपना ध्यान शादी में आई एक अन्य सुंदरी की ओर केन्द्रित किया। जिस लड़की की ओर उसने अपना ध्यान केंद्रित किया था, वो निम्मो के चाचे की बेटी थी, रुक्मणी। उसने बिट्टू की आँखों को खुद पर गढ़ा पाया तो वो भी अपनी आँखों में शोखी भर कर बिट्टू की ओर देखकर मुस्कुरा दी।

अपने अस्तित्व की कई सदियों के दौरान प्रेम-प्रसंगों के विभिन्न रूप

देखे हैं मैंने। प्रेम की अभिव्यक्ति में आज़ादी और खुलापन भी देखा है और सात परदों में कैद आँखों में केवल अपने प्रेमी की आवाज़ के प्रति प्रेम का भाव भी देखा है। मैंने स्वयंवर भी देखे हैं और अपहरण भी। और हाँ, मैं आधुनिक जगत के इंस्टाग्राम और फ़ेसबुक ब्रांड प्रेम से भी वाकिफ़ हूँ। राजू और बिट्टू जिस दौर में रहते थे, उस दौर में लड़की अगर लड़के को नज़र भर देख ले तो लड़के के मन में शायरी फूटने लगती थी। फिर यहाँ तो रुक्मणी ने न सिर्फ़ बिट्टू को देखा था बल्कि मुस्कुरा भी दी थी। और बिट्टू इस अदा पर गज़ल नहीं बल्कि पूरा का पूरा दीवान लिख देता। मगर हाय री किस्मत! मृगनयनी रुक्मणी जिसके गालों पर खेलती लटों में बिट्टू का मन उलझा हुआ था जल्दी ही वहाँ से हट कर मंडप की ओर चली गई। मंडप के पास ही एक नौजवान साल भर के बच्चे को गोद में उठाए खड़ा था। बच्चा रो रहा था। रुक्मणी ने बच्चे को गोद में लिया और एक कमरे में चली गई। एक लंबी-सी आह भर कर बिट्टू ने अपना ध्यान ओम और निम्मो के फेरों की ओर कर दिया।

किरोड़ीमल धर्मशाला एक चार मंज़िला इमारत थी, जिसमें साठ के करीब कमरे थे। मंसूर को जो कमरा दिया गया था वो चौथी मंज़िल पर था। कमरे में फ़र्नीचर के नाम पर एक खाट थी, एक मेज़ व एक कुर्सी। आले में एक सुराही और गिलास रखे थे। दीवार के साथ सटे एक और आले में लालटेन रखी थी। मंसूर ने माचिस निकालकर लालटेन जलाई और उसे उठाकर मेज़ पर रख दिया। अपने बस्ते को बिस्तर पर टिकाया और उसमें से कागज़ और कलम निकाल कर कुछ लिखने की नीयत से कुर्सी पर बैठा। कुछ पल कलम को कागज़ पर रख कर सोचता रहा मगर कोई विचार उसके ज़हन में पुख़्ता शक्ल इख़्तियार न कर पाया। हार कर वो उठा और धर्मशाला की छत पर चला गया। डूबते हुए सूरज की लालिमा में पश्चिम की ओर उसे गोबिन्दगढ़ किला दिखाई दिया तो पूर्व की ओर श्री हरिमंदिर साहिब का सुनहरा गुंबद। अमृतसर के आकाश में मानो उस दिन रामगढ़िया बुंगे और जामा मस्जिद की मीनारें आपस में बातचीत कर रही थीं। मंसूर उस बातचीत को सुनना चाहता था। परन्तु दिल्ली के रंग में रंगा उसका दिमाग अभी भी अमृतसर के दिल की बात को समझ नहीं पा रहा था। उसने सिगरेट का आखिरी कश लिया और उसे मुंडेर पर रगड़ कर कमरे में वापिस गया। पूरे अमृतसर की तरह अब मंसूर को भी इंतज़ार था रामनवमी की सुबह का।

ओम जब निम्मो की डोली लेकर निकला तो उस वक्त तकरीबन आधी

रात हो चुकी थी। अपने दोस्तों और भाइयों के साथ ओम आगे चल रहा था। उसके पीछे निम्मो की डोली जिसे चार कहार उठाए हुए थे और डोली के पीछे भजन लाल, संतोष व अन्य रिश्तेदार। निम्मो के घर की औरतें विदाई के गीत गा रही थीं। उनकी आवाज़ गली का मोड़ मुड़ने तक ओम के कानों में पड़ती रहीं। गली का मोड़ मुड़ने से पहले राजू ने एक बार पीछे मुड़ कर देखा। नीरू दरवाज़े पर खड़ी अपनी सहेली की डोली जाते देख रही थी। अपने घर के रास्ते में पड़ती गलियों और बाज़ारों से निकलते हुए ओम की नज़र रह-रह कर काँग्रेस द्वारा लगाए गए पोस्टरों की ओर जाती। कुछ छह अप्रैल की हड़ताल के पुराने पोस्टर थे तो कुछ रामनवमी के जुलूस के नए पोस्टर।

~

दारोगा हशमत खान दो बाग़ियों को गिरफ़्तार करने आया था। उसने दो गिरफ़्तारियां तो कर ली थीं मगर गुरदित्त सिंह के हाथ से निकल जाने पर वो तिलमिलाया हुआ था। गुरदित्त सिंह का पता निकलवाने के लिए वो भाग सिंह और गुज्जर सिंह पर बेइंतहा जुल्म ढा रहा था। अपने बाबा जी पर हो रहे तशद्दुद की सूचना लगातार अनाथालय में रह रहे उद्धम सिंह, साधु सिंह व अन्य लड़कों को मिलती रहती। भाग सिंह की गैरमौजूदगी में साधु सिंह ने अनाथालय का ज़िम्मा अपने सिर ले लिया था।

"वीरे, हमें किसी वकील से मिलना चाहिए," उद्धम सिंह ने साधु सिंह से कहा। साधु उस समय रसोई में राशन का जायज़ा ले रहा था, "तू भूल रहा है उद्धम। पुलिस ने बाबा जी और गुज्जर सिंह जी पर रौलेट ऐक्ट लगाया है। याद है ना किचलू जी ने क्या कहा था अपने भाषण में। रौलेट ऐक्ट के आगे न कोई दलील चलती है, न वकील और न ही अपील।"

"तो फिर क्या करें? हाथ-पर-हाथ धरकर बैठे रहें। और उधर वो हरामज़ादा हशमत खान हमारे बाबा जी पर कोड़े बरसाता रहे?"

"हौसला रख उद्धम। कोई-न-कोई रास्ता निकल आएगा।"

"रास्ता निकालना पड़ेगा वीरे," उद्धम सिंह की आँखों में खून उतर आया था। वो फुंफकारते हुए बोला, "हशमत खान ज़ालिम है। वो मार डालेगा बाबा जी को।"

"इतना आसान नहीं है।"

''गोरों की हुकूमत है वीरे। आज़ाद नहीं हैं हम लोग और हुकूमत कुछ भी कर सकती है। इससे पहले कि बाबा जी को कोई नुक्सान पहुँचे...''

''क्या ? क्या करने की सोच रहा है तू ?'' साधु सिंह के स्वर में चिंता थी।

''उसने हमारे घर पर धाड़ मारी थी। हम बाबा जी को छुड़ाने के लिए उसके थाने पर धाड़ मारेंगे।''

''ओए पागल हो गया है क्या ?'' साधु सिंह ने उद्धम सिंह को दोनों कंधों से पकड़ा और झझकोर कर कहा। ''वो थाना है। वहाँ फ़ोर्स है। वहाँ बंदूकें हैं, तू क्या,'' साधु ने इधर-उधर देखा और रसोई में पड़े एक चिमटे को उठाकर कहा, ''इस चिमटे से हमला करेगा ?''

''पर वीरे वो बाबा जी पर ज़ुल्म ढा रहे हैं,'' उद्धम भाई के गले लगकर फूट-फूट कर रो पड़ा। साधु की आँखें भी नम हो गईं। उद्धम को सांत्वना देते हुए बोला, ''वाहेगुरु सब ठीक कर देगा।''

तभी अनाथालय में रहने वाला एक आठ साल का बच्चा मुख्य दरवाज़े से अंदर आया। उसके हाथ में केसरी रंग की एक झंडी थी। आंगन में आते ही उसने अपनी मासूम-सी आवाज़ में तोते की तरह रटना शुरू कर दिया, ''हिन्दू-मुसलमान की जै। हिन्दू मुसलमान की जै।''

साधु और उद्धम रसोई से बाहर आए। उस मासूम को यूं नारे लगाते देखकर दोनों के आँसू मुस्कान में बदल गए।

''ओए दीपे। कहाँ से सीखकर आया यह नारा ?'' साधु ने पूछा।

''बल्लो हलवाई ने सिखाया है। कल रामनवमी के जुलूस में सबको यह नारा बोलना है—

''हिन्दू मुसलमान की जै।

हिन्दू मुसलमान की जै।''

दीपू देर रात तक आंगन में गोल-गोल चक्कर लगाता रहा। उसके हमउम्र और लड़के भी उसका साथ देते रहे।

~

फ़ज्र की अज़ान के साथ मंसूर खान की नींद खुली। नमाज़ उसके नियम में तो नहीं थी पर उस दिन उसने नमाज़ पढ़ी। दुआ के लिए हाथ उठाए तो समझ नहीं आया कि क्या दुआ मांगे। अभी उसकी नमाज़ खत्म भी नहीं हुई थी कि शहर

के विभिन्न हिस्सों में शंखनाद होने लगा और घंटियाँ बजने लगीं।

सूर्योदय से पूर्व ही शहर के हज़ारों लोग बड़े मंदिर की ओर चल पड़े। बड़े मंदिर से ही रामनवमी के जुलूस का प्रारम्भ होना था। आस-पास के कस्बों और गाँवों से भी बड़ी संख्या में लोग अमृतसर की ओर निकल पड़े। हर बैलगाड़ी और हर ताँगे की एक ही मंज़िल थी—बड़ा मंदिर। गलियों और बाज़ारों में बच्चे रंग-बिरंगी झंड़ियाँ लिए हुए दौड़ रहे थे और नारे लगा रहे थे। ये नारे धार्मिक भी थे और राजनीतिक भी। हंस राज भी काँग्रेस कमेटी के दफ़्तर के बाहर खड़ा होकर धार्मिक और राजनीतिक इत्तेहाद का नवीन स्वरूप देख रहा था। कट्टरपंथी हिन्दुओं को भड़काने की और इंतेहा-पसन्द मुसलमानों को फुसलाने की उसकी हर कोशिश नाकाम हो चुकी थी। काँग्रेस दफ़्तर के बाहर खड़ा वो चंदर भान का इंतज़ार कर रहा था। बाकी सब काँग्रेसी तो जुलूस की तैयारी में जुटे थे।

दोपहर होते-होते जुलूस अपनी शक्ल इख्तियार कर चुका था। जुलूस में सबसे आगे डॉक्टर हाफ़िज बशीर, दुनी चंद के सजे-सजाए घोड़े पर सवार होकर चले। डॉक्टर बशीर के पीछे सौ साइकिल सवारों का जत्था था। तीन कतारों में, चुस्त वर्दियाँ पहने हुए स्कूली बच्चों का जत्था साइकिल सवारों के पीछे चल रहा था। स्कूली बच्चों के पीछे एक रथ पर राम, सीता, लक्ष्मण व हनुमान की सवारी थी। रथ के साथ जुती बग्घी में दस-बारह लोग ढोलकी और मंजीरे लेकर भगवान राम के भजन गा रहे थे। एक भजन के खत्म होने और दूसरे भजन के शुरू होने के मध्य वो महात्मा गाँधी की जय, किचलू, सतपाल ज़िंदाबाद, रौलेट ऐक्ट मुर्दाबाद जैसे नारे लगाते थे।

जुलूस के रास्ते में जगह-जगह पानी के घड़े रखे थे जिसमें से हिन्दू और मुसलमान दोनों पानी पी रहे थे। मंसूर ने ऐसा नज़ारा पहले कभी नहीं देखा था। उसने तो जब से होश संभाला था घड़ों पर 'हिन्दू पानी' और 'मुस्लिम पानी' ही लिखा देखा था। एक-दूसरे के धर्म के पानी को छू भर लेने पर फसाद होते देखा था। पर यहाँ हिन्दू, सिख, मुसलमान सभी एक ही घड़े से पानी पी रहे थे।

बड़े मंदिर से निकलकर, चौक फव्वारा पार करके जुलूस टाउन हॉल के सामने पहुँचा तो डॉक्टर बशीर ने हाथ उठाकर जुलूस रोक दिया। सतपाल, किचलू आदि सभी काँग्रेसी डॉक्टर बशीर का इशारा समझ गए। उन्होंने नारों की रफ़्तार और आवाज़ बढ़ा दी। टाउन हॉल के अंदर दफ़्तर में बैठा माइल्स इन नारों को सुन रहा था। टाउन हॉल की दीवार के साथ-साथ व छत पर फ़ौजी तैनात थे

परन्तु बंदूकों को अनदेखा कर अंबरसरिये नाच रहे थे, गा रहे थे, ढोल और नगाड़े बजा रहे थे। माइल्स चाह कर भी छत पर जाने की हिम्मत नहीं जुटा पा रहा था। दफ़्तर में बैठे जॉन की साँसों की गति भी हर नारे के साथ बढ़ती जाती थी। डॉक्टर बशीर ने घोड़े को एड़ लगाई और जुलूस हॉल बाज़ार में दाखिल हो गया। हॉल बाज़ार पार करके जुलूस कटरा शेर सिंह, हाथी गेट, कटरा परजा, कटरा जैमल सिंह आदि कई बाज़ारों से होता हुआ तकरीबन चार घंटे बाद वापिस बड़े मंदिर जा पहुँचा। जहाँ-जहाँ से जुलूस निकला वहाँ पर लोगों ने फूलों की वर्षा करके, भजन गाकर व नारे लगाकर जुलूस का स्वागत किया। पूरा शहर देशभक्ति के रंग में रंग गया था। शहर के विभिन्न सरकारी दफ़्तरों में काम करने वाले अंग्रेज़ अधिकारियों के मन में शहर का माहौल देखकर आशंका और भय व्याप्त हो रहा था। उन अंग्रेज़ अधिकारियों के ज़ोर-ज़ोर से धड़कते दिलों की आवाज़ लाहौर और दिल्ली में बैठे हुक्मरानों तक पहुँच चुकी थी। शहर के पोस्ट ऑफ़िस से मंसूर अपने अखबार को तार भेज रहा था।

"आज अमृतसर ने रामनवमी के जुलूस के ज़रिए हिन्दू-मुस्लिम इत्तेहाद की एक यादगार मिसाल पेश की है। स्टॉप। अंग्रेज़ों की फूट डालो और राज करो की नीति का अगर कोई माकूल जवाब है तो वो है अमृतसर में निकाला गया रामनवमी का जुलूस। स्टॉप। अमृतसर ने आज पूरे मुल्क को फिरंगी हुकूमत से लड़ने का एक रामबाण तरीका बता दिया है और वो तरीका है हिन्दू-मुस्लिम एकता। स्टॉप।"

अगले दिन पंजाब और भारत के अन्य हिस्सों में छपने वाले अखबारों में अमृतसर में निकले रामनवमी के जुलूस की ही चर्चा थी। हर अखबार के मुख्य पृष्ठ पर इस घटना की चर्चा थी—

-अमृतसर हेल्स हिन्दू-मुस्लिम यूनिटी (Amritsar hails Hindu Muslim unity)

-रौलेट ऐक्ट के खिलाफ़ एक अनूठा प्रदर्शन।

-सत्याग्रह का एक और रूप—रामनवमी का जुलूस।

-क्या अमृतसर की तरह सारा मुल्क एक हो सकता है?

दिल्ली में वायसरॉय चेम्सफ़ोर्ड तक यह ख़बर 9 तारीख की रात को ही पहुँच गई और उसने ओ'ड्वायर को फ़ोन करके हिदायत दी कि वो अमृतसर की कमान सीधे अपने हाथ में ले ले। उस रात माइल्स अपने बंगले में बैठ, ब्रांडी

का गिलास हाथ में लेकर शून्य में निहार रहा था और सोच रहा था कि आने वाली सुबह उसके लिए क्या पैगाम लेकर आएगी, कि तभी उसके अर्दली ने उसे बताया कि लाहौर से ओ'ड्वायर का फ़ोन है।

माइल्स के फ़ोन उठाते ही ओ'ड्वायर ने अपनी भड़ास निकाली—

"माइल्स, यू अश्योर्ड मी दैट द सिचुएशन इन अमृतसर वाज़ अंडर कंट्रोल" (Miles, you assured me that the situation in Amritsar was under control.)

"इट वाज़ अ रिलीजियस प्रोसैशन, योर एक्सलैंसी।" (It was a religious procession, Your Excellency.) माइल्स ने सफ़ाई देने की कोशिश की।

"दैट इज़ नॉट व्हाट माई सोर्सिज़ हैव टोल्ड मी। इज़ दिस ट्रू दैट हिन्दूस एंड मुस्लिम्स ड्रैंक वाटर फ्रॉम द सेम पिचर्स।" (That is not what my sources have told me. Is this true that Hindus and Muslims drank water from the same pitchers?)

"यैस, सर।" (Yes, Sir.)

ओ'ड्वायर पल भर के लिए खामोश हुआ; उसने अपने विचारों को तरतीबवार किया और माइल्स से कहा, "नाओ यू लिसन टू मी। ऐज़ पर द ऑर्डर्स ऑफ़ द वायसरॉय ऑफ़ इंडिया, आई एम ऐज़्यूमिंग कंट्रोल ऑफ़ अमृतसर। एंड ऐज़ माई फ़र्स्ट ऑर्डर ऑफ़ बिज़नेस, आई वॉन्ट यू टू इन्वाइट दोज़ टू लीडर्स ऑफ़ द काँग्रेस, व्हाट वर देअर नेम्स?" (Now you listen to me. As per the orders of the Viceroy of India, I am assuming control of Amritsar. And as my first order of business, I want you to invite those two leaders of the Congress, what were their names?)

"सतपाल एंड किचलू।" (Satpal and Kichlu.)

"येस, दोज़ टू। इन्वाइट देम फ़ॉर ए कप ऑफ़ टी टुमोरो मोर्निंग।" (Yes, those two. Invite them for a cup of tea tomorrow morning.)

इसके बाद ओ'ड्वायर ने माइल्स को कुछ और निर्देश दिए और फ़ोन काट दिया। डिप्टी कमिश्नर होने के नाते शहर की कमान हाथ से निकल जाना माइल्स के लिए शर्मनाक बात थी परन्तु दिल के किसी कोने में वो राहत भी महसूस कर रहा था। हालाँकि अगले दिन सुबह उसे एक निहायत ही मुश्किल काम को अंजाम देना था।

रामनवमी की रात को जहाँ माइल्स और ओ'ड्वायर की नींद उड़ी हुई

थी। वहीं अमृतसर सोने का नाम ही नहीं ले रहा था। मंदिरों में आधी रात के बाद भी राम लला का गुणगान हो रहा था। बच्चे, बूढ़े, जवान, औरत, मर्द, सब खुश थे। हिन्दू और मुसलमान यूँ गले मिल रहे थे मानो रामनवमी की रात को ईद का चांद भी निकल आया हो।

हंस राज के घर में रामनवमी की खुशियाँ मनाई जा रही थीं। मगर हंस राज के भाग्य में उस रात न तो खुशी थी, न चैन की सांस। उसे तो अपनी नौकरी खतरे में लग रही थी। काँग्रेस तो उस पर पहले से ही विश्वास नहीं करती थी और अब तो उसने माइल्स का विश्वास भी खो दिया था। आगे कुआँ पीछे खाई वाली स्थिति थी उसकी। और उस पर घर में उसकी माँ, बीवी और पाँच बच्चे 'जय सिया राम' का पाठ करते हुए बीच-बीच में 'महात्मा गाँधी की जय' भी बोल देते थे। घर का माहौल उससे बर्दाश्त नहीं हो रहा था, सो वो चंदर भान से मिलने का इरादा करके घर से निकल गया। अभी वो घर से कुछ ही कदम दूर आया था कि सामने से उसे रमेश आता दिखाई दिया। रमेश साइकिल पर सवार था और उसके माथे पर उभरा पसीना बता रहा था कि बहुत तेज़ी से साइकिल चलाकर आया है।

"अरे रमेश! तुम यहाँ?"

"साहब ने आपको कोठी पर बुलाया है।"

"इस वक्त?"

घंटाघर उस समय रात के आठ बजने का संकेत दे रहा था। हंस राज ने अपनी साइकिल निकाली और रमेश के पीछे-पीछे हो लिया।

भजन लाल के घर से कोई भी रामनवमी के जुलूस में शामिल नहीं हो पाया था। होता भी कैसे? जिस वक़्त शहर में रामनवमी का जुलूस निकल रहा था, उस वक़्त भजन लाल के घर के लोग या तो सो रहे थे, या फिर बिस्तर में ही बैठकर चाय पीते हुए गप्पें मार रहे थे। पूरी रात जाग कर जो काटी थी सबने।

निम्मो की डोली जब तक उसके ससुराल में दाख़िल हुई, तब तक रात का एक बज चुका था। उसके बाद नई बहू के आने पर की जाने वाली रस्में शुरू हो गईं। संतोष ने बेटे और बहू पर से पानी वार कर उन्हें विधिवत घर में प्रवेश कराया। फिर निम्मो का, घर के सभी सदस्यों के साथ रस्मी तौर पर परिचय कराया गया। सबने निम्मो को कोई-न-कोई उपहार दिया। जब राजू की बारी आई तो उसने अपनी भाभी को कश्मीरी पशमीना से बनी हुई एक खूबसूरत शॉल दी और साथ ही एक एलान भी किया कि वो एक देवर की हैसियत से

निम्मो का सबसे लाडला होगा। राजू का एलान सुनते ही सरला बुआ ने कहा, "ले निम्मो बेटी, आज तक तो ये खोता अपनी बुआ का लाडला था। अब तू ही संभाल इसको। मेरी तो जान छूटी।"

"बुआ जी, इतनी आसानी से तो नहीं छोड़ूँगा आपको भी। घर में सबसे छोटा हूँ, अब तक सबके काम करता था और प्यार भी पाता था। अब अपनी भाभी के काम भी तो मैं ही करूँगा। ओम को तो बाकी के कामों से ही फ़ुर्सत नहीं होगी, क्यों ओम?"

ओम चुपचाप बैठा था। खानदान में कई शादियाँ देख चुका था और जानता था कि ऐसे मौके पर वो जो भी बोलेगा, उससे सामने वालों को और मसाला मिलेगा उसकी खिंचाई करने का। वो इस चुहलबाज़ी पर बस मुस्कुराता रहा।

परिचय की रस्म के बाद दूल्हा-दुल्हन की आपसी झिझक को दूर करने के लिए कुछ खेल खिलाने का रिवाज है। दूध से भरी एक परात में एक अंगूठी फेंक दी गई और ओम और निम्मो लग गए उसे ढूँढ़ने में। इस खेल को खेलते वक़्त पहली बार दोनों को एक-दूसरे के स्पर्श का एहसास हुआ। ओम ने कभी इतने मुलायम हाथ को नहीं छूआ था। निम्मो को छूते ही उमंग की एक तरंग उसके बदन में दौड़ गई। वो अंगूठी के बारे में भूल गया और निम्मो इस खेल में विजयी हुई। इसके बाद दोनों को एक-दूसरे की कलाइयों पर बंधी मौलियों की गाँठें खोलनी थीं। दुकान पर कपड़े की गाँठें खोलने में माहिर ओम ने यह खेल आसानी से जीत लिया।

इन सब रस्मों से निपटते सुबह के चार बज गए। कमला और लीलावती निम्मो को लेकर एक कमरे में चली गईं। वहाँ निम्मो ने कपड़े बदले और अपने गहने दोनों ननदों को दे दिए संभाल कर रखने के लिए। कुछ समय बाद ओम कमरे में दाख़िल हुआ। निम्मो गुलाबी रंग के रेशमी सूट में शृंगार रस से भरी एक कविता जैसी लग रही थी। ओम ने पठानी सूट पहन रखा था जो तीफ़े ने उसे ख़ास तौर पर इसी मौके के लिए उपहारस्वरूप दिया था। ओम के चेहरे से हमेशा ईमानदारी और मासूमियत झलकती थी। पठानी सूट के प्रभाव से उसके व्यक्तित्व में सच्चाई और बहादुरी का मिला-जुला तत्व प्रतिबिंबित हो रहा था जिसे देखकर निम्मो उस पर आकर्षित हो उठी। रोके से लेकर शादी तक, निम्मो ने ओम की कुछ झलकें ही देखी थीं। आज पहली बार उसने अपने जीवनसाथी को नज़र भर के देखा तो उसे लगा कि उत्तम वर की प्राप्ति हेतु सोलह सोमवार तक जो उसने

शिवजी के व्रत किए थे, उन व्रतों का फल मिल गया।

ओम ने निम्मो का हाथ अपने हाथ में लिया और उसे बिस्तर पर बैठाया। निम्मो ने नज़रें नीची कर ली थीं। ओम ने अपनी जेब से एक रत्न जड़ित कंगन निकाला और निम्मो की हथेली पर रख दिया। निम्मो ने कंगन को वापिस ओम के हाथ में दिया और मेहंदी के रंग में रंगी अपनी कलाई ओम के सामने रख दी। ओम ने निम्मो के हाथ को चूमा। निम्मो सकुचाई। फिर ओम ने निम्मो की कलाई में कंगन को उतारा और निम्मो को बाँहों में भर लिया।

जुलूस के खत्म होने के बाद नीरू अपने घर पहुँची। उसके पिता दीनदयाल उससे पहले ही घर पहुँचकर चूल्हे पर दाल चढ़ा चुके थे। नीरू की माँ उसे जन्म देते ही चल बसी थी। दीनदयाल उस वक्त महज़ बीस साल का नौजवान था। माँ-बाप व रिश्तेदारों के लाख कहने पर भी उसने दूसरी शादी नहीं की थी और नीरू को माँ और बाप दोनों बनकर पाला था। दीनदयाल व उसके भाइयों के घर एक ही गली में थे, इसलिए नीरू कभी अपनी चाची, कभी ताई के संरक्षण में बड़ी होती रही। लेकिन उसके व्यक्तित्व पर सबसे अधिक प्रभाव उसके पिता का ही था। ज्यों-ज्यों वो बड़ी होती गई, त्यों-त्यों उसे अपने लिए की गई पिता की कुर्बानी का भी एहसास होता गया। पढ़ाई-लिखाई में होशियार थी और गाहे-बगाहे अपने चचेरे भाई-बहनों की मदद भी कर देती थी। दीनदयाल पर आर्य समाज का प्रभाव था और हर शाम को नीरू को साथ बैठाकर मन्त्रोच्चारण करते और फिर दोनों बाप-बेटी मिलकर योगाभ्यास करते। देश के प्रति कुछ करने की लगन भी नीरू को अपने पिता से ही विरासत में मिली थी। अपने सोलहवें जन्मदिन पर नीरू ने अपने पिता से उपहारस्वरूप काँग्रेस की सदस्यता माँग ली थी। अमृतसर ज़िले की वो पहली महिला सदस्य थी। तीन साल में नीरू ने अथक परिश्रम करके सौ से भी अधिक महिलाओं को काँग्रेस का सक्रिय सदस्य बना लिया था। काँग्रेस के झंडे तले नीरू की शक्ति ब्रिगेड की संख्या में लगातार इज़ाफ़ा हो रहा था। लेकिन यह सब इतना आसान नहीं था। परदे में रहने वाली औरतों को, सड़कों पर लाने के लिए नीरू को कई कठिनाइयों का सामना करना पड़ा था।

नीरू के राजनीतिक जीवन की सबसे बड़ी चुनौती थी कंजरियों वाले मोहल्ले की तवायफ़ सलीमा को काँग्रेस में शामिल करना। इस मसले पर तो उसे सतपाल, किचलू जैसे नेताओं, यहाँ तक कि दीनदयाल के सहयोग के लिए

भी जद्दोजहद करनी पड़ी थी। नीरू का तर्क था कि तवायफ़ बनना सलीमा की मजबूरी हो सकती है मगर इसका मतलब यह नहीं कि उसके दिल में देश के लिए कुछ करने का जज़्बा संभ्रांत महिलाओं से कम है। शक्ति ब्रिगेड की कुछ महिलाओं ने भी आपत्ति जताई मगर वो नीरू को झुका न सकीं। बात इतनी बढ़ गई कि शक्ति ब्रिगेड का अस्तित्व ही खतरे में पड़ गया था। ऐसे हालात में सलीमा ने अपनी सदस्यता की अर्ज़ी वापिस लेने की पेशकश की। मगर नीरू ने उसकी एक न सुनी और इस सिलसिले में सीधे महात्मा गाँधी को पत्र लिखकर उनकी राय मांगी। कुछ दिनों बाद गाँधी का जवाब आया जिसमें नीरू की बात की तसदीक की गई। अब महात्मा गाँधी की बात भला कौन टाल सकता था। सलीमा सालाना शुल्क देकर विधिवत् काँग्रेस की मैंबर बन गई। रौलेट ऐक्ट के विरुद्ध हुए हर मुज़ाहरे में सलीमा मौजूद रही। उसकी सक्रियता ने सबका दिल जीत लिया था। काँग्रेस दफ़्तर में कोई उसे हिक़ारत से नहीं देखता था बल्कि उसे वही इज़्ज़त दी जाती जो किसी अन्य महिला को मिलती।

महात्मा गाँधी के उस ख़त को नीरू ने बहुत संभाल कर रखा था। आज कई महीनों बाद उसने ख़त को निकाला और महात्मा गाँधी की लिखावट के ज़रिए उस महान व्यक्ति की मौजूदगी को अनुभव किया। हालाँकि भारतीय राष्ट्रीय काँग्रेस ने उस वक्त तक संपूर्ण आज़ादी की बात नहीं की थी लेकिन नीरू की आँखों में यह सपना अपना स्वरूप ले रहा था। अब उसकी दिलचस्पी किसी कानून के खिलाफ़ लड़ने में कम और अंग्रेज़ी हुकूमत के खिलाफ़ लड़ने में ज़्यादा थी। वो आज़ादी चाहती थी, संपूर्ण आज़ादी। अपने आज़ाद देश में सांस लेना चाहती थी, जहाँ का संविधान, जहाँ का कानून, अंग्रेज़ों द्वारा नहीं, भारतीयों द्वारा लिखा गया हो। ख़त को अपनी उँगलियों के मध्य महसूस करते-करते, उसकी धमनियों में रक्त का प्रवाह तेज़ हो गया था, उसके गालों की सुर्खी बढ़ गई थी और उसकी आँखों में आज़ादी की खुमारी चढ़ आई थी। वो गाना चाहती थी, नाचना चाहती थी। जब भी उसके तन-मन में ऐसी ऊर्जा का संचार होता था तो वो भाग कर निम्मो के पास चली जाया करती थी। आज भी उसके कदम कमरे से बाहर निकले तो सामने मुस्कुराते हुए उसके पिता मिल गए।

"दाल बन गई है पुत्तर, चल खाना खा ले।"

"बाऊ जी मैं ज़रा निम्मो को मिलकर आती हूँ।"

"निम्मो को मिलने जा रही है? पर कहाँ?"

"उसके घर..." वाक्य पूरा होने से पूर्व ही नीरू को अपनी गलती का एहसास हुआ। निम्मो तो ससुराल चली गई।

नीरू की आँखों से अश्रुधारा बह निकली। वो दीनदयाल के गले लग गई और फूट-फूट कर रोने लगी। दीनदयाल का कुर्ता नीरू के आँसुओं से भीग गया।

"अरी पगली, निम्मो की विदाई कल थी और रो तू आज रही है।"

"बाऊ जी, निम्मो चली गई...ससुराल।"

"सब जाती हैं। तू भी तो जाएगी एक दिन," कहते-कहते दीनदयाल की आँखें भी नम हो गईं।

आँसू तो उद्धम सिंह की आँखों में भी थे, परन्तु ये आँसू उस क्रोध के कारण थे जिसे वो काबू नहीं कर पा रहा था। अनाथालय में रहने वाले सभी लड़के जुलूस में शामिल हुए थे। जुलूस उस थाने के आगे से भी निकला था जहाँ भाग सिंह और गुज्जर सिंह को कैद करके रखा गया था। थाने के बाहर हशमत खान अपने सिपाहियों के साथ खड़ा था। उसे देखकर उद्धम सिंह की आँखों में खून उतर आया था। मगर वो चुपचाप जुलूस के साथ चलता रहा। परन्तु अब, जब सारा शहर जश्न मना रहा था तो उद्धम सिंह को अपने बाबा जी की चिंता खाए जा रही थी। आज तीसरी रात थी उनकी गिरफ़्तारी हुए। अपने गोरे आकाओं की तरह हशमत खान भी जुलूस में लग रहे देशभक्ति के नारों से बौखलाया होगा। 'कहीं वो अपनी बौखलाहट बाबा जी पर न निकाल दे।' यह सोचकर उद्धम सिंह की बेचैनी बढ़ती जा रही थी। 'कल सुबह थाने जा कर हशमत खान से मिलूंगा। वीरा साथ चलेगा तो ठीक, वरना अकेले ही चला जाऊंगा। बाबा जी को तो कैद से छुड़ा कर रहूँगा।'

विद्या और रत्ती देवी ने रामनवमी का जुलूस घर की पहली मंज़िल पर स्थित झरोखों में से देखा। गोपाल और छज्जू राम ने जुलूस में शिरकत की। जुलूस जब छज्जू राम के घर के सामने से गुज़रा तो दोनों बहनों ने उस पर पुष्प वर्षा की। डॉक्टर हाफ़िज़ बशीर को जुलूस का नेतृत्व करते देख विद्या ने कहा, "ऐसा तो पहले कभी नहीं हुआ होगा कि एक हिन्दू समारोह के जुलूस में एक मुसलमान सबसे आगे चले।"

"अरे तू क्या अपने शहर की विरासत भूल गई विद्या? श्री हरिमंदिर साहिब की नींव भी तो एक मुस्लिम फ़कीर साईं मियां मीर ने रखी थी।" विद्या

ने सिर हिला कर हामी भरी। पर रत्ती देवी ने अपनी बात जारी रखी, ''अरे यह तो इन मुए गोरों ने फूट डाल दी वरना क्या फ़र्क है हम लोगों में। एक जैसे ही तो दिखते हैं, भाषा भी एक ही बोलते हैं। बस पानी ही अलग-अलग पीते थे, आज तो राम जी की कृपा से वो फ़र्क भी मिट गया।'' जुलूस आगे बढ़ गया पर दोनों बहनें बहुत देर तक झरोखे में खड़ी जुलूस की दिशा में देखती रहीं।

10 अप्रैल की सुबह हंस राज सतपाल के घर पहुँचा। उसने सतपाल को जुलूस की कामयाबी पर मुबारकबाद दी। सतपाल ने हंस राज पर व्यंग्य करते हुए कहा, ''आप कल नज़र नहीं आए जुलूस में।''

''जी, कल मेरी तबियत ज़रा खराब थी। कुछ बुखार-सा भी था। जब भी मौसम बदलता है तो मेरे साथ ऐसा ही होता है।''

''ओ, अच्छा यह बात है। फिर तो मैं समझ सकता हूँ। हमारे शहर की फ़िज़ा में ऐसा बदलाव पहले कभी नहीं आया, ऐसी हवा कई बरसों बाद चली है, इसलिए शायद बीमार पड़ गए तुम। थोड़ा योग-प्राणायाम किया करो यार। जिस्म को थोड़ा मज़बूत बनाओ।''

''जी, मैं भी ऐसा ही कुछ सोच रहा था।''

''खैर हंस राज,'' सतपाल का स्वर अचानक संजीदा हो गया, ''यह बताओ आज सुबह-सुबह यहाँ कैसे आना हुआ? क्या गर्ज़ खींच लाई है तुम्हें यहाँ?''

हंस राज समझ गया कि सतपाल को इधर-उधर की बातों में दिलचस्पी नहीं है। तो सीधा मुद्दे पर आकर बोला, ''सतपाल जी, मैं आपके और किचलू जी के लिए डिप्टी कमिश्नर का संदेश लाया हूँ। उन्होंने आप दोनों को सुबह की चाय की दावत दी है।''

''अरे वाह! जहेनसीब! ऐसी फ़राग दिली की तो उम्मीद नहीं थी डिप्टी कमिश्नर साहब से। आपने किचलू जी से बात की?''

''जी, पहले आप ही के पास आया हूँ,'' हंस राज सतपाल से नज़रें नहीं मिला पा रहा था। ''मैंने सोचा कि हम दोनों मिलकर किचलू जी के घर चलें तो अच्छा होगा।'' हंस राज की बात सुनकर सतपाल मन-ही-मन हँस दिया। उसे पता था कि हंस राज अकेले किचलू के सामने यह प्रस्ताव ले जाने की हिम्मत नहीं कर सकता था।

''ठीक है, चलिए फिर किचलू जी से मिलकर मशविरा कर लेते हैं कि

इस सिलसिले में क्या कदम उठाया जाए।''

डॉक्टर किचलू उस दिन के अखबार पर नज़र डालते हुए चाय की चुस्की ले रहे थे जब सतपाल और हंस राज ने उनके कमरे में प्रवेश किया।

''अस्सलामालैकुम डॉक्टर साहब,'' सतपाल ने प्रवेश करते ही कहा।

''वालैकुम सलाम,'' किचलू ने उत्तर दिया। फिर उसकी नज़र हंस राज पर पड़ी, ''अरे हंस राज जी भी आए हैं, नमस्कार।'' किचलू ने हाथ जोड़े। हंस राज ने भी मुस्कुराकर हाथ जोड़ दिए।

''हंस राज जी ही तो मुझे आपके पास लाए हैं,'' सतपाल किचलू से गले मिला और कान में फुसफुसा कर कहा, ''सावधानी से काम लेना।''

''आप लोग तशरीफ़ रखिए, मैं चाय का कहकर आता हूँ,'' किचलू ने कहा।

''अरे चाय का न्यौता लेकर ही तो हंस राज जी यहाँ आए हैं, आप तकल्लुफ़ न करें,'' सतपाल ने किचलू का हाथ पकड़कर उसे बाहर जाने से रोका, ''आप आइए, पहले कुछ बात कर लें।''

तीनों कुर्सियों पर बैठ गए। हंस राज ने माइल्स का प्रस्ताव दोहराया।

''क्यों? क्यों मिलना चाहता है डी.सी. हमसे?'' किचलू ने पूछा। उसकी पैनी निगाह हंस राज की आत्मा को चीरे दे रही थी। ''शहर में अमन है, कहीं कोई हिंसा नहीं हुई। शहर में फ़रवरी से लेकर आज तक जितने भी एतजाज़ी मुज़ाहरे हुए रौलेट ऐक्ट के खिलाफ़, सब के सब पुरअमन रहे, फिर क्या वजह होगी सतपाल जी कि माइल्स अरविंग हम काले लोगों के बराबर बैठ कर हमारे साथ चाय पीना चाहता है?''

''अब यह तो हंस राज जी ही बता सकते हैं। पूरे शहर में एक यही हैं जो काँग्रेस की नब्ज़ भी पहचानते हैं और डी.सी. के दिल का हाल भी जानते हैं।''

सतपाल और किचलू के व्यंग्य हंस राज के लिए असह्य हो रहे थे। अंदर से वो तिलमिलाया हुआ था पर चेहरे पर सहजता लाकर बोला, ''काँग्रेस के काम के साथ-साथ मुझे नौकरी भी करनी है। मैं तो संदेशवाहक हूँ। एक शहरी होने के नाते मैं अमृतसर में फैले तनाव को महसूस कर सकता हूँ। आपसे भी यह छुपा तो नहीं होगा। लगता है जैसे शहर बारूद के ढेर पर बैठा है। ज़रा-सी चिंगारी लगने की देर है बस...।''

''और वो चिंगारी अगर कोई लगाएगा तो वो अंग्रेज़ ही होगा। हम गाँधी

जी द्वारा बताया अहिंसा का मार्ग कभी नहीं छोड़ेंगे,'' सतपाल ने हंस राज की बात पूरी होने से पहले कहा।

''आप पूरी दुनिया की ज़िम्मेदारी तो नहीं ले सकते। शहर में गदरी घूम रहे हैं और आप जानते हैं कि गदरी बंदूक उठाने से गुरेज़ नहीं करते। अभी तीन दिन पहले ही पुतलीघर में एक अनाथालय में छुपे गदरी को गिरफ़्तार किया गया है। उसका साथी भागने में कामयाब हो गया।'' हंस राज ने अपनी दलील में वज़न डालने के चक्कर में यह गुप्त सूचना दोनों वकीलों के आगे ज़ाहिर कर दी। दोनों के कान खड़े हो गए।

''यह कब हुआ?'' किचलू ने पूछा।

''6 अप्रैल की रात को।''

''हमें उनसे मिलना चाहिए, क्या कहते हैं सतपाल जी।''

''आप ठीक कहते हैं।'' सतपाल ने कहा और फिर हंस राज से पूछा, ''क्यों हंस राज जी कोई परेशानी तो नहीं होगी उनसे मिलने में।''

''उन्हें रौलेट ऐक्ट के अंतर्गत गिरफ़्तार किया गया है इसलिए...''

''उन्हें? क्या एक से ज़्यादा हैं? या गदरियों को इज़्ज़त दे रहे हो?'' सतपाल ने हंस राज के मुँह से निकला लफ़्ज़ पकड़ लिया। हंस राज फँस गया था। उसे बताना पड़ा कि भाई भाग सिंह को भी गदरियों की मदद करने के जुर्म में गिरफ़्तार किया गया है।

''हे भगवान! रब स्वरूप भाई भाग सिंह जो गरीब और अनाथ बच्चों की परवरिश करते हैं उन्हें तीन दिन से थाने में बंद कर रखा है और हमें इसकी ख़बर तक नहीं। यहाँ हम रामनवमी की खुशियाँ मना रहे हैं और वहाँ भाई भाग सिंह जैसी शख्सियत थाने में ज़ुल्म सह रही है? और तुम यह सब जानते थे हंस राज मगर तुमने हमें बताना उचित नहीं समझा?'' हर वाक्य के साथ सतपाल के स्वर में उत्तेजना बढ़ती जा रही थी।

किचलू ने संयम से काम लेते हुए कहा, ''हंस राज? जब तक भाई भाग सिंह थाने में कैद हैं, तब तक हमारी माइल्स के साथ कोई मीटिंग नहीं हो सकती। मैं और सतपाल जी थाने जा रहे हैं। आप डी.सी. तक हमारा संदेश पहुँचा दो। जब तक भाई भाग सिंह को रिहा नहीं किया जाएगा तब तक हम दोनों वहीं रहेंगे। फिर माइल्स चाहे तो हमें गिरफ़्तार करके वहीं थाने में हमारे साथ चाय पी सकता है। चलिए सतपाल जी।''

किचलू और सतपाल थाने की ओर चल दिए। हंस राज ने अपनी साइकिल का हैंडल माइल्स की कोठी की तरफ़ घुमा दिया।

यह सुनकर कि किचलू और सतपाल थाने जा रहे हैं, माइल्स अरविंग के होश उड़ गए। अगर शहर में यह बात फैल गई तो थाने के सामने भीड़ इकट्ठा होने में देर नहीं लगेगी। पल भर के लिए ओ'ड्वायर को फ़ोन करने का विचार उसके मन में आया परन्तु मौके की नज़ाकत को समझते हुए उसने यह फ़ैसला खुद ही लेने का निश्चय किया। उसने अपने हाथ से भाग सिंह की रिहाई के लिए खत लिखा और उसे हंस राज के हाथों भिजवा दिया। उसने रमेश को हिदायत दी कि हंस राज को लेकर जल्दी-से-जल्दी थाने पहुँचे और भाई भाग सिंह के रिहा होते ही किचलू और सतपाल को लेकर बंगले पर आ जाए।

इधर थाने में हशमत खान और दोनों वकीलों के बीच बहस हो रही थी। हशमत खान रौलेट ऐक्ट की दुहाई देकर उन दोनों को भाग सिंह से मिलवाने से इनकार कर रहा था तो किचलू और सतपाल उस पर ज़ोर डाल रहे थे कि भाग सिंह पर रौलेट ऐक्ट लगाया जाना ग़ैरकानूनी है। जब हशमत खान किसी भी सूरत में उनकी बात मानने को तैयार नहीं हुआ तो उन्होंने कुछ देर तक हंस राज का इंतज़ार करने का निश्चय किया और वहीं थाने में रखी एक बैंच पर बैठ गए। उन्हें ज़्यादा देर इंतज़ार नहीं करना पड़ा। डी.सी. का पैग़ाम लेकर हंस राज कुछ ही समय में वहाँ पहुँच गया। हशमत खान ने चिट्ठी को पढ़ा, बाहर खड़ी कार को देखा और एक सिपाही को भाग सिंह को लेकर आने की हिदायत दी।

सिपाही जब भाग सिंह को लेकर आया तो उसकी हालत देखकर सब हतप्रभ रह गए। भाग सिंह की पगड़ी खुली हुई थी और केश बिखर कर कंधों पर गिरे पड़े थे। उसकी दाढ़ी जगह-जगह से नुची हुई थी, कपड़े फटे हुए थे और पाँव सूजे हुए थे। उसके हाथों और पैरों में बेड़ियाँ थीं। भाग सिंह बड़ी मुश्किल से चल पा रहा था। हशमत खान के इशारे पर हवलदार ने भाग सिंह की बेड़ियाँ खोल दीं। सतपाल और किचलू ने आगे बढ़कर भाग सिंह को दोनों ओर से थाम लिया। ''हशमत खान, तुम कानून की हद से बाहर जा रहे हो। इसका खामियाज़ा भुगतने के लिए तैयार रहो,'' सतपाल ने कहा।

''रौलेट ऐक्ट लगा है मुल्क में,'' हशमत ने भृकुटी तानकर कहा, ''रौलेट ऐक्ट। हमारी ताकत की कोई हद नहीं।''

''कैदियों के साथ तुम ऐसा सुलूक नहीं कर सकते,'' किचलू बोला।

''हम गद्दारों और आतंकवादियों के साथ ऐसा ही सुलूक करते हैं। अब ले जाओ इस गद्दार को यहाँ से, वरना ऐसा न हो कि तुम दोनों पर भी रौलेट ऐक्ट लगा कर तुम्हें सलाखों के पीछे डाल दूँ।''

''ले हशमते,'' सतपाल का पारा चढ़ गया। वो भाग सिंह को छोड़कर हशमत खान के सामने खड़ा हो गया और उसकी आँखों में आँखें डालकर बोला, ''हिम्मत है तो कर हमें कैद।'' हशमत खान ने भी नज़रें नीची नहीं कीं। इतने में रमेश, जो कि भाग सिंह की हालत देखकर सकते में आ गया था और कमरे से बाहर चला गया था, हाथ में एक गमछा लिए हुए अंदर आया और उसने भाग सिंह के खुले हुए केश उस गमछे में बांधकर गमछे को पगड़ी का रूप दे दिया। हशमत खान वहीं खड़ा रहा और सतपाल, किचलू, हंस राज और भाग सिंह डी.सी. की कार में बैठकर थाने से चले गए।

थाना परिसर से बाहर आते ही किचलू ने रमेश को कार का रुख डॉक्टर हाफ़िज़ बशीर के दवाखाने की ओर मोड़ने की हिदायत दी। हंस राज ने एतराज़ करने का सोचा लेकिन सतपाल के तेवर और भाग सिंह की हालत देखकर उसने चुप रहना ही बेहतर समझा। भाग सिंह को डॉक्टर बशीर की देख-रेख में छोड़कर किचलू, सतपाल माइल्स अरविंग से मिलने उसकी कोठी पर पहुँच गए।

सुबह के ग्यारह बज रहे थे। अप्रैल की तीखी धूप जालीदार दरवाज़े व झरोखों से छनकर माइल्स के बंगले में स्थित उसके दफ़्तर में आ रही थी। माइल्स लकड़ी की मेज़ के पीछे एक कुर्सी पर बैठा था। उसके सामने रखी कुर्सियों पर किचलू व सतपाल बैठे थे। माइल्स के दाईं ओर रखी एक कुर्सी पर हंस राज बैठा था। खानसामा चाय की केतली और कप ले आया था। उसने कपों में चाय डालकर माइल्स के मेहमानों को पेश की और कमरे से बाहर चला गया। कुछ देर कमरे में खामोशी रही। चाय के दो-तीन घूंट सबके हलक से नीचे उतर चुके थे।

माइल्स ने शांति भंग करते हुए पूछा, ''कैसी लगी आपको हमारी चाय?''

''चाय तो जी है ही आपकी। हम तो दूध-लस्सी पीने वाले लोग थे,'' सतपाल ने कहा।

''आप सोच रहे होंगे कि मैंने आपको यहाँ क्यों बुलाया है?''

''मुझे उम्मीद है कि चाय पे चर्चा के लिए तो नहीं बुलाया होगा।'' सतपाल ने चाय का आखिरी घूंट भर कर कहा। किचलू चुपचाप सतपाल की

वाक्पटुता का मज़ा ले रहा था। सतपाल की इसी खूबी के चलते बड़े-बड़े अफ़सर उसके आगे पानी भरते थे। सतपाल के तेवर देखकर माइल्स ने किचलू को मुखातिब करना बेहतर समझा।

"सब से पहले तो मैं आप लोगों को रामनवमी के जुलूस की मुबारकबाद देना चाहता हूँ। इट वाज़ वैरी इम्प्रैसिव (It was very impressive) और खासतौर पर जुलूस में मुस्लिमों का शामिल होना तो बहुत ही यूनीक था। कोन्ग्रेचुलेशन्स!"

"शुक्रिया," किचलू ने संक्षिप्त-सा जवाब दिया।

"मगर एक रिलीजियस प्रोसेशन (religious procession) के दौरान जो हिज़ मैजेस्टी की गवर्नमेंट (His Majesty की government) के खिलाफ़ नारे लगे। उसको लेकर वायसरॉय साहब बहुत खफ़ा हैं।"

"अब भीड़ पर तो किसी का काबू नहीं होता। आवाज़ें तो कभी भी, और कहीं भी बुलंद हो सकती हैं," सतपाल ने कहा।

"सारी बात कंट्रोल की ही तो है डॉ. सतपाल। द होल गेम इज़ अबाउट कंट्रोल। (The whole game is about control.) अगर आप क्राउड को कंट्रोल नहीं कर सकते तो आप लोगों को ऐसे प्रोसेशन्स (processions) या डेमोन्स्ट्रेशन्स (demonstrations) नहीं करने चाहिए। एंड यू नो व्हॉट (And you know what ?) बात अब मेरे कंट्रोल से भी बाहर निकल गई है।"

"क्या मतलब ?" किचलू ने पूछा।

"मतलब यह कि "द गवर्नर हैज़ एज़्यूम्ड डायरैक्ट कंट्रोल ऑफ़ द सिटी एंड ऐज़ पर हिज़ ऑर्डर्स" (The Governor has assumed direct control of the city and as per his orders) आप दोनों को इसी वक्त गिरफ़्तार किया जाता है।"

"अगर गिरफ़्तार ही करना था तो इतना तमाशा करने की क्या ज़रूरत थी ? हम तो खुद ही गए थे थाने गिरफ़्तार होने," सतपाल बोला।

सतपाल की बात सुनकर माइल्स मुस्कुराया। लंबी हार के बाद मिली इस छोटी-सी जीत पर उसे हल्की-सी संतुष्टि मिली थी। सतपाल को जवाब देते हुए उसने कहा, "आप दोनों अमृतसर की शांति के लिए खतरा हैं। इसलिए मैं आप दोनों को गिरफ़्तार करके धर्मशाला भेजने का हुक्म दे रहा हूँ।" माइल्स क्षण भर के लिए चुप हुआ और फिर हंस राज से बोला, "हंस राज यह बात इस कमरे से बाहर नहीं जानी चाहिए।" हंस राज की नज़रें ज़मीन पर गड़ी रहीं। परन्तु दरवाज़े के बाहर खड़े रमेश ने ये सारी बातें सुन ली थीं।

कुछ ही देर में फ़ौज बंगले में दाखिल हुई। किचलू और सतपाल को उसमें बिठाया गया। गाड़ी अमृतसर से दो सौ किलोमीटर दूर धर्मशाला की ओर चल पड़ी। शहर में किसी को कानोंकान खबर नहीं होगी, ऐसा माइल्स समझता था। उसने अपनी कामयाबी की खबर ओ'ड्वायर तक पहुँचाने में देर नहीं की।

~

भजन लाल की दुकान आज तीन दिन बाद खुली थी। ओम की शादी अच्छे से निपट गई थी। निम्मो ने अपने व्यवहार से दो दिन में ही सबका दिल जीत लिया था। दो दिन बाद बैसाखी थी और बैसाखी का मतलब होता है अमृतसर में हज़ारों लोगों की आमद। और जब इतने लोग शहर में आएंगे तो भजन लाल की दुकान की बिक्री भी तो बढ़ेगी। कुछ ओम की शादी का नशा, कुछ आने वाले दिनों में होने वाली कमाई का सुरूर, इन दोनों कारणों से भजन लाल की चाल में चुस्ती थी और चेहरे पर स्थायी मुस्कान। रोमी और पप्पी इस मौके को चूकना नहीं चाहते थे। भजन लाल दोपहर को ठीक दो बजे नियमित रूप से खाना खाता था। दोनों नौकरों में से कोई एक डेढ़ बजे दुकान से निकल जाता और भजन लाल के घर से खाने का डिब्बा लेकर ठीक दो बजे वापिस आ जाता। आज जब रोमी खाना लेने गया, तो पप्पी भजन लाल के पास आकर बोला, ''लाला जी शादी-ब्याह में थकावट बहुत हो जाती है। है, ना?''

''होती तो है, पर जब बहू का खिला हुआ चेहरा देख लो तो सब थकावट दूर हो जाती है।''

''फिर भी लाला जी, शरीर तो आखिर शरीर है। थोड़ी देर टाँगें दबा दूँ। अच्छा लगेगा आपको। तब तक रोमी भी खाना लेकर आ जाएगा।'' पप्पी ने भजन लाल के जवाब का इंतज़ार नहीं किया और उसकी टाँगें दबाने लगा। भजन लाल आँखें बंद करके गद्दी पर लेट गया। कुछ देर टाँगें दबा कर पप्पी ने कहा, ''लाला जी बैसाखी आने वाली है।

''हुँ।'' भजन लाल लगभग ऊँघ रहा था।

''ग्राहकी बढ़ जानी है हमारी दुकान की।''

''हुँ।''

''महंगाई भी बढ़ गई है लाला जी।''

"अच्छा।"

"हमारी तनख्वाह भी अगर बढ़ा देते तो।"

"बढ़ा देंगे।"

"सच लाला जी?"

"हाँ। जब ओम के घर बेटा होगा तो तुम दोनों की तनख्वाह एक-एक रुपया बढ़ा दूँगा," कहकर भजन लाल उठ कर बैठ गया और उसने तकिया उठा कर पप्पी के सिर पर मारा। "माईंयावे, काम करने के नाम पर तुम्हारी नानी मर जाती है, टाँगें दबा कर क्या सोचता है कि मैं तेरी तनख्वाह बढ़ा दूँगा"

इतने में रोमी खाना लेकर आ गया। रोमी और पप्पी का खाना भी भजन लाल के घर से ही आता था। तीनों खाना खाने बैठे ही थे कि ओम दुकान में दाखिल हुआ। ओम को देखते ही तीनों के चेहरों पर हैरानी के भाव आए। आलू-पनीर की सब्ज़ी और रोटी का कौर भजन लाल के हाथ में रह गया। "ओए तू आज क्यों आ गया दुकान पे?" सवाल पूछकर ही भजन लाल ने कौर मुँह में डाला।

"क्यों पापा जी, आज क्या है?"

"ओए खोते, अभी दो दिन नहीं हुए तेरी शादी को और तू आज दुकान पर भी आ गया। ऐसी भी क्या जल्दी है?"

"त्यौहारों के दिन हैं पापा जी। दुकान में सौ काम होंगे। और फिर मैंने वहाँ जनानियों के बीच बैठकर क्या करना है?" ओम भजन लाल के पास आकर गद्दी पर बैठ गया और लाल रंग की बही खोलकर बाँचने लगा।

"ओए तेरा जीजा भी तो है घर में।"

"जीजा जी तो कमला और बच्चों को लेकर श्री हरिमंदिर साहब गए हैं माथा टेकने।"

अभी बाप बेटे में ये बातें चल ही रही थीं कि बाज़ार से नारे लगने की आवाज़ें आईं।

"डॉक्टर किचलू!"

"ज़िंदाबाद।"

"डॉक्टर सतपाल।"

"ज़िंदाबाद।"

"ओए अब क्या स्यापा पड़ गया," नारों की आवाज़ सुनकर भजन लाल खीझकर बोला, "एक दिन भी काम नहीं करने दिया इन काँग्रेसियों ने। ओम

दुकान से बाहर आया तो उसने देखा कि सैंकड़ों लोगों की भीड़ जिसमें गुरबख्श सिंह, बदर-उल-इस्लाम और दीनदयाल जैसे कुछ काँग्रेसी नेता भी शामिल थे, नारे लगाती हुई हॉल गेट की तरफ़ जा रही थी।

"कुछ गड़बड़ हो गई लगती है पापा जी। बाज़ार बंद हो रहा है।"

ओम की बात सुनते ही भजन लाल की खीझ और बढ़ गई। खाने का डिब्बा बंद करते हुए बोले, "दुर फिट्टे मुँह। ओए रोमी! ओए पप्पी! चलो समेटो सामान। चलो घर। कुछ नहीं हो सकता इस मुल्क का।"

भजन लाल की बात खत्म होते-होते ओम भीड़ की ओर बढ़ चुका था। भजन लाल ने उसे पीछे से आवाज़ दी, "अरे अब तू कहाँ जा रहा है?"

"अभी आया पापा जी।"

देखते ही देखते पूरा बाज़ार बंद हो गया। सैंकड़ों लोग हॉल गेट के सामने इकट्ठे हो गए। ओम भी वहाँ पहुँच गया। शीघ्र ही भीड़ ने एक जुलूस की शक्ल इख़्तियार कर ली और जुलूस हॉल गेट से निकल कर रेलवे कैरिज पुल पर पहुँच गया। पुल चढ़ते ही जुलूस का सामना एक फ़ौजी टुकड़ी से हुआ। तकरीबन बीस फ़ौजी पुल के उत्तरी छोर पर खड़े थे। फ़ौजी टुकड़ी और जुलूस के बीच पचास गज़ का फ़ासला था। जुलूस को आगे बढ़ते देखकर फ़ौजियों ने बंदूकें तान दीं। बदर-उल-इस्लाम और गुरबख्श सिंह ने अपने हाथों को उठाकर जुलूस को रोक दिया। फ़ौजी टुकड़ी का नायक एक गोरा था जो कि घोड़े पर सवार था। इसके अलावा दो गोरे और थे। बाकी सब पठान रेज़ीमेंट के सिपाही थे। घुड़सवार फ़ौजी आगे बढ़ा और जुलूस के सामने आकर बोला, "शहर में दफ़ा 144 लगी हुई है। किसी भी तरह का प्रोसेशन या पब्लिक मीटिंग अलाउड नहीं है। तुम लोग वापिस चले जाओ वरना तुम सबको गिरफ़्तार कर लिया जाएगा।" गोरे अफ़सर की बात अभी खत्म भी नहीं हुई थी कि वकील मक़बूल महमूद भी वहाँ पहुँच गया। मक़बूल महमूद और गुरबख्श सिंह आगे बढ़कर अफ़सर के पास गए। फ़ौजियों की बंदूकें यथावत तनी हुई थीं। मक़बूल महमूद ने एक नज़र बंदूकों की ओर देखा और फिर गोरे अफ़सर से मुखातिब हुआ, "हमारे शहर के दो नेताओं को नाजायज़ तौर पर गिरफ़्तार करके शहर से बाहर भेज दिया गया है। इस सिलसिले में हम डिप्टी कमिश्नर से मिलना चाहते हैं।"

"वो सब हम कुछ नहीं जानते," अफ़सर ने जवाब दिया, "हमारे मुताबिक तुम लोगों का यह प्रोसेशन गैरकानूनी है और तुम लोग जल्दी यहाँ से

वापिस नहीं गए तो मुझे एक्शन लेना पड़ेगा।''

गुरबख्श सिंह ने जिरह करते हुए कहा, ''ठीक है, सिर्फ़ चार लोग डिप्टी कमिश्नर से मिलने जाएंगे। मैं यकीन दिलाता हूँ कि अगर आप चार लोगों को पुल के उस पार जाने दें, तो बाकी सब लोग वापिस चले जाएंगे और कोई नारेबाज़ी भी नहीं होगी।''

''लिसन यू टू।'' (Listen you two.) गोरे ने अपनी उँगली दोनों की ओर तानकर कहा, ''तुम लोगों में से कोई एक भी इस पुल के उस पार नहीं जाएगा।'' उसने घोड़े का मुँह अपनी फ़ौजी टुकड़ी की तरफ़ घुमाया और दोनों वकीलों को चेतावनी देकर बोला, ''मैं वापिस पुल के उस एंड की ओर जा रहा हूँ, अगर मेरे वहाँ पहुँचने तक भी तुम लोग यहाँ हुए तो मुझे फ़ोर्स इस्तेमाल करनी पड़ेगी। इतना कहकर वो पुल के उत्तरी छोर की ओर बढ़ गया। फ़ौजियों की तनी हुईं बंदूकें अपने अफ़सर के हुक्म का इंतज़ार कर रही थीं। गुरबख्श सिंह व अन्य नेताओं ने यह फ़ैसला किया कि इन हालात में उन्हें कोई खतरा मोल न लेकर जुलूस को वापिस ले जाना चाहिए। सैंकड़ों कान अपने नेताओं के फ़ैसले सुनने को आतुर थे मगर जुलूस में एक ऐसा नौजवान भी था जिसने किसी भी सूरत में वापिस न जाने की ठान रखी थी। उस नौजवान का नाम था भोला।

अपनी फ़ौजी टुकड़ी के पास पहुँच कर गोरे अफ़सर ने घोड़े का मुँह जुलूस की ओर किया और ऊँची आवाज में कहा, ''यह मेरी आखिरी वारनिंग है। अगर तुम लोगों ने एक कदम भी आगे बढ़ाया तो अच्छा नहीं होगा।'' अफ़सर के तेवर बता रहे थे कि उसे सत्याग्रहियों के कत्लेआम से कोई गुरेज़ न था। बंदूकें तनी थीं। भीड़ के तेवर भी तीखे थे। ऐसे में कुछ अनहोनी न हो जाए इस गरज से दीनदयाल ने भीड़ की ओर मुख किया और वो भीड़ से वापिस जाने को कहने ही वाले थे कि भोला अकेला भीड़ को चीरकर बाहर निकला और फ़ौजियों की ओर बढ़ा। भोला सत्रह साल का दलित नौजवान था। उन दिनों दलितों को अछूत कहा जाता था। हमारे समाज की ऐसी कुरीति जिसकी मिसाल दुनिया में शायद ही कहीं हो। मैला ढोने का काम करता भोला और तथाकथित ऊँची जाति के लोग उसकी परछाईं से भी कतराते थे। हज़ारों साल पहले जब हमारे समाज की स्थापना हुई थी तो जाति व्यवस्था का यह भयावह स्वरूप उस समाज के संस्थापकों की कल्पना में नहीं था। मैं जानता हूँ कि यह कुरीति कब हमारे समाज में आई। परन्तु

वो किस्सा फिर कभी सुनाऊँगा। फ़िलहाल हमें भोला पर ध्यान केन्द्रित रखना है जो तनी हुईं बंदूकों की परवाह न करते हुए फ़ौजियों की ओर बढ़ रहा था।

श्याम वर्णीय भोला गठे हुए शरीर का मालिक था। कड़ी मेहनत उसकी सख्त व कसी हुई मांसपेशियों में साफ़ झलकती थी। उसने एक मैली धोती और सफ़ेद कुर्ता पहन रखा था। उसका सिर और पैर नंगे थे। भोला का बचपन गालियाँ खाते बीता था। वो गालियाँ कभी उसके बाप के मुँह से निकलती थीं और कभी उन लोगों के मुँह से जिनके जिस्म से निकली गंदगी वो अपने सिर पर ढोता था। स्कूल का तो द्वार तक उसने नहीं देखा था। दो साल पहले उसकी मुलाकात डॉक्टर किचलू से हुई। डॉक्टर किचलू कुछ अन्य काँग्रेसी नेताओं के साथ भोला की बस्ती में आए थे। उन्होंने न सिर्फ़ भोला की माँ के हाथ की बनी हुई चाय पी थी बल्कि किचलू ने तो भोला के सिर पर हाथ रखकर उसे अपने घर आकर पढ़ने की दावत भी दी थी। भोला बहुत ही सीधा था। उसका दिमाग पूरी तरह से विकसित नहीं हो पाया था। परन्तु डॉक्टर किचलू ने उसकी पढ़ाई पर पूरा ध्यान दिया था जिसके कारण भोले की शख्सियत में कुछ निखार आ गया था। परन्तु भोले का दिमाग अभी भी दस साल के बच्चे वाला ही था। और जब से भोला को यह खबर मिली थी कि उसके मसीहा को पुलिस ने पकड़ लिया है, तब से उसके दिमाग पर केवल एक ही धुन सवार थी कि उसे अपने साहब को घर लेकर आना है।

दीनदयाल भोला को पहचानता था और वो उसकी मानसिक दशा से भी वाकिफ़ था। उसने भोला को फ़ौजियों की तरफ़ बढ़ते देखा तो जुलूस से कुछ कहे बिना ही भोला की ओर दौड़ा। उधर अंग्रेज़ अफ़सर ने जैसे ही भोला को आगे बढ़ते देखा तो उसने अपनी रिवॉल्वर निकालकर गोली चला दी। गोली सीधी भोला के सीने पर लगी पर वो रुका नहीं। अफ़सर ने दो गोलियाँ और चलाईं। एक गोली भोला के पेट में और दूसरी उसकी टाँग पर लगी। भोला गिर रहा था कि अफ़सर ने चौथी गोली चलाई। यह गोली गिरते हुए भोला को संभाल रहे दीनदयाल के सिर के पास से गुज़रती हुई एक प्रदर्शनकारी की बाजू में लगी। यह देखना था कि कुछ लोगों ने पत्थर उठाकर फ़ौजियों पर बरसाने शुरू कर दिए। दीनदयाल भोला के साथ पुल के बीचोंबीच लेट गया। जैसे ही पथराव शुरू हुआ तो अंग्रेज़ अफ़सर ने हुक्म दिया।

''फ़ायर!''

बंदूकें गरज उठीं। गोलियों की बौछार से बचने के लिए भीड़ पीछे की ओर भागी लेकिन गोलियों ने भीड़ का पीछा जारी रखा। सबसे अगली पंक्ति में खड़े पाँच लोग भोला के बाद शिकार हुए। गुरबख्श सिंह के दाएं कंधे में गोली लगी। एक राउंड फ़ायर करने पर अफ़सर ने फिर से राइफ़लों को लोड करने का हुक्म दिया। फ़ौजियों की लीं एनफ़ील्ड राइफ़लें फिर से जीवित हो उठीं। एक राउंड और फ़ायर किया गया। इस बार बारह लोगों ने दहकते हुए अंगारों को अपने शरीर में प्रवेश करते महसूस किया। किसी के पेट में गोली लगी, किसी के दिल में तो किसी के सिर में। दूसरे राउंड की फ़ायरिंग में जो लोग ज़मीन पर गिरे, उनमें से एक रमेश भी था।

तीसरे राउंड की फ़ायरिंग का हमला और भी घातक था। इस बार अंग्रेज़ों की एक भी गोली बेकार नहीं हुई। बीस गोलियों ने बीस निहत्थे भारतीयों का शिकार किया। उनमें से कुछ जख्मी होने पर भी भागते रहे और कुछ लाशें बन कर पुल पर गिर पड़े। अमृतसरवासियों का लहू अमृतसर की धरती का एक बार फिर से अभिषेक कर रहा था। पता नहीं यह नज़ारा मैं कितनी बार देख चुका हूँ और भविष्य में कितनी बार देखूँगा। उस रक्त रंजित पवित्र भूमि पर जो लाशें पड़ी थीं, उनमें एक लाश ओम की भी थी।

तीन राउंड गोलियाँ चला कर ब्रिटिश बंदूकें शांत हो गईं। पुल पर बाईस लाशें पड़ी थीं। तकरीबन बीस लोग घायल अवस्था में या तो गिरे पड़े थे, या गिरते पड़ते पुल से नीचे उतरने की कोशिश कर रहे थे। दीनदयाल ने ज़रा-सा सिर उठाकर देखा। बंदूकें खामोश हो गई थीं मगर फ़ौजी अभी भी वहीं थे। अंग्रेज़ अफ़सर ऐसे तनकर घोड़े पर बैठा था मानो उसने कोई बहुत बड़ी जंग जीत ली हो। उसने दीनदयाल को हिलते देखा तो अपनी पिस्तौल उसकी ओर तान दी। दीनदयाल खड़ा हो गया और भयरहित मुद्रा में अंग्रेज़ अफ़सर से बोला, ''पूरी शांति, पूरी अहिंसा के साथ हो रहे प्रदर्शन पर गोलियाँ चलाकर आज तुमने अंग्रेज़ी साम्राज्य के कफ़न में पहला कील ठोक दिया है।''

''मैं एक गोली और भी चला सकता हूँ,'' अफ़सर की पिस्तौल अभी भी दीनदयाल की ओर तनी थी, ''पर अभी तुम जाओ और इन लाशों को यहाँ से उठाने का इंतज़ाम करो। मुझे पुल की सफ़ाई करवानी है।'' दीनदयाल पुल से नीचे उतरा। हॉल बाज़ार में अभी भी पाँच सौ से अधिक लोग मौजूद थे। दीनदयाल और बदर-उल-इस्लाम की निगरानी में सभी लाशों को खैर-उद-

दीन मस्जिद में लाया गया।

जीते जी इंसान अपने धर्म व संप्रदाय के घेरों में घिरा रहता है और यह दायरे अक्सर उसके मरने तक उसे अपने अंदर बाँधे रखते हैं। परन्तु 10 अप्रैल 1919 को खैर-उद-दीन मस्जिद के अंदर वो सभी दायरे मिट गए। मस्जिद के प्रांगण में पड़ी लाशों में हिन्दू भी थे, सिख भी और मुसलमान भी। ओम, भोला, रमेश, सतनाम, नासिर और कई और, साथ-साथ ही लेटे थे शहादत का जाम पीकर। मस्जिद के बाहर मक़बूल महमूद सभी घायलों को अस्तपाल व अन्य दवाखानों में भिजवाने की व्यवस्था कर रहा था।

गोलियाँ चलने की आवाज़ सुनकर ही भजन लाल दुकान छोड़कर पुल की ओर भागा। पुल की तरफ़ से सैंकड़ों लोग भागते हुए आ रहे थे। भजन लाल की आँखें ओम को ढूँढ़ रही थीं पर उस भीड़ में उसे ओम न दिखा। बहुत देर तक इंतज़ार करने पर जब उसे आखिर ओम का चेहरा दिखा तब तक ओम की साँसें बंद हो चुकी थीं और कुछ लोग उसकी लाश अपने हाथों में उठाकर पुल से नीचे आ रहे थे। भजन लाल को लगा जैसे उसके शरीर से सारा खून निचोड़ लिया गया हो। वो वहीं ज़मीन पर बैठ गया।

मस्जिद के अंदर कुएँ से पानी निकालकर सब लाशों को नहलाया गया। फिर सब पर कफ़न डाल दिया गया। सब मृत व्यक्तियों के रिश्तेदार पहुँच चुके थे। गोलियों की आवाज़ पूरे शहर ने सुनी थी। राजू भी अपने जीजा सुदेश के साथ बाज़ार की ओर भागा। मस्जिद के बाहर उसने बेसुध हालत में बैठे अपने पापा जी को देखा तो समझ गया कि कुछ अनहोनी हो गई है। वो और सुदेश भजन लाल के पास बैठ गए। राजू ने भजन लाल का हाथ अपने हाथ में लिया और कहा, ''पापा जी।'' भजन लाल ने राजू को देखा और मस्जिद की ओर इशारा करके कहा, ''ओम।'' बेटे का नाम लेते ही भजन लाल अपने छोटे बेटे के गले लगकर फूट-फूट कर रोने लगा।

सभी शहीदों के रिश्तेदार अपने-अपने परिजनों की लाशें ढूँढ़ रहे थे। भजन लाल, राजू व सुदेश भी ओम की मृत देह के पास पहुँचे। कोई रो नहीं रहा था परन्तु वहाँ मौजूद हर आँख में अंग्रेज़ी सरकार के विरुद्ध गुस्सा था और मन में प्रतिशोध की भावना। भजन लाल के गुस्से का बाँध सबसे पहले वहाँ खड़े काँग्रेसी नेताओं पर फूटा। दीनदयाल का गिरेबान पकड़कर वो बोला, ''क्या हासिल हुआ ये मुज़ाहरे करके? अभी कल ही तो घोड़ी पर बैठा था मेरा ओम और आज उसके

लिए यह फट्टा मंगा लिया।'' भजन लाल का विलाप सुनकर सभी मृतकों के परिजनों के सब्र का बाँध भी टूट गया। राजू ने अपने पापा जी को संभाला मगर भजन लाल का विलाप थम नहीं रहा था, ''अभी घंटा भर पहले ही तो दुकान पर आया था। सुदेश बेटा, तू उसे अपने साथ गुरुद्वारे क्यों नहीं ले गया?''

''पापा जी,'' राजू आँसुओं को रोकते हुए बोला, ''इन गोरों को छोड़ेंगे नहीं। इस खून का बदला लेकर रहेंगे।''

राजू की बात एक और मृतक के रिश्तेदार ने सुनी और कहा, ''ठीक कहते हो तुम। हमें बदला लेना है इन गोरों से।''

''खून का बदला खून।'' भीड़ में से आवाज़ आई ''खून का बदला खून।'' भीड़ ने जोश भरा नारा लगाया। इससे पहले कि काँग्रेस के नेता कुछ समझ पाते, गुस्साई भीड़ मस्जिद के बाहर निकल गई। बस चंद लोग मस्जिद के अंदर रह गए।

गुस्साए लोगों की भीड़ मस्जिद से बाहर निकली और टाउन हॉल की तरफ़ चल पड़ी। कुछ कदम चलने पर ही भीड़ नेशनल बैंक के सामने पहुँची। बैंक का मैनेजर स्टीवर्ट और सहायक मैनेजर स्कॉट उस वक़्त बैंक के अंदर ही मौजूद थे। भीड़ ने बैंक पर हमला कर दिया। बैंक पर हमला करने वालों की पहली कतार में राजू भी था। देखते-ही-देखते भीड़ ने बैंक को तहस-नहस कर दिया। उसके बाद भीड़ स्कॉट और स्टीवर्ट पर टूट पड़ी। निहत्थे अंग्रेज़ों को लातों से, घूसों से, डंडों से, यहाँ तक कि बैंक के टूटे-फूटे सामान से मार-मार कर दोनों को मौत के घाट उतार दिया। फिर उन लाशों पर बैंक का फ़र्नीचर फेंका और उनको आग लगा दी। देखते-ही-देखते बैंक की इमारत धू-धू कर जलने लगी।

नेशनल बैंक को आग लगा कर भीड़ अलायन्स बैंक में दाखिल हुई। बैंक का मैनेजर थॉमसन बैंक की ऊपरी मंज़िल पर चढ़ गया और उसने अपना रिवॉल्वर निकाल कर भीड़ की ओर तान दिया। उसकी तनी हुई पिस्तौल में भीड़ को पुल पर तनी अंग्रेज़ी बंदूकों की छाप दिखी और भीड़ ने दुगुनी तेज़ी से थॉमसन पर हमला करके उसे बैंक की बालकनी से नीचे सड़क पर फेंक दिया। सड़क पर गिरते ही थॉमसन की रीढ़ की हड्डी चटक गई और वहीं उसकी मौत हो गई। सड़क पर खड़े लोगों ने उसकी लाश पर मिट्टी का तेल छिड़का और आग लगा दी।

दूसरी तरफ़ भीड़ का एक अन्य हिस्सा टाउन हाल की तरफ़ बढ़ा। रास्ते

में उन्हें साइकिल पर सवार एक गोरा दिखाई दिया। उसका नाम सार्जेंट रॉउलैंड था। भीड़ ने उसे खींच कर साइकिल से उतारा और फिर उसका भी वही हाल किया जो बैंक के कर्मचारियों का किया था। गोरे के क्षत-विक्षत शव को सड़क पर छोड़ कर भीड़ टाउन हॉल में प्रवेश कर गई और म्यूनिसिपल ऑफ़िस पर हमला बोल दिया। उस वक्त म्यूनिसिपल ऑफ़िस में चार अंग्रेज़ कर्मचारी मौजूद थे।

तब तक दीनदयाल और बदर-उल-इस्लाम भी टाउन हाल पहुँच चुके थे। भीड़ ने चारों अंग्रेज़ों को घेर लिया था। "खून का बदला खून!" के नारे टाउन हॉल परिसर में गूँज रहे थे। चारों अंग्रेज़ हाथ जोड़कर दया की भीख मांग रहे थे। तभी दीनदयाल और बदर-उल-इस्लाम भीड़ और अंग्रेज़ों के बीच आ गए और गोरों का रक्षा कवच बनकर खड़े हो गए। भीड़ क्षण भर के लिए खामोश हो गई। फिर भीड़ में से एक आवाज़ आई, "आप हट जाओ बीच में से। आज अमृतसर में एक भी गोरा जीवित नहीं बचेगा।"

"हमारा रास्ता हिंसा का नहीं, अहिंसा का है," दीनदयाल ने कहा।

"गोली हमने नहीं चलाई। गोली इन लोगों ने चलाई। लाशें हमारे लोगों की पड़ी हैं मस्जिद में," एक और आवाज़ आई।

"हमारे भाइयों का खून बहा है सड़कों पर," एक अन्य आवाज़ आई, "अब इन हरामज़ादे गोरों के खून की नदियाँ बहेंगी अमृतसर में।"

"खून का बदला खून।"

"ऐसा करने से हमारी तहरीक कमज़ोर हो जाएगी," बदर ने कहा। "गोरों को और ज़ुल्म करने का मौका मिल जाएगा।"

"तो कर लेने दो ज़ुल्म। ले-दे कर चार-पाँच सौ गोरे होंगे ना शहर में। सब को मार दो। कितनी गोलियाँ चला लेंगे? जहाँ हमारे भाई शहीद हुए हम भी हो जाएँगे, मगर इस धरती को गोरों से पाक़ कर देंगे।"

"यह सत्याग्रह का रास्ता नहीं है," दीनदयाल ने कहा, "यह महात्मा गाँधी का रास्ता नहीं है। इनको जाने दो या फिर पहले मुझे खत्म करो।"

"और फिर यह भी तो सोचो, वहाँ मस्जिद में लाशें पड़ी हैं। कुछ देर में सूरज डूब जाएगा उससे पहले उनका अन्तिम संस्कार भी तो ज़रूरी है," बदर ने कहा। यह बात सुनकर भीड़ का ध्यान अंग्रेज़ों से हटकर उन मृत देहों की ओर गया जो खैर-उद-दीन मस्जिद के प्रांगण में पड़ी जनाज़े का इंतज़ार कर रही

थीं। क्रोध एक बार फिर शोक में बदल गया। भीड़ टाउन हॉल से बाहर आई और वह मस्जिद की ओर चल दी। मगर जाते-जाते क्रोध एक बार फिर उफ़ान पर आया और भीड़ ने टाउन हॉल को आग लगा दी।

भीड़ के जाते ही अंग्रेज़ अफ़सरों में से एक ने माइल्स को फ़ोन लगाने की नाकाम कोशिश की।

"वन ऑफ़ अस विल हैव टू गो टू द डिप्टी कमिश्नर्स बंगलो। ही शुड नो व्हाट इज़ गोइंग ऑन।" (One of us will have to go to the Deputy Commissioner's bungalow. He should know what is going on.) एक अंग्रेज़ बोला।

"डोंट यू थिंक ही विल नो?" (Don't you think, he'll know?) एक अन्य ने जवाब दिया।

"आई डोंट नो। ऑल आई नो इज़ दैट देअर इज़ अ ब्लडी पोलीस स्टेशन इन दिस वैरी बिल्डिंग एंड स्टिल दोज़ रायटर्स वर एबल टू एंटर द बिल्डिंग एंड अटैक अस एंड व्हाट ऐवर हैपंड टू ऑल दैट मिलिट्री माइट दैट वॉज़ ऑन डिस्प्ले टू डेज़ एगो?" (I don't know. All I know is that there is a bloody police station in this very building and still those rioters were able to enter the building and attack us. And whatever happened to all that military might that was on display two days ago?) पहला वाला अफ़सर बोला।

"दे सैंट द आर्मी टू द कैंटोन्मैंट एंड द फ़ोर्ट। देअर वाज़ नो प्लेस हेअर टू कीप दैम। इट वाज़ जस्ट अ फ़्लैग मार्च टू इनस्टिल फ़ीयर अमंग द पोपुलेशन।" (They sent the army to the cantonment and the fort. There was no place here to keep them. It was just a flag march to instill fear among the population.) तीसरे गोरे ने कहा।

"वैल दैट डिड नॉट वर्क, डिड इट? नो मिलिट्री, एंड नाओ नो पोलीस।" (Well, that did not work, did it? No military, and now no police.)

"आर यू ट्राइंग टू से द पोलीस इज़ विद दैम?" (Are you trying to say the police is with them?) चौथा अफ़सर जो अब तक सदमे की वजह से ख़ामोश था, बोला।

"हाउ एल्स कैन यू एक्सप्लेन दिस? आफ़्टर ऑल, द पोलीसमैन इन दिस स्टेशन आर ब्लडी इंडियन्स, आरन्ट दे?" (How else can you explain this? Afterall, the policemen in this station are bloody Indians, aren't they?) पहले वाले गोरे ने कहा।

"कुड दिस मीन एनदर ?" (Could this mean another?) तीसरा अंग्रेज़ बोला। उसने अपने वाक्य का आखिरी शब्द पूरा नहीं किया। परन्तु वो शब्द वहाँ मौजूद हर अंग्रेज़ के मन-मस्तिष्क में कौंध गया था। वो शब्द था—म्यूटनी (mutiny)। अभी यह बहस चल ही रही थी कि कमरा धुएँ से भरना शुरू हो गया। चारों भाग कर बाहर आए तो देखा कि म्यूनिसिपल ऑफ़िस की इमारत लपटों से घिरी थी। वो चारों भाग कर टाउन हॉल के गेट से बाहर आ गए। सामने कोतवाली की इमारत थी जो बिलकुल खाली थी। अंग्रेज़ों के मन में आशंका और बढ़ गई। उन चारों ने हिम्मत करके डी.सी. के घर तक जाने का निश्चय किया। हॉल बाज़ार में कई जगह से धुआँ उठ रहा था। भीड़ ने नेशनल बैंक और म्यूनिसिपल ऑफ़िस को जलाने के बाद डाकघर को भी आग लगा दी थी। उन चारों अंग्रेज़ों ने घी मंडी से होकर शरीफ़पुरा की ओर से डी.सी. के घर पहुँचने का निश्चय किया। टाउन हॉल परिसर में खड़ी एक जीप में बैठकर वो चारों शरीफ़पुरा की तरफ़ चल पड़े।

दोपहर के तीन बजे खैर-उद-दीन मस्जिद से बीस अर्थियाँ निकलीं। उनमें से कुछ को श्मशान घाट की ओर ले जाया गया और बाकियों को कब्रिस्तान की तरफ़। शहर में हर ओर से धुआँ उठ रहा था। अपने बंगले की छत पर खड़े माइल्स के लिए यह भेद कर पाना असंभव था कि कौन-सा धुआँ जलती हुई चिताओं से निकल रहा था और कौन-सा लपटों में घिरी इमारतों से। तभी म्यूनिसिपल अफ़सरों से लदी जीप माइल्स के बंगले में प्रविष्ट हुई। उन्हें देखते ही माइल्स भाग कर नीचे पहुँचा। उसके बरामदे में चारों गोरे अत्यंत दयनीय स्थिति में खड़े थे। उनके कपड़े फटे हुए थे और चेहरे व शरीर पर चोट के निशान थे। "सर दे विल बर्न डाउन द होल सिटी एंड किल एवरी व्हाइट मैन एंड वूमैन। प्लीज़ डू समथिंग।" (Sir, they will burn down the whole city and kill every white man and woman. Please do something.)

"फ़र्स्ट, वी नीड अ डॉक्टर फ़ॉर यू," (First, we need a doctor for you,) माइल्स ने कहा और अपने अर्दली को आवाज़ दी। अर्दली को उसने एक डॉक्टर को लाने के लिए कहा और फिर एक और नौकर को उन चारों को

बंगले के अंदर ले जाने का निर्देश देकर खुद अपने दफ़्तर में चला गया। अंदर जाकर उसने ओ'ड्वायर को फ़ोन किया और कहा, "योर एक्सलैंसी, अमृतसर इज़ बर्निंग। अवर लाइव्स आर अंडर अ मेजर थ्रेट। सिंस आई नो लोन्गार एम इन चार्ज ऑफ़ द सिटी, आई इम्पलोर यू टू कम हेअर सूनर दैन लेटर।" (Your Excellency, Amritsar is burning. Our lives are under a major threat. Since I no longer am in charge of the city, I implore you to come here sooner than later.) माइल्स ने ओ'ड्वायर को हालात की विस्तारपूर्वक जानकारी दी।

ओ'ड्वायर ने माइल्स की बात ध्यान से सुनी। वो अगले दिन लाहौर से अमृतसर आने वाला था मगर माइल्स से शहर के हालात जानने के बाद उसने अपना इरादा बदल दिया। उसने जालंधर छावनी में बैठे कर्नल रिनॉल्ड डायर को फ़ोन लगाया।

डायर उस वक़्त अपने दिन भर के काम निपटा कर ऑफ़िसर मेस में बैठा ब्रांडी की चुस्कियाँ लेते हुए अपने साथी अफ़सरों के साथ जालंधर छावनी और अम्बाला कैंट के बीच होने वाले क्रिकेट मैच पर चर्चा कर रहा था। दिन भर के काम की थकान के बावजूद डायर कभी भी कुर्सी में धंस कर नहीं बैठता था। उसकी पीठ लकड़ी के शहतीर की तरह सीधी रहती थी। उसकी पचपन वर्ष की आयु केवल उसके सिर के बालों की हल्की-सी सफ़ेदी में ही झलकती थी। अपने चौंतीस साल लम्बे फ़ौजी जीवन में डायर ने कभी यूरोप में तो कभी एशिया के अलग-अलग मुहाज़ पर बर्तानवी ताज की सेवा की थी। उसकी नीली आँखों में उसका तजुर्बा और यूनियन जैक के लिए उसका अभिमान स्पष्ट झलकता था। ओ'ड्वायर के फ़ोन की सूचना पाकर डायर अपने ऑफ़िस में पहुँचा और जैसे ही उसने फ़ोन उठाकर गवर्नर का अभिवादन किया तो दूसरी ओर से ओ'ड्वायर ने औपचारिकताओं की परवाह किये बिना कहा, "डायर, आई हैव प्रमोटिड यू टू द रैंक ऑफ़ अ जनरल" (Dyer, I have promoted you to the rank of a General.)

डायर इस सूचना के लिए तैयार नहीं था। इसे हज़म करने का वक्त भी नहीं दिया था ओ'ड्वायर ने। डायर के कुछ कहने से पहले ही ओ'ड्वायर ने उसे हुक्म दिया, "आई हैव प्लेस्ड अमृतसर अंडर मार्शल लॉ। आई वॉन्ट यू टू टेक चार्ज ऑफ़ द सिटी इमीजिएटली।" (I have placed Amritsar under Martial Law. I want you to take charge of the city immediately.)

"यैस सर।" (Yes, sir.) उधर से डायर की आवाज़ आई।

ओ'ड्वायर ने अपनी बात जारी रखी, "देअर हैव बीन सम किलिंग्स... दे हैव किल्ड अ फ़्यू ब्रिटिश ऑफ़िसर्स एंड सिविलियन्स। आई थिंक अमृतसर शुड बी मेड टू पे अ हैवी प्राइज फ़ॉर इट।" (There have been some killings... they have killed a few British Officers and civilians. I think Amritsar should be made to pay a heavy price for it.)

"यैस सर" (Yes, sir.) उधर से फिर डायर की आवाज़ आई। इस बार डायर की आवाज़ में क्रोध और अहंकार मिश्रित दृढ़ता थी।

~

अपनों की, व अपने शहरवासियों की लाशों को जलाकर या सुपुर्देखाक करके रेलवे कैरिज पुल के शहीदों के रिश्तेदार अपने-अपने घरों की ओर लौट चले। सब सदमे में थे। सब बेसुध थे। कोई समझ नहीं पा रहा था कि पिछले दो-तीन घंटों में यह कैसा घटनाक्रम घट गया था। ओम की चिता को अग्नि देते वक्त रह-रह कर भजन लाल बेहोश हो जाता था। यही हाल भोला के बाप का था, रमेश की माँ का था और उन सभी मृतकों के भाई-बन्धुओं का था। अभी घड़ी भर पहले ही तो उनके प्रिय भाई-बन्धु उनके सामने थे। कोई अपनी दुकान पर था, कोई सौदा लाने बाज़ार गया था तो कोई शहर से बाहर जाने वाला था किसी काम के सिलसिले में। सब-के-सब अपने खून से इस धरती को सींच कर देश की मिट्टी का क़र्ज़ अदा करके चले गए।

श्मशान से लौटते वक्त राजू के कदम न जाने क्यों अपने घर की ओर जाने की बजाय लोहगढ़ की तरफ़ मुड़ गए। बिट्टू, जो कि ओम के अंतिम संस्कार तक राजू के साथ ही था, अपनी ही रौ में दूसरी ओर चला गया। सुदेश भजन लाल, संतोष व अन्य औरतों को लेकर घर की ओर चला गया। राजू विचारशून्य-सा लोहगढ़ गुरुद्वारे के सामने से होकर दुग्गलां वाली गली में घुस गया। उसकी कोई तय मंज़िल नहीं थी। बस वो घर नहीं जाना चाहता था। गली से गुज़रते हुए अचानक उसकी नज़र सामने से आ रही एक धुंधली-सी आकृति पर पड़ी। उसने अपने हाथों से मलकर अपनी आँखों पर पड़ी आँसुओं की परत को हटाया तो वो धुंधली आकृति एक औरत के स्वरूप में बदल गई। वो एक

अंग्रेज़ महिला थी। राजू के क्रोध भरे दिमाग के लिए इतनी जानकारी काफ़ी थी। वो महिला एक साइकिल पर सवार थी और राजू की तरफ़ ही आ रही थी। उसने सफ़ेद रंग की एक लंबी स्कर्ट व नीले रंग का ब्लाऊज़ पहन रखा था। पैरों में जूते थे जिन पर इतनी धूल थी कि उनके रंग का अंदाज़ा लगाना कठिन था। साफ़ ज़ाहिर होता था कि औरत बहुत देर से शहर में भटक रही है और अपने घर जाने का कोई सुरक्षित रास्ता ढूँढ़ रही है। राजू को सामने से आता देखकर उस महिला ने साइकिल रोक दी। राजू और उसके बीच करीब तीस गज़ का फ़ासला था। राजू की आँखों में अपने प्रति नफ़रत और गुस्सा भाँपने में उसे देर न लगी और उसने साइकिल का रुख उलटी दिशा में करके तेज़ी से पैडल मारना शुरू कर दिया। राजू उसके पीछे भागा मगर वो तेज़ी से गली के दूसरे छोर तक पहुँच गई। लेकिन वो मुड़ी नहीं बल्कि वहाँ पहुँच कर रुक गई। राजू अभी भी उसके पीछे भाग रहा था। गली की दूसरी ओर से छः-सात लोग आ रहे थे और उनके तेवर भी राजू की तरह आक्रामक थे। उस औरत ने साइकिल को फिर से राजू की तरफ़ घुमाया और इस उम्मीद में कि वो तेज़ गति से राजू को चकमा दे देगी, राजू की ओर बढ़ी। जैसे ही साइकिल राजू के पास पहुँची तो राजू ने उसे ज़ोर से धक्का दिया। महिला ज़मीन पर गिर पड़ी। राजू ने साइकिल को उठाकर अलग फेंक दिया। तब तक गली के दूसरी ओर से आए लोग भी वहाँ पहुँच गए। सब के सब ज़मीन पर गिरी उस महिला को घेरकर खड़े हो गए।

"हैल्प! हैल्प!" (Help! Help!) महिला ज़ोर-ज़ोर से चिल्लाने लगी। गली की कुछ खिड़कियों में से जो चेहरे इस मंज़र को देख रहे थे, वो पीछे हट गए। सभी खिड़कियाँ और दरवाज़े बंद हो गए। राजू ने उस औरत को उसका ब्लाऊज़ पकड़कर उठाया और एक ज़ोरदार तमाचा उसके मुँह पर जड़ दिया। वो औरत एक दीवार से जा टकराई। उसके मुँह और माथे से खून निकलने लगा। राजू के बाद वहाँ खड़े बाकी लोग भी उस औरत पर टूट पड़े और उस पर लात-घूँसे बरसाने लगे। औरत की चीखोपुकार सुनकर कुछ मकानों से लोग बाहर आए और उन्होंने हमलावरों को समझाने की कोशिश की मगर वो नाकाम रहे। तभी वहाँ पर नीरू पहुँच गई। एक औरत की चीखोपुकार का पीछा करती हुई वो दुग्गलांवाली गली में पहुँच गई थी। वहाँ का मंज़र देखकर नीरू तेज़ी से दौड़ी और हमलावरों और उस औरत के बीच खुद को फेंक दिया। राजू की लात अंग्रेज़ औरत के पेट पर पड़ने वाली थी जब उसने नीरू को उस औरत की ढाल बने देखा।

"यह क्या कर रहे हो तुम लोग?" नीरू बोली। उसकी आवाज़ सुनकर आक्रमण थम गया। "तुम लोग पंजाबी हो। अंबरसरिये हो। एक निहत्थी औरत मार कर अपनी मर्दानगी साबित करना चाहते हो?"

"हम सिर्फ़ बदला लेना चाहते हैं," राजू ने कहा। "बदला? इस औरत से बदला? जानते हो यह कौन है? यह मैडम शरवुड है। तुम इससे बदला लोगे? पिछले पंद्रह साल से अमृतसर के बच्चों को शिक्षा दे रही हैं, इस बात का बदला लोगे? या फिर गोरों की कोठियों में न रहकर हम लोगों के साथ शहर के अंदर रहती हैं, उस बात का बदला? एक निर्दोष को मारकर किसका बदला लोगे तुम?" नीरू की बात सुनकर गली के जो लोग बाहर आए थे, वे और पास आ गए।

"मेरा भाई भी निर्दोष था," राजू बोला, "और वो सब भी निर्दोष थे जिनको मार डाला इन फिरंगियों ने। हम इस शहर में किसी गोरे को ज़िंदा नहीं छोड़ेंगे।"

"हाँ, हाँ, हम सबको मार डालेंगे," भीड़ में से एक ने कहा और नीरू को खींच कर मिस शरवुड से अलग कर दिया। इतने में दीनदयाल और बदर-उल-इस्लाम वहाँ पहुँच गए। नीरू के साथ अब वो भी मिस शरवुड के सामने ढाल बनकर खड़े हो गए। दीनदयाल ने गरज कर कहा, "तुम लोग पागल हो गए हो क्या? यह तो सोचो कि इसका अंजाम क्या होगा? पहले ही बहुत खून बह चुका है। अब बंद करो यह सब।" दीनदयाल की उम्र व रुतबे के चलते किसी में उनकी बात को काटने की हिम्मत न थी। बदर, नीरू और दीनदयाल ने मिस शरवुड को सहारा देकर उठाया और उसे एक घर के अंदर ले गए। राजू उस मकान के सामने खड़ा रहा। उसका क्रोध अभी भी शांत नहीं हुआ था।

भाई भाग सिंह की रिहाई की खबर उद्धम सिंह और साधु सिंह को अनाथालय में मिली। जिस दिन भाग सिंह और गुज्जर सिंह को गिरफ़्तार किया गया था तब से अनाथालय का कोई-न-कोई लड़का थाने के बाहर बैठा रहता था ताकि जैसे ही बाबा जी के मुताल्लिक कोई खबर मिले उसे जल्दी से अनाथालय पहुँचा दिया जाए। जब सतपाल आदि भाग सिंह को लेकर थाने से बाहर आए, उस समय गोलू पहरे पर था। बारह वर्षीय गोलू अपने नाम के विपरीत सींकिया शरीर का मालिक था। डिप्टी कमिश्नर की कार जैसे ही भाग सिंह व अन्य को लेकर थाने से निकली तो गोलू दौड़कर कार के पीछे लटक

गया। हशमत खान ने गोलू को कार के पीछे लटकते देखा मगर वह कुछ नहीं बोला, बस अपने शिकार को अपने हाथों से निकलते हुए देखकर तिलमिलाया हुआ वहीं खड़ा रहा जब तक कि कार उसकी आँखों से ओझल नहीं हो गई।

गोलू से सारा हाल जानकर उद्धम और साधु डॉक्टर बशीर के दवाखाने पर पहुँचे। डॉक्टर बशीर भाग सिंह की मरहमपट्टी कर रहे थे। भाग सिंह के जिस्म पर जगह-जगह घाव थे और जिस्म के कई हिस्सों में उसे अंदरूनी चोटें भी आई थीं। अपने प्यारे बाबा जी की यह हालत देखकर दोनों दोस्तों की आँखें डबडबा गईं। वे भाग सिंह के गले लगकर रोने लगे। "डॉक्टर साहब, हमारे बाबा जी ठीक तो हो जाएँगे ना? कोई डर वाली बात तो नहीं?" साधु ने पूछा।

"मैंने पूरा मुआयना कर लिया है। थोड़ा वक्त लगेगा पर इंशाल्लाह, सिंह साहब पूरी तरह से तंदरुस्त हो जाएँगे।"

"वीरे, मैं उस हशमत खान को नहीं छोड़ूँगा," उद्धम ने कहा।

"ओए नहीं, ओए काका। ऐसी बात मन में नहीं लानी," भाग सिंह ने उद्धम को रोका। उसे बात करते हुए भी बहुत दर्द हो रहा था। "उद्धम सिंहा, वाहेगुरू दा भाना मनना सिख," कहते-कहते भाग सिंह नीम-बेहोशी की हालत में चला गया।

"भाई साहब को आराम करने दें। एक-दो दिन में काफ़ी हद तक सुधार हो जाएगा। तब जी भर कर बातें कर लेना। तब तक जहाँ तक हो सके इनके ज़हन पर कोई बोझ न पड़ने दो। शहर का माहौल ठीक नहीं है। इसलिए यह और भी ज़रूरी है कि इनको इन सब प्रदर्शनों से दूर खुशनुमा माहौल में रखा जाए," डॉक्टर बशीर अभी साधु और उद्धम को समझा ही रहे थे कि बाहर से नारे लगने की आवाज़ें आनी शुरू हो गईं।

"डॉक्टर किचलू, ज़िंदाबाद।"

"डॉक्टर सतपाल, ज़िंदाबाद।"

डॉक्टर बशीर, उद्धम और साधु बाहर की ओर भागे। कुछ प्रदर्शनकारी नारे लगाते हुए हॉल बाज़ार की ओर जा रहे थे। उनमें से एक ने किचलू और सतपाल की गिरफ़्तारी के बारे में बताया। उद्धम और साधु भी प्रदर्शनकारियों के साथ जाना चाहते थे मगर भाग सिंह की हालत देखकर उन्होंने भाग सिंह को लेकर अनाथालय जाना ही बेहतर समझा। तांगे में बैठकर वो दोनों भाग सिंह को लेकर अनाथालय पहुँचे ही थे कि उन्होंने गोलियाँ चलने की आवाज़ सुनी। भाग सिंह को कमरे में आराम से लिटा दोनों अनाथालय की छत पर

पहुँचे। अनाथालय के और भी लड़के छत पर थे। आस-पड़ोस के मकानों की छतें भी लोगों से भरी थीं वो उत्सुकता से पूर्व दिशा की ओर देख रहे थे। तीन बार रुक-रुक कर गोलियाँ चलीं। उद्धम के लिए वहाँ रुकना मुश्किल हो रहा था। वो नीचे उतरा और क्वीन्स रोड से होता हुआ रेलवे लाइन पार करके हॉल बाज़ार पहुँचा। वहाँ से रेलवे कैरिज पुल की ओर गया जिधर से गोलियाँ चलने की आवाज़ आई थी।

उद्धम सिंह जब रेलवे कैरिज पुल पर पहुँचा तो उसने देखा कि जगह-जगह कई लोग ज़मीन पर गिरे पड़े थे। पुल की काली सड़क लाल हो रही थी। कुछ लोग घायल अवस्था में पुल की दीवार का सहारा लेकर बैठे हुए थे तो कई अन्य रेंगते हुए या किसी तरह अपने पैरों को घसीटते हुए हॉल गेट की ओर जाने की कोशिश कर रहे थे। उद्धम सिंह दौड़कर पुल के ऊपर चढ़ा। वो नंगे पांव था। शहीदों के रक्त से उसके पाँव वैसे ही लाल हो गए जैसे शादी के वक्त दूल्हा-दुल्हन के पाँव मेहंदी लगाने से लाल हो जाते हैं। पुल चढ़ते ही उसका सामना उस घुड़सवार अंग्रेज़ अफ़सर से हुआ जिसने गोली चलाने का हुक्म दिया था। उद्धम सिंह को देखते ही अफ़सर ने अपना पिस्तौल उसकी ओर तान दिया और बोला, ''डोंट मूव'' (Don't move.) वहीं रुक जाओ। आगे मत बढ़ना।''

उद्धम कुछ कहता इससे पहले ही गुरबख्श सिंह, जो कि घायल अवस्था में वहीं खड़ा था, बोल पड़ा, ''बेटा, वापिस आ जाओ। यहाँ तुम्हारी ज़रूरत है।'' उद्धम कुछ क्षण उस अंग्रेज़ के सामने सीना तान कर खड़ा रहा, फिर वो मुड़ा और गुरबख्श सिंह के पास पहुँचा। कंधे पर लगी गोली के कारण गुरबख्श सिंह दाएं बाजू का इस्तेमाल नहीं कर पा रहा था। वो बड़ी मुश्किल से साँस ले पा रहा था। उसका कुर्ता खून से लाल था और। उद्धम सिंह उसे सहारा देकर पुल उतरने लगा तो गुरबख्श सिंह ने कहा, ''तुम मेरी चिंता मत करो। यहाँ कई लोग गंभीर रूप से घायल हैं। उनको अस्पताल पहुँचाने का इंतज़ाम करो।'' इतने में दीनदयाल, मक़बूल महमूद और बदर-उल-इस्लाम भी पुल पर आ गए। पुल के नीचे सब्ज़ीमंडी से उद्धम एक रेहड़ी उठा लाया। उसने रेहड़ी में दो घायलों को रखा और उन्हें लेकर सिविल अस्पताल की ओर चला गया। कुछ अन्य नौजवान भी उद्धम की तरह रेहड़ियों पर घायलों को लादकर अस्पताल ले गए। फिर कुछ और लोग भी पुल पर आए और लाशों को उठाकर खैर-उद-दीन मस्जिद ले गए।

उद्धम सिंह उस रात अनाथालय नहीं गया। वो रात भर अस्पताल में ही बैठा रहा। साधु और अनाथालय में रहने वाले कुछ अन्य लड़के भी घायलों की तीमारदारी में लगे रहे। जब खून की ज़रूरत पड़ी तो उन्होंने अपना खून दिया, जब घायलों को होश आया तो उनके परिजनों तक पैगाम पहुँचाने का भी काम किया। सारी रात घायलों की कराहट उद्धम सिंह के कानों में पड़ती रही। एक पल के लिए भी वो सो नहीं पाया।

~

मिस शरवुड को आक्रमणकारियों से बचाने के बाद बदर, दीनदयाल और नीरू ने उसे ढाब खटीकां स्थित ज़नाना अस्पताल में दाखिल कराया और वहाँ से अपने-अपने घरों को चले गए।

दीनदयाल और नीरू पूरे रास्ते खामोश रहे। जो प्रश्न उद्धम सिंह को परेशान कर रहे थे, वैसे ही सवालों से नीरू का मन भी विचलित था। नीरू इन सवालों पर बात करना चाहती थी अपने पापा जी से, परन्तु वो स्वयं ही अभी तक उन सवालों की रूपरेखा को समझ नहीं पाई थी। घर की चौखट पर पहुँच कर दीनदयाल ने जैसे ही दरवाज़ा खोला तो नीरू को अचानक निम्मो का ध्यान आया। मिस शरवुड पर हमला करते वक़्त राजू ने कहा था, ''मेरा भाई भी निर्दोष था।'' उस वक्त नीरू के मस्तिष्क ने उसके वाक्य का पूरा अर्थ जज़्ब नहीं किया था। जब गोलियाँ चलीं, उस वक्त नीरू अपने पिता की हिदायत अनुसार तारघर में बैठी सतपाल और किचलू की गिरफ़्तारी संबंधी सूचना तार द्वारा काँग्रेस हाईकमान को भेजने की कोशिश कर रही थी। मंसूर खान भी वहीं बैठा था और यही सूचना वो दिल्ली में अपने अखबार को भेजना चाहता था। लेकिन डायर ने हर किस्म की सूचना को अमृतसर के बाहर जाने पर पाबंदी लगा रखी थी। नीरू और मंसूर तार बाबू से बहस कर रहे थे। गोली की आवाज़ सुनते ही वो तारघर से बाहर आए। तारघर रेलवे कैरिज पुल के पश्चिम की ओर रेलवे स्टेशन के पास था। वहाँ से पुल पर हो रही गतिविधियाँ देखी जा सकती थीं। जैसे ही वो तारघर से बाहर आए, गोलियाँ फिर से चलीं। लोगों की चीखोपुकार से वातावरण गूँज उठा।

''या अल्लाह,'' मंसूर के मुँह से स्वत: ही निकला। गोलियाँ एक बार

और चलीं। नीरू रेलवे स्टेशन की ओर भागी। मंसूर शहर से अनजान था मगर उसने नीरू को तार बाबू से उलझते देखा था, इसलिए उसने नीरू की प्रतिक्रिया पर भरोसा करना ठीक समझा और वो भी नीरू के पीछे भागा। नीरू प्लेटफ़ॉर्म पर पहुँची और रेलवे लाइनों पर से कूदती हुई गोल बाग पहुँची। उसके दाईं ओर किला गोबिंदगढ़ था जिसमें से एक फ़ौजी गाड़ी बाहर आ रही थी। नीरू और मंसूर के अतिरिक्त सड़क पर आठ-दस लोग और थे। फ़ौजी गाड़ी उनके पास आकर रुकी और उसमें से सैनिक बाहर निकले और वहाँ मौजूद लोगों की धरपकड़ करने लगे। मंसूर तो फ़ौजियों की गिरफ़्त में आ गया लेकिन नीरू वहाँ से भाग कर, जहाँ आजकल दुरग्याना मंदिर स्थित है, उस इलाके में एक गली में घुस गई। मुख्य सड़क पर फ़ौजी दनदनाते हुए घूम रहे थे। नीरू काफ़ी देर तक एक मकान की ओट में छुपकर खड़ी रही। जाल की तरह फैली उन गलियों के हर रास्ते से वो वाकिफ़ थी परन्तु जब भी वो मुख्य सड़क पर आती तो वहाँ पठान व गोरखा फ़ौजियों को गश्त करते हुए पाती। चिड़ियाघर में बंद शेरनी की तरह नीरू घंटों तक उस सीमित इलाके में घूमती रही। किसी घर का कोई दरवाज़ा, कोई खिड़की खुली नहीं थी। दूर से कोलाहल की आवाज़ें आ रही थीं मगर उन गलियों में सन्नाटा था। कुछ समय बाद उसने देखा कि अमृतसर का आकाश धुएँ से भर गया। उसके साथ ही फ़ौजी गाड़ियाँ रेलवे कैरिज पुल की ओर चली गईं और वहाँ से होते हुए उन इलाकों की ओर चली गईं जहाँ अंग्रेज़ अफ़सरों के बंगले थे। नीरू बुरी तरह से थक चुकी थी और किसी तरह वो लाहौरी गेट से होती हुई लोहगढ़ पहुँची और वहाँ से दुग्गलांवाली गली में घुसते ही उसने मिस शरवुड पर हमला होते देखा।

"मेरा भाई भी निर्दोष था।" राजू के शब्दों को याद करते ही नीरू डर और आशंका से सिहर उठी। अपने घर की चौखट पार करने की बजाय वो भागती हुई निम्मो के ससुराल पहुँची। घर में भजन लाल बेसुध पड़ा था। राजू उसे संभाल रहा था। सरला, संतोष, कमला और ओम के रिश्तेदार सदमे और ग़म की हालत में घर के अलग-अलग हिस्सों में इस पहाड़-सी विपत्ति से जूझने का रास्ता तलाश कर रहे थे। क्यों ओम सुदेश और कमला के साथ गुरुद्वारे नहीं गया? क्यों ओम नई-नवेली दुल्हन और मेहमानों से भरे घर को छोड़कर दुकान पर गया? पुल पर सैंकड़ों लोग थे, फिर ओम को ही गोली क्यों लगी? क्या गोली पर नाम लिखा था ओम का? अब निम्मो का क्या होगा? ऐसे कई

सवालों से वहाँ मौजूद हर व्यक्ति जूझ रहा था और उत्तर न मिलने पर शून्य में निहारता हुआ सुबक रहा था, रो रहा, ग़श खाकर बेहोश हो रहा था या फिर चीख–चीख कर भगवान से फ़रियाद कर रहा था कि यह सब झूठ हो, एक बुरा सपना हो। हर आँख वहाँ नम थी सिवाय निम्मो की आँखों के। निम्मो एक कोने में दीवार से सिर टिकाए बैठी थी। उसके सिर पर पड़ी सफ़ेद चुनरी, उसके हाथों की मेहंदी के लाल रंग को और भी तीव्रता प्रदान कर रही थी। उसके हाथों से लाल रंग का सुहाग चूड़ा उतारा जा चुका था परन्तु उसके हाथों की लाली अभी कई दिनों तक उसकी बदकिस्मती का मज़ाक उड़ाने वाली थी।

जब से निम्मो ने ओम की मृत्यु का समाचार सुना था, तब से वो खामोश ही थी। जहाँ थी, बस वहीं बैठ गई थी और तब से वहीं बैठी थी, उसी स्थिति में। नीरू उसके पास पहुँची और उसके कंधे पर हाथ रखकर धीमे से बोली, ''निम्मो।''

निम्मो यथावत् बैठी रही। सरला बुआ ने नीरू को देखा तो उसके पास आकर बोली, ''बेटी, निम्मो को होश में लाने की कोशिश करो। मुझे डर है कि सदमे की वजह से इसे कहीं कुछ हो न जाए।''

''जी। मैं कोशिश करती हूँ,'' नीरू ने कहा। और फिर निम्मो से बोली, ''निम्मो, मुझे देख। मैं नीरू। मुझसे बात नहीं करेगी? अपने बचपन की सहेली से बात नहीं करेगी? मेरी ओर देख तो सही सहेली। मुझे माफ़ कर दे। जब तुझ पर इतनी बड़ी मुसीबत आई उस वक्त मैं तेरे पास नहीं थी। बड़ी मतलबी हूँ ना मैं? तेरी अच्छी सहेली भी न बन पाई। और यह देख तेरे हाथों पर मेहंदी मैंने ही लगाई थी ना निम्मो? देख मेहंदी से जीजा जी का नाम लिखा था मैंने?'' नीरू ने निम्मो की दाईं हथेली निम्मो की आँखों के सामने कर दी। हथेली पर फूलों की आकृतियों के बीच नीरू ने बड़ी महीनता से 'ॐ' लिखा था। हथेली पर ओम का नाम देखते ही जैसे निम्मो की बेहोशी टूट गई। उसने हथेली को नीचे किया तो उसे नीरू का चेहरा दिखाई दिया। निम्मो के मुँह से एक दर्द भरी ढाह निकली और वो नीरू के गले लगकर दहाड़ें मारकर रो पड़ी। उसकी आँखों से निकले सैलाब से मानो पूरा वातावरण भीग गया। निम्मो के आँसुओं को देखते–देखते मेरी आँखों के सामने से कई युग निकल गए। शहीदों की इस धरती पर मैंने बहुत लहू देखा है, खोपड़ियों के अंबार लगते देखे हैं, नन्हे–नन्हे बच्चों को बर्छों की नोक पर बिंधे हुए देखा है और लाखों विधवाओं की चीत्कार को सुना है। निम्मो की चीख भी उन सभी चीखों का हिस्सा बन गई, ओम का खून भी

उस खून के दरिया में मिल गया जिसे सिर्फ़ मैं देख सकता हूँ। मैं, विधि द्वारा शापित कुरु। काश, मैं सो सकता। एक क्षण के हज़ारवें हिस्से के लिए ही सही, काश? मैं अपनी चेतनता को जड़ कर सकता। परन्तु यह निरन्तर चेतनता ही मेरा वरदान भी है और अभिशाप भी।

निम्मो के आँसुओं से नीरू का कंधा भीग चुका था। नीरू उसके आँसुओं की गर्माहट को महसूस कर रही थी और अपनी सहेली को अपने आगोश में लिए बैठी थी। तभी वहाँ संतोष आई और उसने निम्मो के कंधे पर हाथ रखा। निम्मो ने मुड़कर अपनी सास को देखा और उसके गले लगकर फफक-फफक कर रो पड़ी।

''चाई जी...।''

''रो मत मेरी बच्ची। पंजाब की बेटियाँ पति की शहादत पर गर्व करती हैं, विलाप नहीं,'' संतोष ने कहा। न जाने वो इतना बड़ा दिल कहाँ से ले आई थी।

''चाई जी, मैं मनहूस साबित हुई आपके बेटे के लिए।''

''नहीं बेटी नहीं। तू मनहूस नहीं। मेरा बेटा देश के काम आया। मेरा घर पवित्र हो गया। आज से तू इस घर की बेटी है। मन में कोई मलाल मत रखना। चाई हूँ ना मैं तेरी?''

संतोष की बात सुनते ही निम्मो ''चाई जी'' कहकर उसकी गोद में गिर पड़ी। सरला बुआ ने भी निम्मो के सिर पर प्रेम भरा हाथ रख दिया।

तभी राजू कमरे के दरवाज़े पर आया। नीरू ने उसकी ओर देखा। राजू की आँखों से अभी भी अंगारे बरस रहे थे। वो तेज़ी से पलटा और सीढ़ियाँ चढ़ कर छत पर चला गया। नीरू रात तक अपनी सहेली के पास ही बैठी रही। राजू सूरज डूबने तक शहर में उठते धुएँ को देखता रहा। सांझ का झुटपुटा अभी अंधेरे में तब्दील नहीं हुआ था कि बिट्टू छत पर आया। ओम के अंतिम संस्कार के बाद से वो राजू के घर में ही था और कभी किसी को पानी, किसी को चाय पिला कर उन्हें हौसला दे रहा था। उसने राजू को छत पर जाते देखा तो वो भी उसके पीछे चला गया।

''राजू!'' बिट्टू ने राजू के कंधे पर हाथ रखा। राजू ने बिट्टू को देखा तो क्रोध का आवरण जिसने उसके दुख के आँसुओं को बांध रखा था, हट गया। अपने दोस्त के गले लगकर राजू फूट-फूट कर रो पड़ा। आँसुओं की धारा बिट्टू की आँखों से भी अविरल निकल रही थी।

"दो दिन में क्या हो गया यार। अभी कल ही तो ओम की बारात में नाच रहे थे और आज उसकी अर्थी उठाकर ले गए हम लोग," राजू बोला। फिर बिट्टू का ध्यान शहर से उठते धुएँ की ओर कराकर उसने कहा, "वो देख। हमारा शहर जल रहा है। मुझे ना यार, उस धुएँ में कभी ओम का चेहरा दिखता है, कभी उन गोरों का जिन्हें हमने मारा और वो देख, उसमें मैडम शरवुड का भी चेहरा है, और उन सबका रंग भी एक है यार, न कोई गोरा न कोई काला।"

"राजू, ऐसी बहकी-बहकी बातें मत कर। चल नीचे चलें।"

"नहीं यार। मैं भाभी और चाई जी का सामना नहीं कर सकता," राजू छत पर पड़ी एक खाट पर बैठ गया। बिट्टू ने उसका ध्यान बंटाने के इरादे से कहा, "चल, एक बात की तो तसल्ली है, गोरों को मार कर हमने ओम की मौत का बदला तो ले लिया।"

"मरे तो सब बेकसूर ही ना। और मैंने तो एक औरत पर हमला कर दिया। नीरू ने रोका पर गुस्से ने मुझे अंधा कर दिया था। बीस लोग टूट पड़े एक निहत्थी औरत पर।"

बिट्टू भी खाट पर बैठ गया और उसने कहा, "हजूम में अच्छे-बुरे को समझने की ताकत नहीं होती। भावना तो तुम्हारी भी देशभक्ति ही थी।"

"वजह गलत थी यार। काँग्रेस का वर्कर बनने की भी और मैडम शरवुड पर हमला करने की भी।"

"तो फिर सही क्या है?"

"पता नहीं बिट्टू। पता नहीं क्या सही है।"

~

11 अप्रैल 1919 को जनरल डायर अमृतसर पहुँच गया। सबसे पहले वो गोबिंदगढ़ किले में गया और वहाँ पर तैनात फ़ौज का निरीक्षण किया। किले में मौजूद टैंकों और बख्तरबंद गाड़ियों का गहनता से मुआयना किया। वहाँ तैनात सूबेदार मेजर को हर वक्त रैड अलर्ट जैसी तैयारी रखने की हिदायत देकर डायर किले से निकला और उसका काफ़िला राम बाग की ओर चल पड़ा। माइल्स को डायर के आने की खबर मिल चुकी थी। डायर के आदेश अनुसार वो राम बाग के लॉन में बैठा, अमृतसर के नए हाकिम का इंतज़ार कर रहा था। ठीक

ग्यारह बजे जनरल डायर की कार और उसके पीछे चल रही फ़ौजी गाड़ियाँ राम बाग पैलेस के सामने रुकीं। उन्हें देखते ही माइल्स खड़ा हो गया। जॉन भी वहीं मौजूद था। दोनों ने आगे बढ़ कर जनरल डायर का स्वागत किया।

"वैलकम टू अमृतसर, जनरल। आई एम माइल्स अरविंग एण्ड दिस इज़ माई सैक्रेटरी जॉन पॉट्स।" (Welcome to Amritsar, General. I am Miles Irving and this is my secretary John Potts.) माइल्स ने हाथ आगे बढ़ाया। डायर ने माइल्स और जॉन से हाथ मिलाया।

"हैलो मिस्टर अरविंग, मिस्टर जॉन पॉट्स" (Hello Mr. Irving, Mr. Potts.) डायर के लहज़े में इन औपचारिकताओं के प्रति तिरस्कार साफ़ झलक रहा था।

"मिस्टर अरविंग, द गवर्नर हैज़ पुट मी इन चार्ज ऑफ़ द सिटी। प्लीज़ कम्प्लीट द पेपरवर्क।" (Mr. Irving, the Governor has put me in charge of the city. Please complete the paperwork.)

"आई एम यैट टू रिसीव द रिटन ऑर्डर्स, जनरल। बट द गवर्नर हैज़ कन्वेड एवरीथिंग टू मी ओवर द टेलीफ़ोन।" (I am yet to receive the written orders, General. But the Governor has conveyed everything to me over the telephone.)

"दीज़ फ़ोर्मैलिटीज़ कैन बी कम्प्लीटिड एनी टाइम। ऐज़ ऑफ़ नाओ, द सिटी ऑफ़ अमृतसर इज़ अंडर मार्शल लॉ एंड आई एम इन चार्ज ऑफ़ द लॉ एंड ऑर्डर सिचुएशन। ऐज़ फ़र्स्ट ऑर्डर ऑफ़ बिज़नेस, आई वॉन्ट टू सी अ मैप ऑफ़ द सिटी।" (These formalities can be completed any time. As of now, the city of Amritsar is under Martial Law and I am in charge of the law and order situation. As first order of business, I want to see a map of the city.) यह कहकर डायर महल के अंदर चला गया। माइल्स और John भी उसके पीछे-पीछे चलते हुए महल के मुख्य हॉल में पहुँच गए। यह वही कमरा था जहाँ 30 मार्च की हड़ताल के बाद ओ'ड्वायर ने माइल्स व हंस राज से मीटिंग की थी। आज दस दिन बाद माइल्स को जनरल डायर का हुक्म बजाना पड़ रहा था। अभी माइल्स को अमृतसर का चार्ज लिए हुए दो महीने भी नहीं हुए थे पर अपनी दो दशक लंबी नौकरी के दौरान उसने कभी ऐसे हालात का सामना नहीं किया था, जहाँ शहर का हुक्मरान होने के बावजूद उसके हाथों से बार-बार ताकत छीन ली जाती हो।

हॉल में रखी मेज़ पर जॉन ने अमृतसर का नक्शा बिछा दिया। नक्शे पर उसने राम बाग को इंगित किया और कहा, "दिस इज़ वेअर वी आर, जनरल।" (This is where we are, General.)

डायर ने जॉन की बात को कोई महत्त्व नहीं दिया। वो कुछ देर तक नक्शे को गौर से देखता रहा।

"हाऊ मैनी कैजुअल्टीज़, मिस्टर अरविंग ?" (How many casualties, Mr. Irving?) डायर ने नक्शे से नज़रें उठाए बिना पूछा।

"ट्वेन्टी पीपल वर किल्ड व्हैन द आर्मी ओपंड फ़ायर ऑन द प्रोटेस्टर्स।" (Twenty people were killed when the army opened fire on the protestors.)

"आई वॉज़ आस्किंग अबाउट द ब्रिटिश कैजुअल्टीज़।" (I was asking about the British casualties.) डायर ने नज़रें उठा कर माइल्स की ओर देखा। डायर की आँखों में क्रोध और ताकत साफ़ झलक रहे थे। माइल्स ने नज़रें झुका कर कहा, "फ़ाइव। द मैनेजर एंड असिस्टेंट मैनेजर ऑफ़ द नैशनल बैंक मिस्टर स्टीवर्ट एंड मिस्टर स्कॉट वर किल्ड इनसाइड द बैंक। सार्जेंट रॉउलैंड वॉज़ किल्ड ऑन द स्ट्रीट एंड थॉमसन, द मैनेजर ऑफ़ द आलायंस बैंक वॉज़ बर्न्ट अलाइव। अ गार्ड एट द रेलवे यार्ड, बाय द नेम ऑफ़ रॉबिन्सन वॉज़ आल्सो किल्ड।" (Five. The manager and assistant manager of the National Bank Mr. Stewart and Mr. Scott were killed inside the bank. Sergeant Rowland was killed on the street and Thomson, the manager of the Alliance Bank was burnt alive. A guard at the railway yard, by the name of Robinson was also killed.)

डायर कुछ देर के लिए खामोश होकर बैठ गया। अंग्रेज़ों पर इस तरह का हमला उसने अपने भारत प्रवास के दौरान न सुना था, न देखा था। भारत आने से पहले मिलिट्री स्कूल में उसने 1857 की फ़ौजी बगावत के बारे में ज़रूर पढ़ा था और यह भी सीखा था कि उस बगावत को कुचलने के लिए उस समय की ईस्ट इंडिया कंपनी की सरकार ने कैसे बर्बर तरीके अपनाए थे। बिना मुकद्दमा चलाए हज़ारों को फाँसी पर लटका दिया था। तोपों के मुँह के आगे बांध कर उड़ा दिया। बागियों द्वारा मारे गए हर अंग्रेज़ मर्द और औरत के बदले में पचासों हिन्दुस्तानियों को मारा गया।

"एंड..." (And...,) माइल्स बोलते-बोलते रुक गया।

"एंड? एंड व्हाट? व्हाय डू यू हैज़िटेट? आर देअर मोर?" (And? And What? Why do you hesitate? Are there more?)

"मिस शरवुड, अवर स्कूल सुपरिंटेंडेंट वॉज़ अटैक्ड बट शी वॉज़ सेव्ड बाय सम काँग्रेस वर्कर्स। द क्राउड आल्सो रैनसैक्ड द लेडीज़ हॉस्पिटल इन सर्च ऑफ़ डॉक्टर ईस्डन बट लक्किली शी मैनेज टू एल्यूड दैम।" (Miss Sherwood, our school superintendent was attacked but she was saved by some Congress workers. The crowd also ransacked the ladies hospital in search of Dr. Easdon but luckily she managed to elude them.)

माइल्स की बात सुनते ही डायर कुछ क्षण के लिए खामोश हो गया। उसके मन मस्तिष्क पर उस अनजान अंग्रेज़ महिला का भयभीत चेहरा कौंध गया। उसकी नज़र अपने सामने टंगी महाराजा रणजीत सिंह के ज़माने की एक बन्दूक पर टिक गई। माइल्स और जॉन दम साधे डायर के अगले निर्देश का इंतज़ार कर रहे थे। डायर ने अपना ध्यान बन्दूक से हटाया और माइल्स से बोला,"ऑल राइट। दिस इज़ व्हाट वी आर गोइंग टू डू। देअर विल बी नो सेल ऑफ़ थर्ड क्लास रेलवे टिकेट्स। आई डोन्ट वान्ट एनीवन फ्रॉम नीयर बाय एरियाज़ टू कम टू अमृतसर। नो प्रोसैशन्स, नो पब्लिक मीटिंग्स। द सिटी विल बी अंडर कर्फ़्यू आफ़्टर ऐट पी.एम.। इफ़ एनीवन इज़ सीन आउटसाइड आफ़्टर ऐट, किल हिम। नो क्वेश्चंस आस्क्ड। शूट, एंड शूट टू किल। नो वन विल लीव अमृतसर विदाउट माई परमिशन एंड कट ऑफ़ ऑल वाटर सप्लाई एंड इलैक्ट्रीसिटी फ़ॉर अ वीक। एंड नाओ, विदाउट एनी डिले आई वांट टू विज़िट डॉक्टर ईसडन एंड मिस शरवुड।" All right. This is what we are going to do. There will be no sale of third class railway tickets. I don't want anyone from nearby areas to come to Amritsar. No processions, no public meetings. The city will be under curfew after eight P.M. If anyone is seen outside after eight, kill him. No questions asked. Shoot, and shoot to kill. No one will leave Amritsar without my permission and cut off all water supply and electricity for a week. And now, without any delay I want to visit Dr. Easdon and Miss Sherwood.)

राम बाग़ पैलेस में अपनी मीटिंग ख़त्म करके डायर सीधा प्रिंसेस ऑफ़ वेल्स ज़नाना अस्पताल पहुँचा। जहाँ उसने पहले डॉक्टर ईसडन से मुलाक़ात की। उसके बाद मिस शरवुड की हालत के बारे में जानकारी ली। मिस शरवुड अभी तक सदमे में थी और डॉक्टर ने किसी को भी उससे मिलने की इजाज़त नहीं दी थी। डायर ने कमरे के बाहर खड़े रहकर एक झरोखे से मिस शरवुड

को पलंग पर लेटे देखा। फिर वो तेज़ी से मुड़ा और अस्पताल के गलियारे लाँघता हुआ अपनी कार में बैठ गया। कार में बैठते ही उसने ड्राइवर को आदेश दिया कि वो कार को उस जगह ले चले जहाँ मिस शरवुड पर हमला हुआ था।

अस्पताल से दुग्गलांवाली गली का फ़ासला महज़ आधा किलोमीटर है। डायर की कार पतली गलियों में से होती हुई मिनट भर में ही वहाँ पहुँच गई। माइल्स उसके साथ ही बैठा था। जॉन ड्राइवर के बगल वाली सीट पर बैठा था। दुग्गलांवाली गली में पहुँच कर डायर ने कार रुकवा दी और उससे बाहर आ गया। माइल्स और जॉन ने अपनी-अपनी ओर के दरवाज़े खोले लेकिन डायर ने इशारे से उन्हें कार के अंदर ही बैठे रहने को कहा। गली में जो इक्का-दुक्का लोग अपने मकानों के बाहर खड़े थे, वो सब डायर की कार को देखते ही अपने घरों में चले गए और दरवाज़े बंद कर लिए। डायर धीरे-धीरे चलता हुआ गली के दूसरे छोर तक गया। उसके फ़ौजी जूतों की आवाज़ गली में गूँज रही थी। केवल इंसान ही नहीं गली में घूमने वाले आवारा कुत्ते भी भयभीत होकर दुबके बैठे थे। तभी एक मकान की ओट से एक कबूतर ने पंख फड़फड़ाए तो डायर की निगाह उसकी ओर चली गई। उसी क्षण एक आधी खुली हुई खिड़की में से उसने एक चेहरे को झाँकते हुए देखा। डायर को उन आँखों में घृणा के सिवाय कुछ न दिखा। मगर डायर तो उन आँखों में भय देखना चाहता था। वो धीरे-धीरे चलता हुआ कार के पास पहुँचा। जॉन और माइल्स उससे नज़रें नहीं मिला रहे थे। डायर ने एक बार फिर गली के दूसरे छोर तक नज़र दौड़ाई। फिर कुछ सोचकर उसके चेहरे पर एक क्रूर मुस्कान आई और वो कार में बैठ गया। कार में बैठते ही उसने माइल्स को सम्बोधित करके कहा, ''मिस्टर अरविंग, दिस स्ट्रीट, फ्रॉम दिस मॉमेंट, ऑन्वर्ड्स विल बी कंसीडर्ड सैक्रिड। नो इंडियन इज़ अलाउड टू वॉक ऑन दिस स्ट्रीट। इफ़ समवन हैज़ टू क्रॉस द स्ट्रीट, ही विल हैव टू क्रॉल ऑन हिज़ बैली। टू पोलीसमैन विल बी स्टेशंड हेअर ऐट ऑल टाइम्स एंड हूऐवर रिफ़्यूज़िस टू फॉलो दिस ऑर्डर विल बी सेवेरली पनिश्ड, इज़ दैट क्लीयर ?'' (Mister Irving, this street, from this moment, onwards will be considered sacred. No Indian is allowed to walk on this street. If someone has to cross the street, he will have to crawl on his belly. Two policemen will be stationed here at all times and whoever refuses to follow this order will be severly punished. Is that clear?)

अमृतसर में मातम छाया था। रत्ती देवी का पड़ोसी कृष्ण देव पुल पर हुई गोलीबारी में शहीद हो गया था। रत्ती और छज्जू राम कृष्ण देव के घर गए थे। विद्या अपना सामान समेटने में लगी थी। कल जो हुआ उसके बाद वो एक पल भी अमृतसर में नहीं रहना चाहती थी। कल रेलवे कैरिज पुल पर जो जुलूस गया था, उसमें गोपाल भी मौजूद था जो कि अपने जीजा के कहने पर प्रदर्शनकारियों के साथ हो लिया था। 'अगर उसे कुछ हो जाता तो?' कृष्ण देव के घर से रह-रह कर रोने की आवाज़ें आ रही थीं और हर बार उन आवाज़ों को सुनकर विद्या के शीघ्रातिशीघ्र अमृतसर छोड़ने के निश्चय को और भी बल मिल जाता। गोपाल कमरे में दाखिल हुआ। वो विद्या की मन:स्थिति जानता था। कल की घटना के बाद तो वो भी सदमे में था।

"मैं मदद करूँ सामान बांधने में?" गोपाल ने पूछा।

"नहीं, मैं कर लूँगी। आप जीजा जी के साथ जाकर टिकट का इंतज़ाम कीजिए। नहीं, रुकिए मैं आपके साथ ही चलूँगी। आप तांगा मंगवा लीजिए। एक साथ ही चलेंगे स्टेशन। फिर वहाँ से जो भी गाड़ी मिलेगी, उसी में बैठ जाएँगे।"

"और अगर वो गाड़ी लाहौर जाने वाली हुई तो?" गोपाल ने कहा।

"तो लाहौर चले जाएँगे। मगर अमृतसर से निकलना है मुझे। डर लगता है मुझे यहाँ।"

"डर तो सबको लग रहा है।"

"नहीं, आप नहीं समझते।"

"मैं सब समझता हूँ। तुम सामान बाँधो, मैं तांगा लेकर आता हूँ।"

गोपाल के जाते ही रत्ती देवी वापिस आ गई। उसने अपनी बहन को सामान बाँधते देखा मगर वो चुप रही। कल की घटना के बाद रत्ती देवी भी सहम गई थी। वो भी चाहती थी कि उसकी बहन और बहनोई सकुशल दिल्ली पहुँच जाएँ। गोपाल तांगा ले आया। दोनों बहनें गले मिलीं। आँखें नम हुईं मगर मुँह से शब्द कोई न निकला। फिर गोपाल, विद्या और छज्जू राम तांगे में बैठ कर स्टेशन चले गए।

उधर अनाथालय में बैठा उद्धम सिंह भी सदमे में था। उसकी आँखों के आगे से पुल वाला दृश्य ओझल नहीं हो रहा था। सिपाहियों की बंदूकों से निकलता धुआँ, ज़मीन पर पड़ी लाशें, दर्द से कराहते घायल, सब तरफ़ बिखरा

लहू और उस अंग्रेज़ अफ़सर की क्रूर मुस्कान, यह सब उसे न तो सोने दे रहा था, न ही चैन से बैठने दे रहा था। सारी रात अस्पताल में बिताने के बाद वो सुबह ही वापिस आया था, मगर उसके कदम रह-रह कर अनाथालय के मुख्य द्वार की ओर जाते और फिर मन-मस्तिष्क में शून्यता लिए हुए वापिस आ जाते। निहत्थे प्रदर्शनकारियों पर लाठियाँ बरसते तो उसने कई बार देखी थीं, परन्तु इस तरह से उन पर गोलियाँ भी बरसाई जा सकती हैं, ऐसा तो न पहले कहीं देखा, न सुना। फिर उसे गुरदित्त सिंह द्वारा सुनाई गई कामागाटा मारू जहाज़ की घटना याद आई। जब उस जहाज़ के यात्री महीनों यातना सहने के बाद कलकत्ता के पास बज-बज स्टेशन पर पहुँचे तो वहाँ भी तो उन थके-हारे भूखे और प्यास से व्याकुल निहत्थे यात्रियों पर अंग्रेज़ों ने गोलियाँ बरसाई थीं। तब भी तो बीस से अधिक भारतीय शहीद हुए थे। गुरदित्त सिंह अपने सात वर्षीय बेटे से बिछुड़ गया था।

"ले उद्धम, रोटी खा ले," साधु सिंह एक थाली में परांठे और अचार लेकर आया।

"मुझे भूख नहीं।"

"ऐसे कब तक भूखा बैठा रहेगा। कुछ खाएगा तभी तो खून बनेगा। हो सकता है कि अस्पताल में और भी खून की ज़रूरत पड़े।"

"खून क्या सिर्फ़ हम हिन्दुस्तानियों का ही बहेगा?"

"क्या कहना चाहता है तू उद्धम?"

"मैं कल से यही सोच रहा हूँ कि क्या गोलियों का जवाब अहिंसा है? क्या गाँधी जी का रास्ता ठीक है?" उद्धम ने नज़रें उठाकर साधु की ओर देखा। उसकी आँखों में उभरे तेजस्वी क्रोध को देखकर पल भर के लिए साधु सहम गया। "बोल न वीरे," उद्धम ने ज़ोर देकर पूछा। "आज़ादी हासिल करने के लिए महात्मा गाँधी का रास्ता ठीक है या मदन लाल ढींगरा का?"

मदन लाल ढींगरा, 1857 के बाद आज़ादी का बिगुल बजाने वाले चंद पहले शहीदों में था। मेरे ही शहर अमृतसर का रहने वाला था। पिता सर्जन थे। उसको पढ़ने के लिए लंदन भेजा। लंदन में क्या हुआ, यह तो मुझे पता नहीं क्योंकि मेरी चेतनता तो रावी और ब्यास की सीमा में बँधी है। हाँ इतना ज़रूर सुना था कि मदन लाल ने लंदन में एक उच्चाधिकारी की गोली मारकर हत्या कर दी थी और फिर भारत की आज़ादी की शमा को रौशन करके हँसते-हँसते

फाँसी पर झूल गया था। उसका पुश्तैनी घर आज भी डी.ए.वी. कॉलेज के पास मौजूद है। अफ़सोस है कि अमृतसर में आने वाले सैलानियों को उसके बारे में बताया नहीं जाता। यहाँ तक कि इस शहर के निवासियों को भी अपने इस सपूत की विरासत की ज़्यादा चिंता नहीं है। खैर वो कहानी फिर कभी सही। वो कहानी 1909 की है। लेकिन फ़िलहाल तो 1919 में साधु सिंह उद्धम के सवाल से जूझ रहा था। 'पुल पर हुई गोलीबारी के बाद जो कुछ शहर में हुआ, क्या वो ठीक था? अंग्रेज़ों की फ़ौज ने निहत्थे अमृतसरियों को मारा और बदले में अमृतसरियों ने निहत्थे अंग्रेज़ों को मार डाला।' साधु जानता था कि सरकार गोरों की मौत का बदला अवश्य लेगी। उद्धम सिंह के हलक के नीचे अभी तक एक निवाला भी नहीं उतरा था। एक बार साधु के मन में विचार आया कि उद्धम को लेकर बाबा जी के पास जाए ताकि उसके संशय का समाधान मिल सके। परन्तु भाग सिंह का शरीर अभी भी हशमत खान के दिए गए घावों से जूझ रहा था। साधु सिंह ने अपने बाबा जी को परेशान करना ठीक न समझा। दोनों कुछ देर शांत मुद्रा में बैठे रहे। भरी दोपहर होने के बावजूद वातावरण में सन्नाटा था। आम तौर पर बाहर गली से रेहड़ीवालों, खोमचेवालों और राहगीरों की आवाज़ें आती रहती थीं। मगर आज तो ऐसा लगता था, मानो शहर ने संयुक्त तौर पर मौन व्रत रख लिया हो।

अनाथालय में पसरे सन्नाटे को एक मुनादीवाले की आवाज़ ने तोड़ा। ढोल बजाता हुआ वो गली से गुज़र रहा था और हर सौ कदम पर रुक कर मुनादी करता था :

"सुनो-सुनो-सुनो। हर ख़ास-ओ-आम को इत्तला दी जाती है कि शहर में मार्शल लॉ लगा दिया गया है। किसी भी जगह पर चार से ज़्यादा लोग इकट्ठे नहीं हो सकते। हर तरह की मीटिंग, जनसभा और प्रदर्शन पर सख़्त पाबंदी है। रोज़ रात आठ बजे शहर में कर्फ़्यू नाफ़िस कर दिया जाएगा। कर्फ़्यू के दौरान अगर कोई अपने घर से बाहर दिखाई दिया तो देखते ही गोली मार दी जाएगी। सुनो, सुनो, सुनो।"

ऐसे कई मुनादीवाले शहर में घूम रहे थे। मुनादी के शब्द स्टेशन की ओर जा रहे गोपाल, विद्या और छज्जू के कानों में भी पड़े। तांगेवाले ने भी मुनादी सुनी और हवा में चाबुक लहराया। तांगे में जुते घोड़े की टापों की रफ़्तार चाबुक

की आवाज़ सुनते ही दुगनी हो गई।

तांगा जब विद्या, गोपाल और छज्जू राम को लेकर स्टेशन पहुँचा तो वहाँ भारी मात्रा में फ़ौज मौजूद थी। बहुत ही असामान्य-सा माहौल था। स्टेशन पर इक्का-दुक्का ही यात्री दिख रहे थे और जो यात्री थे उन्हें भी फ़ौजी वहाँ से जाने के लिए कह रहे थे। टिकट खिड़की सुनसान पड़ी थी।

विद्या को तांगे पर ही छोड़कर गोपाल और छज्जू राम टिकट खिड़की पर पहुँचे। खिड़की के उस पार रेलवे का एक बाबू बैठा अख़बार पढ़ रहा था। गोपाल ने उससे दिल्ली के दो टिकट मांगे तो बाबू ने पूछा, ''कौन-सी क्लास के चाहिए?''

''जी, थर्ड क्लास के।''

''थर्ड क्लास के टिकट नहीं मिल सकते। सिर्फ़ सेकंड क्लास और फ़र्स्ट क्लास के ही हैं। दे दूँ?''

''क्यों मज़ाक कर रहे हो बाबू जी? हम भला इतना किराया कहाँ से भर सकते हैं?'' गोपाल बोला।

''नहीं भर सकते हो तो भैया घर चले जाओ। थर्ड क्लास की टिकटों की बिक्री पर पाबंदी लगा दी गई है। अगर अमृतसर से बाहर जाना है तो जेब ढीली करो वरना यहीं रहो।'' बाबू ने अपना ध्यान वापिस अखबार की ओर कर लिया।

''यह कैसी बदमाशी है जी?'' छज्जू राम ने खिड़की में मुँह देकर बाबू से पूछा। ''आप थर्ड क्लास के टिकट क्यों नहीं दे रहे?''

''आप ज़रा तमीज़ से बात करो।'' बाबू ने गुस्से में कहा। ''ये मेरा नहीं हुकूमत का फ़ैसला है। जाकर डी.सी. से पूछो।''

गोपाल और छज्जू राम वापिस तांगे के पास आ गए। तांगेवाला जल्दी से उनसे फ़ारिग होकर घर जाना चाहता था।

उनके आते ही बोला, ''बाऊ जी, सामान उतार लो और मुझे छुट्टी दो।''

''ओ रुक जा तू ज़रा,'' छज्जू राम ने कहा।

''क्या हुआ? मिल गया टिकट?'' विद्या ने पूछा।

''नहीं,'' गोपाल बोला।

''क्यों?''

''कह रहे हैं कि थर्ड क्लास की टिकट की बिक्री पर पाबंदी आयद कर दी गई है। अगर जाना है तो सेकंड या फ़र्स्ट क्लास का टिकट लेना पड़ेगा।''

''तो फिर ले लो न सेकंड क्लास का टिकट। इतने गरीब भी नहीं हैं हम,'' विद्या के स्वर में चिंता और शीघ्रता थी। ''क्या इजाज़त लेने आये हो मुझसे ?''

''अरे नहीं, पर फ़ालतू में इतने पैसे खर्च करने की भी क्या तुक है ? इतने लोग अमृतसर में रह रहे हैं। छज्जू राम जी और रत्ती भी तो हैं। हम भी कुछ दिन और रुक जाते हैं। दो-चार दिन में हालात में सुधार हो ही जायेगा।''

''गोलियाँ चल रही हैं शहर में और आपको चार पैसे बचाने की पड़ी है ? मैं कुछ नहीं जानती। आप सेकंड क्लास के टिकट ले आइये।''

विद्या की ज़िद के आगे बेबस होकर गोपाल वापिस टिकट खिड़की की ओर जाने के लिए मुड़ा ही था कि उसके कानों में एक कड़कदार आवाज़ पड़ी। ''ये तांगा यहाँ इतनी देर से क्यों खड़ा है ? चलो हिलाओ इसको।'' गोपाल ने वापिस मुड़कर देखा तो एक पठान फ़ौजी तेज़ी से उनकी ओर बढ़ रहा था। तांगेवाला हाथ जोड़कर फ़ौजी से बोला, ''माई बाप, मैं तो कब से इन लोगों से कह रहा हूँ कि तांगा खाली कर दो ताकि मैं घर जा सकूं। पर ये करते ही नहीं।''

''वो सब मैं नहीं जानता। तांगा यहाँ से बाहर ले जाओ।''

''साहिब। हम बस अभी टिकट लेने ही जा रहे हैं। उसके बाद कुली को कहकर सामान हटा लेंगे,'' छज्जू राम ने कहा।

''टिकट ? कैसा टिकट ? तुम लोगों को कोई टिकट नहीं मिलेगा। और अगर मिल भी गया तो हम तुम्हें जाने नहीं देंगे। जनरल साहिब का हुक्म है कि बिना उनकी इजाज़त के न कोई शहर में दाखिल हो सकता है और न ही शहर से बाहर जा सकता है। अब भलाई इसी में है कि इसी तांगे में बैठकर जल्दी-से-जल्दी वापिस चले जाओ वरना अगर कर्फ़्यू का टाइम हो गया तो सारी रात यहाँ स्टेशन पर ही गुज़ारनी पड़ेगी। समझे ?''

''जी।'' गोपाल ने लगभग मिमियाते हुए कहा। छज्जू राम इस सूचना को जल्दी-से-जल्दी काँग्रेस तक पहुँचाना चाहता था। वो बोला, ''मेरे ख़याल में अब बहस करने का कोई फ़ायदा नहीं। हमें घर वापिस चलना चाहिए।''

फ़ौजी के तेवर देखकर विद्या भी सहम गई थी। वो चुपचाप तांगे में बैठी रही और उसने मन-ही-मन गायत्री मंत्र का जाप करना शुरू कर दिया।

बारह अप्रैल को शहर में कई जगह पर लकड़ी की ट्रिक्रीयां लगा दी गयी थीं। यह ट्रिक्री लकड़ी की एक त्रिकोणाकार संरचना थी, जिसके तीन ढाँचे ज़मीन से दस फ़ीट ऊपर आपस में मिलते थे। इन ट्रिक्रीयों पर एक समय में तीन लोगों को बाँधा जा सकता था और इनका मकसद अमृतसर शहर के लोगों को सबक सिखाना था। बीती रात से ही शहरियों की धरपकड़ शुरू हो गई थी। दोपहर होते-होते सैनिकों ने सभी ट्रिक्रीयों पर शक की बिनाह पर पकड़े गए लोगों को अर्धनग्न अवस्था में बाँध दिया और फिर उन पर कोड़े बरसाने शुरू कर दिए गए। जनरल डायर के हुक्म के अनुसार जिस भी गली या मोहल्ले में ट्रिक्री लगी थी, वहाँ के सभी निवासियों को घर से बाहर निकलने के लिए मजबूर किया गया ताकि वो प्रदर्शनकारियों पर बरसते कोड़ों को अपनी आँखों से देखें। बर्तानवी फ़ौजी तब तक ट्रिक्री पर बँधे लोगों पर कोड़े बरसाते जब तक कि वो लोग बेहोश न हो जाते।

ऐसी ही एक ट्रिक्री दुग्गलांवाली गली में भी लगाई गई थी। गली के घरों से घसीट-घसीट कर मर्दों को बाहर निकाला गया, फिर उन्हें पेट के बल रेंगकर ट्रिक्री तक जाने के लिए मजबूर किया गया। जब वो रेंग रहे थे तब भी गोरे सिपाही उन पर कोड़े बरसाते हुए साथ-साथ चलते थे। इसके बाद उनको बारी-बारी से ट्रिक्री पर बाँधकर उन पर कोड़े बरसाए गए। सारे शहर में दहशत का माहौल था। काँग्रेस के कई नेता और वर्कर क़ैद कर लिए गए थे। जो नहीं पकड़े गए थे, वो छुपते-छुपाते शहर में घूम रहे थे। जनरल डायर शहर में गश्त कर रहा था। उसने हुक्म दिया था कि सब बाज़ार खुले रहें। यहाँ तक कि जिन लोगों के रिश्तेदार दो दिन पहले की गोलीबारी में शहीद हुए थे, उनको भी अपने व्यापार खोलने पर मजबूर किया गया।

उस रात जब कर्फ़्यू का सायरन बजा तो उस समय नीरू और दीनदयाल कंजरियों वाले मोहल्ले की गलियों में पुलिस से नज़रें बचाते हुए सलीमा के घर की तरफ़ जा रहे थे। दीनदयाल अपनी बेटी की सुरक्षा को लेकर चिंतित थे मगर नीरू ज़िद करके उनके साथ चली आयी थी।

''मैंने कहा था कि मुझे अकेले ही जाने दो,'' दीनदयाल ने हल्का-सा डांट कर नीरू से कहा।

''यह तो आपको तब सोचना चाहिए था जब बचपन में मुझे देशभक्ति

का पाठ पढ़ाया था। अब थोड़ी देर हो गई है पापा जी।''

''तब मुझे क्या पता था कि तू मेरी बातों को दिल से लगा लेगी।''

''मुझे फ़ख्र है कि मैं आपकी बेटी हूँ।''

''मुझे भी तुझ पर फ़ख्र है, पर जिस मोहल्ले से हम गुज़र रहे हैं, यहाँ कभी कोई बाप अपनी बेटी के साथ नहीं आया होगा।''

''जिनके घर जा रहे हैं, वो भी देश की ही बेटियाँ हैं। समाज में उनका मुकाम चाहे छोटा हो पर देश के लिए मर मिटने का जज़्बा उनमें किसी से कम नहीं।'' कंजरियों वाले मोहल्ले की गलियों के वातावरण में अक्सर तबले और घुंघरुओं की आवाज़ें आती रहती थीं। लेकिन आज इस मोहल्ले में भी वीरानी छाई थी। अपनी जान पर खेलकर कौन भला मुजरा सुनने आता?

अँधेरी गलियों में से रास्ता ढूँढ़ते-ढूँढ़ते दोनों सलीमा के घर के सामने पहुँच गए। नीरू ने हल्के से दरवाज़ा खटखटाया। सलीमा ने दरवाज़ा खोला। दोनों बाप-बेटी घर के अंदर प्रवेश कर गए।

''आदाब,'' सलीमा ने दोनों के अंदर आते ही कहा।

''कैसी हो सलीमा?'' नीरू ने उसको गले से लगाया।

''सलीमा बी,'' दीनदयाल ने कहा, ''आने वाली पीढ़ियाँ तुम्हारी हिम्मत की दाद दिया करेंगी।''

''यह तो मेरी खुशनसीबी है कि मैं मुल्क के किसी काम आ सकी,'' सलीमा ने कहा और फिर उन्हें ऊपरी मंज़िल पर स्थित कमरे की ओर ले जाती हुई बोली, ''आइये, सब लोग आपका इंतज़ार कर रहे हैं।''

यह वही कमरा था जहाँ कुछ दिन पहले ओम, तीफ़े और पप्पू के साथ मुजरा देखने आया था। ज़मीन पर गद्दे बिछे थे। एक कोने में हारमोनियम, तबला, सारंगी आदि साज़ पड़े थे।

कमरे में घुसते ही दीनदयाल की नज़र सबसे पहले वहाँ उपस्थित हंस राज पर पड़ी तो उसके माथे पर बल पड़ गए। 'ये हंस राज यहाँ कैसे आ गया।' हंस राज भी दीनदयाल के मन की बात समझ गया मगर कुछ बोला नहीं। काँग्रेस के लोगों ने इस मीटिंग को उससे गुप्त रखने का भरसक प्रयत्न किया था, मगर चन्दर भान की मदद से उसे इस मीटिंग की जगह का पता चल ही गया था। बदर-उल-इस्लाम, गुरबख्श सिंह और कन्हैया लाल भी वहाँ मौजूद थे। कमरे में

आते ही सलीमा ने कहा, ''माफ़ कीजिएगा हुज़ूर, कमरे में आपकी हैसियत के मुताबिक साज-ओ-सामान नहीं है, पर ये गरीबखाना आपके लिए हाज़िर है।''

''खूब जगह चुनी है आपने मीटिंग के लिए बदर भाई,'' हंस राज ने कहा। ''अगर घरवालों को पता चल गया कि मैं यहाँ आया था तो मेरा तो राम नाम सत हो जाएगा।''

''तो मत आते आप। आपको किसी ने मजबूर तो नहीं किया था,'' गुरबख्श सिंह ने कहा।

''इस शहर की फ़िक्र है मुझे। आप लोगों के फ़ैसलों का परिणाम तो भुगत ही रहे हैं लोग। अब कोई और हिमाकत भरा फ़ैसला न कर लें आप लोग, जिससे कि शहर के लोगों को और भी तकलीफ़ों का सामना करना पड़े, इसलिए आना ज़रूरी था मेरा,'' हंस राज ने कहा।

''हम जो भी फ़ैसला करेंगे, देश के लिए करेंगे,'' गुरबख्श सिंह ने कहा।

माहौल में बढ़ती गर्मी को देखकर बदर-उल-इस्लाम ने सदर होने की हैसियत से कार्यवाही अपने हाथ में ली और कहा, ''हम सब सलीमा बी के शुक्रगुज़ार हैं कि इन मुश्किल हालात में उन्होंने हमारी इस हंगामी मीटिंग की मेज़बानी का ज़िम्मा अपने सिर लिया। यह जानने के बावजूद कि ऐसा करना उनके लिए कितना खतरनाक साबित हो सकता है, सलीमा बी ने अपने घर के दरवाज़े हमारे लिए खोलकर मिसाली बहादुरी का सबूत दिया है। मैं काँग्रेस के तमाम मेम्बरान की तरफ़ से सलीमा बी के जज़्बे की क़द्र करता हूँ।'' हंस राज के अलावा सबने बदर की बात से सहमति का इज़हार किया। बदर ने उसके बाद मीटिंग की कमान गुरबख्श सिंह को सौंपते हुए कहा, ''अब मैं गुरबख्श सिंह जी से गुज़ारिश करूँगा कि वो इस मीटिंग में जेरेबहस मुद्दे पर रौशनी डालें।''

बदर के यह कहते ही सलीमा बी वहाँ से उठकर जाने लगी तो नीरू ने उसका हाथ पकड़ उसे रोका और अपने साथ बिठा लिया। गुरबख्श सिंह ने बोलना शुरू किया, ''जैसा कि आप लोग जानते ही हैं कि अमृतसर में मार्शल लॉ लागू हो चुका है। हमें खबर मिली है कि गवर्नर ओ'ड्वायर ने जनरल डायर को यह हिदायत देकर यहाँ भेजा है कि गोरी सरकार के विरुद्ध झंडा उठाने के लिए अमृतसर के लोगों को सबक़ सिखाया जाए।''

''और यह काम तो शुरू भी कर दिया है डायर ने। बिजली बंद, पानी बंद, आठ बजे के बाद कर्फ़्यू और देखते ही गोली मार देने का आदेश,'' हंस राज ने कहा।

''और काँग्रेस दफ़्तर के बाहर तो चौबीस घंटे पहरा है,'' चन्दर भान बोला।

''कल बैसाखी है,'' गुरबख्श सिंह ने अपनी बात को आगे बढ़ाया, ''श्री हरिमंदिर साहब में हज़ारों लोग आएँगे। डायर लोगों को पूजा-पाठ करने से और त्यौहार मनाने से तो नहीं रोक सकता। बदर भाई और मेरा विचार है कि क्यों ना उस भीड़ को हम एक जलसे की शक्ल दे दें?''

''यह तो बहुत ही अच्छा विचार है,'' दीनदयाल ने कहा और फिर बदर की ओर देखकर बोला, ''हम लोगों से कह सकते हैं कि श्री हरिमंदिर साहब में माथा टेकने के बाद वो सब जलियांवाले बाग में इकट्ठे हो जाएँ। और बाद दोपहर हम वहाँ एक आम सभा कर सकते हैं, रौलेट ऐक्ट के और मार्शल लॉ के खिलाफ़।''

''डायर ने कोई भी जलसा या मीटिंग करने पर पाबंदी लगा रखी है,'' हंस राज ने एतराज़ किया। चन्दर भान ने भी हंस राज के सुर में सुर मिलाते हुए कहा, ''दस तारीख की घटनाओं के बाद हुकूमत का रुख़ बहुत सख़्त हो गया है। वो लोग कुछ भी कर सकते हैं।''

''क्या कर सकते हैं? क्या हज़ारों की भीड़ पर गोली चलाएँगे?'' दीनदयाल ने कहा।

''चला भी सकते हैं। रेलवे कैरिज पुल पर भी तो निहत्थे लोगों पर गोली चलाई थी,'' नीरू बोली।

''और बीस से ज़्यादा लोगों की जान गई। शहर के हालात क्या छुपे हैं आप लोगों से? ट्रिक्रीयों पर टाँग कर कोड़े बरसा रहे हैं वो लोगों पर। दुग्गलांवाली गली में से तो लोगों को रेंगकर गुज़रना पड़ता है, गोरे सिपाही दनदनाते फिर रहे हैं सब जगह और आप चाहते हैं कि हम जलसा करें जलियांवाले बाग़ में,'' हंस राज बोला।

''मारे तो निहत्थे गोरे भी गए,'' नीरू ने कहा।

''दस तारीख को जो हुआ, वो दोबारा नहीं होना चाहिए। अगर हमारी ओर से हिंसा हुई तो हमारी ही मुहिम कमज़ोर होगी,'' बदर ने कहा।

''दस तारीख को मार्शल लॉ नहीं लगा था, तब भी गोलियाँ चलीं। अब तो मार्शल लॉ लग चुका है, अब सोचो डायर क्या-क्या कर सकता है,'' हंस राज ने चेतावनी दी।

''लेकिन इतना दूर निकल आने के बाद चुप होकर भी नहीं बैठ सकते। रौलेट ऐक्ट के विरोध में आज अमृतसर पूरे मुल्क की अगुवाई कर रहा है। अगर हम रुक गए तो यह काला कानून हमेशा के लिए हमारे ऊपर नाफ़िस हो

जाएगा,'' बदर-उल-इस्लाम ने कहा।

''इस छोटे से अमृतसर से कुछ ज़्यादा ही उम्मीदें लगा ली हैं आपने जनाब-ए-सदर,'' हंस राज ने कहा, ''हुज़ूर, ये दिल्ली या कलकत्ता नहीं है। किसे परवाह है कि यहाँ क्या हो रहा है? हिन्दुस्तान जैसे बड़े देश के पसमंज़र में इस शहर की औकात ही क्या है?''

हंस राज की बात सुनकर नीरू तैश में आ गई। वो अमृतसर को लेकर भावुक हो जाती थी। इसकी गलियों, बाज़ारों, मंदिरों, गुरुद्वारों, इसके पानी के स्वाद, इसकी हवा की महक, हर चीज़ को नीरू अपने वजूद का हिस्सा मानती थी। वो हंस राज से बोली, ''अमृतसर की औकात क्या है? लव और कुश की जन्मदाती है यह धरती। सीता माता समाई है यहाँ की मिट्टी में। सिकंदर की विजययात्रा को रोक दिया था, इस इलाके के लोगों ने। वो हालत की थी उसकी सेना की कि यूनानियों को माँ की याद सताने लगी थी। सिकंदर से लेकर अहमद शाह अब्दाली तक, इतिहास इस बात का गवाह है कि जब भी बात मुल्क के लिए क़ुर्बानी देने की आई है, अमृतसर सबसे आगे रहा है। और मुझे यकीन है भारत की सम्पूर्ण आज़ादी की मशाल भी अमृतसर में ही प्रज्वलित होगी और उसकी रौशनी पूरे भारत में फैल जाएगी।''

नीरू की जोश भरी तक़रीर सुनकर सब कुछ देर के लिए ख़ामोश हो गए। हंस राज ने चन्दर भान की ओर देखा तो वो आँखें ज़मीन पर गड़ाए बैठा था। आखिर बदर-उल-इस्लाम ने नीरू को कहा, ''वाह बेटी! तेरी बातों से तो ख़ून में जैसे उफ़ान-सा आ गया। मेरी राय यह है कि हम दीनदयाल भाई के सुझाव के मुताबिक़ कल जलियांवाले बाग़ में एक आम सभा करें और वहाँ रौलेट ऐक्ट के विरोध के साथ-साथ किचलू जी और सतपाल जी की रिहाई की मांग भी करें। क्या आप लोग इस बात से सहमत हैं?''

सभी ने, यहाँ तक कि चन्दर भान ने भी सहमति भर दी। हंस राज एकदम अकेला पड़ गया।

~

जब फ़सल पकती है तो लहलहाते खेत देखकर किसान ख़ुशी से झूम उठते हैं और फिर उनके कदम ढोल की लय पर अपने आप थिरकने लगते हैं। मेहनत का फल जब आँखों को ठंडक देता है तो रगों के ख़ून की गर्मी बढ़कर कभी

भांगड़े का रूप लेती है तो कभी मेले का। चाहे विक्रमी सम्वत् से गणना करो चाहे शक् सम्वत् से या फिर अंग्रेज़ों द्वारा दिए गए ग्रेगोरियन कैलेंडर की नज़र से देखो, बैसाखी तभी आती है जब फ़सल पक जाती है और किसान की रूह आनंदमयी होकर नाचती जाती है।

सदियों से बैसाखी वाले दिन श्री हरिमंदिर साहब में माथा टेकने की परंपरा रही है। अमृतसर और आस-पास के इलाकों के लोग उस दिन पवित्र सरोवर में स्नान करके ही अन्न ग्रहण करते हैं। आजकल तो यातायात की सुविधाएँ बढ़ने के साथ दूर-दूर से लोग बैसाखी वाले दिन अमृतसर आते हैं। राजनेता भी इस अवसर को अपने राजनीतिक लाभ हेतु भुनाने में कोई कसर नहीं छोड़ते। लेकिन 1919 की बैसाखी निराली थी।

उस दिन सुबह दस बजे जनरल डायर गोबिंदगढ़ क़िले में पहुँचा। वहाँ सौ पैदल सैनिकों की टुकड़ी उसके निरीक्षण के लिए तैयार थी। डायर ने फ़ौजी तैयारी का निरीक्षण किया, पास ही खड़ी दो बख्तरबंद गाड़ियों पर सवार मशीनगनधारी सैनिकों ने उसे सैल्यूट किया। सैन्य गठन से संतुष्ट होकर डायर अपनी खुली छत वाली कार में बैठ गया। कार क़िले से बाहर आई। उसके पीछे दोनों बख्तरबंद गाड़ियाँ थीं और उनके पीछे पैदल सैनिक चल रहे थे। डायर की कार के आगे-आगे गले में ढोल लिए, एक मुनादीवाला चल रहा था। वो वही मुनादी कर रहा था जो एक दिन पहले शहर के विभिन्न हिस्सों में की गई थी।

''सुनो-सुनो-सुनो। हर ख़ास-ओ-आम को यह मालूम हो कि शहर में मार्शल लॉ लागू कर दिया गया है। शहर में कहीं पर भी चार से ज़्यादा लोगों के इकट्ठा होने पर पाबंदी है। किसी तरह की मीटिंग या जलसा करने की इजाज़त नहीं। रात आठ बजे के बाद कोई घर से बाहर न निकले। इस हुक्म की तामील न करने वाले को गोली से उड़ा दिया जाएगा। सुनो-सुनो-सुनो।''

डायर का कारवां लाहौरी गेट के रास्ते शहर में दाखिल हुआ और गलियों, बाज़ारों से होता हुआ शक्ति नगर पहुँचा, जहाँ बल्लो हलवाई की दुकान थी। बल्लो की दुकान के बाहर कुछ लोग खड़े थे। फ़ौज को देखकर उनमें से कोई भी अपनी जगह से नहीं हिला। मुनादीवाला ढोल पीट-पीट कर मुनादी कर रहा था और बल्लो की दुकान के बाहर खड़े लोग बेफ़िक्री और निडरता से डायर के कारवां को गुज़रते हुए देख रहे थे। गुरां दित्ता नाम का एक बारह साल का

लड़का भी वहाँ खड़ा था। डायर की नज़रें गुरां दित्ता पर पड़ीं। गुरां दित्ता उसे घूर रहा था। डायर से नज़रें मिलते ही उसने नारा लगाया, ''महात्मा गाँधी की!''

भीड़ ने जवाब दिया, ''जय!''

गुरां दित्ता के बाद बल्लो राम ने नारा लगाया, ''हिन्दू-मुस्लिम एकता!''

भीड़ ने पुरजोश जवाब दिया, ''ज़िंदाबाद!''

गुरां दित्ता फिर बोला,''टोडी बच्चा!''

भीड़ मुँह चिढ़ाकर बोली, ''हाय! हाय!''

जनरल डायर ने ड्राइवर को कार रोकने के लिए कहा। वो कार में खड़ा हो गया और बख्तरबंद गाड़ी में बैठे फ़ौजी को इशारा किया। फ़ौजी ने मशीनगन की नली भीड़ की तरफ़ कर दी। डायर गोली चलाने का हुक्म देने ही वाला था कि मोटरसाइकिल पर सवार एक गोरा सिपाही वहाँ पहुँचा। उसने डायर को सैल्यूट किया और कहा, ''सर, आई हैव बीन ऑर्डर्ड टू डिलीवर दिस टेलीग्राम टू यू। इट इज़ फ्रॉम द गवर्नर।'' (Sir, I have been ordered to deliver this telegram to you. It is from the Governor.)

जनरल डायर ने तार को पढ़ा। एक क्रूर मुस्कान उसके होंठों पर आई और उसने कारवां को आदेश दिया, ''टर्न अराउंड। बैक टू द फ़ोर्ट।'' (Turn around. back to the fort.)

डायर सीधा गोबिंदगढ़ क़िले में पहुँचा जहाँ एक कमरे में माइल्स और हंस राज उसका इंतज़ार कर रहे थे। डायर के अंदर आते ही दोनों खड़े हो गए। माइल्स ने हंस राज का परिचय कराया तो डायर बोला, ''हंस राज, आई हैव हर्ड गुड थिंग्स अबाउट यू। डू यू स्पीक इंग्लिश?'' (Hans Raj, I have heard good things about you. Do you speak English?)

''थैंक्यू सर। जनरल सर। एंड यैस, आई कैन स्पीक इंग्लिश।'' (Thank you sir. General sir. And yes, I can speak English.) हंस राज ने कहा।

''हंस राज हैज़ सम इम्पोर्टेंट न्यूज़ फ़ॉर अस, जनरल।'' (Hans Raj has some important news for us, General.) माइल्स बोला।

''आई वुड नॉट एक्सपैक्ट एनीथिंग लैस फ्रॉम हिम।'' (I would not expect anything less from him.) डायर ने हंस राज की ओर देखा और मुस्कुरा कर कहा। उसकी मुस्कुराहट में झलकती क्रूरता को हंस राज भांप गया और अंदर तक कांप गया।

"सर...जनरल सर, द काँग्रेस हैज़ डिसाइडिड टू होल्ड अ मीटिंग ऐट जलियांवाला बाग टुडे। बट मैनी पीपल आर अगेंस्ट दिस। आई कैन कन्विंस मोर पीपल टू कैंसिल द मीटिंग।" (Sir, err, General Sir, the Congress has decided to hold a meeting at jallian wala bagh today. But many people are against this. I can convince more people to cancel the meeting.) हंस राज ने लगभग हकलाते हुए कहा। हंस राज की बात सुनते ही डायर की आँखों के सामने से बल्लो हलवाई की दुकान के बाहर घटा दृश्य तैर गया। वो हंस राज से बोला, "नाओ वाय वुड यू डू दैट।" (Now why would you do that?)

डायर की बात सुनकर माइल्स ने हैरान होकर कहा, "आई बैग यू पारडन, जनरल।" (I beg you pardon, General.)

"इफ़ दे वॉन्ट अ मीटिंग, लैंट दैम हैव अ मीटिंग।" (If they want a meeting, let them have a meeting,) डायर ने माइल्स से कहा।

"बट जनरल" (But General…)

"मिस्टर अरविंग, आई हैव वॉर्न्ड एवरीवन नॉट टू होल्ड और अटैंड एनी पब्लिक मीटिंग। आई एम श्योर द पब्लिक विल लिसन टू माई कमांड।" (Mr. Irving, I have warned everyone not to hold or attend any public meeting. I am sure the public will listen to my command.)

"आई डोन्ट अंडरस्टैंड जनरल।" (I don't understand General.)

"दैट इज़ द रीज़न आई ऐम हेअर मिस्टर डिप्टी कमिश्नर," (That is the reason I am here Mr. Deputy Commissioner,) डायर ने माइल्स पर कटाक्ष किया और फिर हंस राज से कहा, "हंस राज, यू गो आउट देअर एंड टैल द काँग्रेस लीडर्स टू होल्ड द मीटिंग।" (Hans Raj, you go out there and tell the Congress leaders to hold the meeting.) फिर वो माइल्स की ओर मुड़ा और उसने हुक्म दिया, "एंड यू मिस्टर अरविंग, यू अरेस्ट ऑल द रिमेनिंग लीडर्स ऑफ़ काँग्रेस।" (And you Mr. Irving, you arrest all the remaining leaders of the Congress.)

"बट दैन हू विल चेयर द मीटिंग?" (But then who will chair the meeting?)

"अवर फ्रेंड हंस राज कैन मेक दैट डिसीज़न, मिस्टर अरविंग।" (Our friend Hans Raj can make that decision, Mr. Irving.)

डायर का हुक्म मिलते ही अमृतसर में काँग्रेस के नेताओं की धरपकड़ में और तेज़ी आ गई। सलीमा के घर से आने के बाद दीनदयाल और नीरू अपने घर न जाकर महेश खन्ना के घर में छुप गए थे। लेकिन पुलिस को उन दोनों की खबर मिल गई और बैसाखी वाले दिन दोपहर के बारह बजे पुलिस ने महेश खन्ना के घर पर धावा बोल दिया। जैसे ही पुलिस के आने की भनक मिली तो दीनदयाल ने नीरू से कहा, ''नीरू तू जल्दी से छत के रास्ते से निकल जा।''

''पर पापा जी।''

''जो कहा वो कर। जलियांवाले बाग़ ज़रूर पहुँच जाना और कोशिश करना कि ज़्यादा-से-ज़्यादा लोग पहुँचें उस जलसे में। और सुन, अगर काँग्रेस के नेताओं में से कोई और न भी पहुँच सका तो तू ही करेगी मीटिंग की सदारत। अब जल्दी जा।'' पुलिस के कदम महेश खन्ना के दरवाज़े तक पहुँच गए और पल भर में ही दरवाज़ा तोड़कर दस पुलिसवाले घर में घुसे और दीनदयाल के साथ-साथ महेश खन्ना को भी गिरफ़्तार करके ले गए।

नीरू छत पर पहुँची और कई मकानों की छतें लाँघती हुई गली में स्थित एक मंदिर में पहुँची। मंदिर का पुजारी नीरू को पहचानता था। नीरू को देखते ही बोला, ''नीरू पुत्तर, तू यहाँ क्या कर रही है?''

''पंडित जी, पापा जी को गिरफ़्तार कर लिया गया है। मुझे यकीन है कि बाकी के काँग्रेस लीडर भी हिरासत में होंगे।''

''तू घबरा मत पुत्तर। जा अंदर जा के छुप जा।''

''यह छुपने का वक़्त नहीं है पंडित जी। शाम को जलियांवाले बाग़ में जलसा है। आप ज़रूर आ जाना।''

नीरू मंदिर से निकलकर गली में आ गई और वहाँ से भाग कर शक्ति नगर पहुँची। शक्ति नगर में बल्लो हलवाई की दुकान के बाहर भीड़ बढ़ गई थी। नीरू को देखकर बल्लो दुकान से बाहर आया। ''नीरू, क्या बात है। सब ठीक तो है?''

''उन्होंने पापा जी को गिरफ़्तार कर लिया है बल्लो। पर आज शाम को जलियांवाले बाग में सभा है। सबको बता दो।''

''पर गोरे तो मुनादी करते फिरते हैं कि कोई सभा न करो।''

''बल्लो, मुनादी तो हम भी कर सकते हैं,'' यह कहकर नीरू ने वहाँ पड़ा एक टीन का पीपा उठाया और दूसरे हाथ में एक डंडा। उसने डंडे को पीपे पर

मारा और कहा, "फिरंगियों के ढोल की आवाज़ तो यह पीपा भी दबा सकता है बल्लो।"

गुरां दित्ता नीरू के पास आया और बोला, "बहन जी, ये पीपा मुझे दे दो। मैं बजाऊंगा।" और गुरां दित्ता की बात सुनकर बल्लो ने कहा, "तू बजा गुरां दित्ते, ते मैं करदां मुनादी।" फिर वो नीरू से बोला, "नीरू तू जा और बाकी का इंतज़ाम देख। लोगों तक सन्देश मैं पहुँचा दूँगा।" गुरां दित्ता पीपा बजाते हुए आगे-आगे चला और बल्लो हलवाई अपनी ऊँची आवाज़ में मुनादी करता हुआ शहर की गलियों में से गुज़रने लगा।

उधर डायर से निर्देश पाकर हंस राज सीधा चन्दर भान के घर पहुँचा। चन्दर भान के चेहरे पर हंस राज को देखकर कोई ख़ुशी नहीं आई। हंस राज को यह भाँपते देर न लगी कि चन्दर भान के रवैये में कल रात की मीटिंग के बाद बदलाव आ गया है। उसने अपना सुर बदलकर चन्दर भान से कहा, "चन्दर भान जी, चलना है फिर आज जलियांवाले बाग़ में?"

"डायर तो शहर में घूम-घूम कर लोगों को चेतावनी दे रहा है कि कोई मीटिंग न करें।"

"उसी डायर को तो जवाब देना है चन्दर भान जी। बहुत कर ली अंग्रेज़ की चाकरी। अब बर्दाश्त नहीं होता। अपने हाथों में पली नीरू कल कितनी बड़ी बात कह गई। उसकी बातें सुनकर लगा कि ऐसी ज़िल्लत भरी बेग़ैरत ज़िन्दगी जीने का क्या फ़ायदा? मैं लात मार आया हूँ माइल्स की नौकरी को और आज शाम को करारा जवाब दूँगा जलियांवाले बाग़ में।"

"पर काँग्रेस के सारे लीडर तो गिरफ़्तार हो चुके। लोग आपको या मुझे सुनने तो आएँगे नहीं। किसके नाम पर इकट्ठा करेंगे आप लोगों को।"

"कन्हैया लाल करेंगे सदारत। लोग उनकी बात सुनने ज़रूर आएँगे," हंस राज ने कहा।

"और अगर वो भी गिरफ़्तार हो गए तो?"

"नहीं होंगे गिरफ़्तार, मैंने उन्हें महफ़ूज़ जगह पर छुपाया हुआ है। आप लोगों को लामबंद कीजिए और सबसे कहिए कि आज शाम को कन्हैया लाल जी की सदारत में जलियांवाले बाग़ में एक रोष सभा होगी।"

~

राजू रात भर सोचता रहा था। नींद उसकी आँखों से दूर थी। सुबह जब वो उठा तो घर के मर्द श्मशान जाने की तैयारी कर रहे थे, ओम के फूल लाने के लिए। मगर राजू उन सबकी परवाह किए बिना घर से निकल गया। सुदेश ने उसे जाते हुए देखा और उसे आवाज़ भी दी मगर राजू ने उस आवाज़ को अनसुना कर दिया और गली से निकलकर सीधा ढाब खटीकां स्थित प्रिंसेस ऑफ़ वेल्स ज़नाना अस्पताल पहुँचा। लाल रंग की वो इमारत अभी कुछ साल पहले ही तामीर की गई थी। ज़नाना अस्पताल में मर्द कम ही आते थे, इसलिए राजू की मौजूदगी ज़्यादा देर तक छुपी न रह सकी। एक गोरी नर्स ने उसे देखा और पूछा, ''ऐ तुम यहाँ क्या कर रहे हो?''

राजू को लगा जैसे वो चोरी करता हुआ पकड़ा गया हो। पल भर के लिए वो हिचकिचाया और फिर खुद को संभाल कर बोला, ''जी, मैं मिस शरवुड से मिलना चाहता हूँ?''

''तुम कौन?''

''जी, मैं उनका पुराना विद्यार्थी हूँ।''

''उनसे मिलने की इजाज़त नहीं है,'' नर्स ने सख्त लहज़े में कहा।

''देखिए, मेरा उनसे मिलना बहुत ज़रूरी है,'' राजू ने मिन्नत की।

''क्यों? क्यों ज़रूरी है?'' नर्स के लहज़े में सख्ती बढ़ती ही जा रही थी। ''कहीं तुम उन लोगों में से तो नहीं जिन्होंने मिस शरवुड पर हमला किया था।'' नर्स की बात सुनकर राजू के होश उड़ गए। पसीने की बूँदें उसके माथे पर छलक आईं। नर्स ने दो कदम और नज़दीक आकर उससे कहा, ''वो बच गईं, इसलिए दोबारा हमला करने आए हो?''

''यह आप क्या कह रही हैं?'' राजू बोला।

''मैं अभी पुलिस को बुलाती हूँ,'' कहकर नर्स दफ़्तर की ओर मुड़ी।

''देखिए, आपको गलतफ़हमी हुई है,'' राजू ने नर्स के पीछे जाकर कहा। नर्स ने भागना शुरू कर दिया और भागते-भागते ज़ोर से चिल्लाई, ''पुलिस! पुलिस!''

राजू अस्पताल से भागा और सड़क पर आ गया। अस्पताल के पास ही हिन्दू कॉलेज था। उस वक़्त हंस राज कन्हैया लाल को लेकर हिन्दू कॉलेज के अंदर जा रहा था। राजू भ्रमित-सा हुआ सड़क पर खड़ा था कि बिट्टू साइकिल पर सवार होकर वहाँ पहुँचा। सुदेश ने ही उसे भेजा था राजू को ढूँढ़ने के लिए।

राजू को देखकर बिट्टू रुका और उससे बोला, "ओए राजू, तू यहाँ क्या कर रहा है। तेरे पापा जी और सुदेश जीजा जी ढूँढ़ रहे हैं तेरे को।"

"मुझे क्यों ढूँढ़ रहे हैं?"

"श्मशान गए हैं वो दोनों। ओम के फूल लेने के लिए।"

"हे भगवान!" राजू के मुँह से एक कराह-सी निकली और वो बिट्टू से साइकिल लेकर श्मशान की ओर रवाना हो गया।

श्मशान के बाहर उसे अपने पापा जी और सुदेश मिले। भजन लाल के हाथ में लाल रंग के कपड़े में लिपटा एक कलश था। वो सुदेश के हाथ का सहारा लेकर चल रहा था। राजू को देखते ही भजन लाल ने एक नज़र कलश की ओर देखा और फिर राजू के गले लिपट के फूट-फूट कर रो पड़ा। "राजू, मेरे ख़याल से तुम पापा जी को साइकिल पर बिठाकर घर ले जाओ। पैदल चलने की इनकी हालत नहीं है और तांगा यहाँ कोई दिख नहीं रहा," सुदेश ने कहा। सुदेश की बात सुनकर राजू ने सहमति में सिर हिलाया और भजन लाल को साइकिल के पीछे बिठा कर घर की ओर चल पड़ा। ओम की अस्थियों का कलश भजन लाल के हाथ में ही था। घर के रास्ते में ज़नाना अस्पताल पड़ता था। राजू को अंदेशा था कि नर्स ने जिन पुलिसवालों को बुलाया था, कहीं वो अभी तक उसकी तलाश न कर रहे हों। इसलिए उसने ढाब खटीकां की ओर से जाने की बजाय, लोहगढ़ की ओर से जाना उचित समझा।

लोहगढ़ गुरुद्वारा पार करके जब राजू खू कौड़ियाँ से होता हुआ दुग्गलांवाली गली में दाखिल हुआ तो वहाँ उसका सामना दो गोरे सिपाहियों से हुआ। उनमें से एक सिपाही ने राजू को आदेश दिया, "Hey! रुको।" राजू रुक गया। वो और भजन लाल दोनों साइकिल से उतर गए। "किधर जा रहे हो?" सिपाही ने पूछा।

"जी घर जा रहे हैं," राजू ने कहा।

"इसमें क्या है?" दूसरे सिपाही ने कलश की ओर इशारा करके कहा।

"मेरे भाई के फूल हैं?"

"फूल? "व्हॉट द हैल डज़ दैट मीन? आर यू कैरिंग फ़्लार्स इन दैट अर्न?" (What the hell does that mean? Are you carrying flowers in that urn?")

"मेरे भाई की अस्थियाँ हैं, राख है उसकी," राजू ने आँसुओं को किसी

तरह रोककर कहा। भजन लाल जड़वत खड़ा था।

"तुम यहाँ से साइकिल पर सवार होकर नहीं जा सकते," पहले सिपाही ने कहा।

"क्यों जी।"

"बिकॉज़ वी से सो, यू सन ऑफ़ अ बिच" (Because we say so, you son of a bitch) सिपाही ने राजू की टाँग पर लाठी मारी। राजू दर्द से कराह उठा। भजन लाल सिपाही और राजू के बीच में आकर बोला, "माफ़ कर दीजिए। हम साइकिल पर नहीं जाएंगे। पैदल चले जाते हैं।"

"पैदल भी नहीं जा सकते," दूसरा सिपाही हँसता हुआ व हवा में लाठी लहराता हुआ बोला।

"पैदल भी नहीं जा सकते, साइकिल पर नहीं जा सकते? ये क्या मज़ाक है?" राजू ने कहा।

"मज़ाक नहीं, "यू ब्लडी डार्की। इट्स ऐन ऑर्डर।" (you bloody darkie. It's an order.) इसी गली में तुम लोगों ने हमला किया था ना मिस शरवुड पर? अब जिस हिन्दुस्तानी को गली के उस पार जाना है, उसे पेट के बल रेंग कर जाना होगा। यही जनरल डायर का ऑर्डर है।"

"यह क्या बेहूदा बात करते हो?" राजू ने कहा तो पहले सिपाही ने अपनी राइफ़ल का बट राजू के चेहरे पर मारा। राजू के चेहरे से ख़ून निकल आया जिसे देखकर भजन लाल विह्वल होकर बोला, "अरे मत मारिये उसे। हम दूसरे रास्ते से चले जाते हैं।"

"नहीं, अब कोई दूसरा रास्ता नहीं है तुम लोगों के लिए," दूसरे सिपाही ने अपनी बेल्ट से लटका हंटर निकाला और सटाक की आवाज़ के साथ हंटर को ज़मीन पर मारकर बोला, "चलो, अब रेंगना शुरू करो।"

"और अगर हम ऐसा न करें तो?" राजू ने कहा।

"तो हम तुम्हें उस ट्रिक्री से बाँध कर, ये हंटर मार-मार कर तुम्हारी चमड़ी उधेड़ देंगे और बाद में तुम्हें गोली मार देंगे।"

सिपाही की बात सुनते ही भजन लाल ने गिड़गिड़ाकर कहा, "नहीं, भगवान के लिए और गोली नहीं। हम रेंगते हैं। चल बेटा राजू, जैसा यह कहते हैं वैसा कर। तुझे मेरी कसम।"

भजन लाल ज़मीन पर लेट गया। कलश अभी भी उसके हाथ में था।

राजू अभी भी खड़ा था। सिपाही ने राइफ़ल के बट से फिर प्रहार किया तो राजू ज़मीन पर गिर पड़ा। अब वो भी भजन लाल के साथ ज़मीन पर रेंग रहा था। गोरे सिपाही ने उन दोनों पर कोड़े बरसाने शुरू कर दिए। ''जल्दी चलो, सूअर के बच्चो। ये पवित्र ज़मीन है, यहाँ एक ब्रिटिश महिला का ख़ून गिरा था, इसलिए इस ज़मीन पर किसी हिन्दुस्तानी को चलने की इजाज़त नहीं होगी।''

दोनों सिपाही कुछ दूर तक भजन लाल और राजू पर कोड़े बरसाते उनके साथ चलते रहे। उसके बाद वो रुक गए। अपने हाथों में बड़े बेटे की अस्थियाँ लेकर कोड़ों की मार सहकर कीड़े मकौड़ों की तरह सड़क पर रेंग रहे भजन लाल ने राजू की ओर देखा। राजू की लाल सुर्ख आँखों से अश्रुधारा बह रही थी। भजन लाल अपने बेटे की आँखों से निकले इन आँसुओं का अर्थ जानता था। उसे पता था कि ये आँसू कोड़ों की मार की वजह से हुई पीड़ा के कारण नहीं हैं, न ही ये आँसू ज़मीन पर रेंगने की ज़िल्लत की वजह से हैं। इन आँसुओं की वजह थी राजू के अंदर धधकता क्रोध का ज्वालामुखी। लेकिन यह क्रोध दिशाहीन था। भजन लाल को अफ़सोस हुआ कि उसने कभी राजू का ऐसा मार्गदर्शन नहीं किया जिससे कि राजू के इस क्रोध को एक रचनात्मक दिशा मिल सके।

भजन लाल और राजू रेंगते हुए गली के दूसरे छोर पर पहुँचे। दोनों के कपड़े ख़ून से लाल हो चुके थे। गली के दूसरे छोर पर पहुँचकर दोनों चुरसती अट्टारी की ओर मुड़े तो वहाँ उन्हें नीरू खड़ी मिली। भजन लाल को देखते ही नीरू ने झट से अपनी चुन्नी उतारी और भजन लाल के सीने से बाँध दी। फिर वो राजू से बोली, ''फिरंगियों का ज़ुल्म अपनी इन्तहा तक पहुँच गया है, इसका जवाब देना है तो जलियांवाले बाग़ पहुँचो।'' इतना कहकर नीरू जाने के लिए मुड़ी तो भजन लाल ने उसे पुकारा, ''सुनो बेटी।'' नीरू रुक गई। भजन लाल ने राजू से कहा, ''राजू, तू जा इसके साथ। आज इस ख़ून के साथ मेरी बुज़दिली और मतलबपरस्ती भी मेरे जिस्म से निकल गई। मैं पवित्र हो गया। जाओ बेटा और बता दो इस हुकूमत को कि इसके ज़ुल्म से भयभीत होकर अमृतसर झुकने वाला नहीं है।''

~

उद्धम सिंह और साधु सिंह की सेवा सदका से दो दिन में ही भाई भाग सिंह की हालत में बहुत सुधार आ गया था। दोनों अपने बाबा जी की सेवा के साथ

अस्पताल के भी नियमित चक्कर लगाते थे ताकि अगर किसी को भी ख़ून की ज़रूरत पड़े तो वो उसका इंतज़ाम कर सकें। अस्पताल आते-जाते दोनों ने ट्रिक्री पर टँगे हुए लोगों पर गोरों को कोड़े बरसाते कई बार देखा था। यह ज़ुल्म देख कर उनका ख़ून खौल उठता मगर वो कुछ कर न पाते। शहर के हज़ारों लोगों की तरह उनका क्रोध भी दिशाहीन था। दिल में तो आता था कि उन सिपाहियों से भिड़ जाएँ और उन्हें वहीं खत्म कर दें। लेकिन उसका अंजाम क्या होगा? क्या सरकार का ज़ुल्म रुक जाएगा? डायर सिर्फ़ अमृतसरियों को सज़ा नहीं दे रहा था। इस तरह सरेआम नंगा कर ट्रिक्री पर चढ़ा कर कोड़े बरसाकर वो उन्हें ज़लील कर रहा था, उनकी हिम्मत, उनके हौसले, उनकी आत्मशक्ति पर चोट कर रहा था। भाई भाग सिंह ने यह बात उद्धम और साधु को समझाई थी और यह भी कहा था कि अंग्रेज़ के ज़ुल्म का एक ही जवाब है—क़ौमी एकता। "हम हिन्दुस्तानियों को हर हाल में एकजुट रहना होगा और निडर होकर सत्याग्रह के रास्ते पर चलना होगा। यही एक तरीका है अंग्रेज़ को हराने का और अपनी बात मनवाने का," भाग सिंह ने अनाथालय के सभी नौजवानों से कहा था।

बैसाखी के दिन भाई भाग सिंह ने अनाथालय के सभी निवासियों को सरबंस दानी श्री गुरु गोबिंद सिंह जी के जीवन की गाथाएँ सुनाईं। उन्होंने बताया कि किस तरह दशम पिता ने 1699 की बैसाखी को खालसा पंथ की स्थापना करके लोगों को ज़ुल्म के खिलाफ़ लड़ने की न केवल प्रेरणा ही दी बल्कि प्रशिक्षण भी दिया। भाग सिंह की बात सुनकर उद्धम सिंह ने पूछा, "अगर गुरु जी ने ज़ुल्म के खिलाफ़ लड़ने के लिए हथियार उठाना ठीक समझा तो फिर आज के अंग्रेज़ी ज़ुल्म के खिलाफ़ क्या हथियार उठाना ठीक नहीं है?"

"अगर दशमेश जैसा सेनानायक हो जो, जब क़ुरबानी देने की बात हो तो वो किसी और के बेटे को नहीं बल्कि अपने बेटों को क़ौम पर वार दे, तो हाँ, ज़रूर हथियार उठाओ। बिना ऐसे नायक के जब हथियार उठते हैं तो वही होता है जो दस तारीख को अमृतसर में हुआ। अपने क्रोध को संभाल कर रखना सीखो उद्धम। दिशाहीन क्रोध ज़हर है और यही क्रोध जब सही मक़सद के लिए सही तरीके से इस्तेमाल होता है तो अमृत भी बन जाता है। पर उसके लिए साधना करनी पड़ती है। अपने आत्मबल को बढ़ाना पड़ता है। गाँधीजी का अहिंसा का

रास्ता कमज़ोरी का रास्ता नहीं, उस रास्ते पर चलने के लिए भी आत्मशक्ति की ज़रूरत होती है।''

भाग सिंह की बात चल ही रही थी कि बाहर गली में से किसी के पीपा पीटने और मुनादी करने की आवाज़ आई। भाग सिंह का इशारा पाकर सब लड़के गली की ओर गए। बाहर गुरां दित्ता डंडे से पीपे को पीटता हुआ चल रहा था। उसके साथ बल्लो हलवाई था जो मुनादी कर रहा था, ''सुनो-सुनो-सुनो, जनरल डायर के ज़ुल्म के खिलाफ़ आज शाम को जलियांवाले बाग़ में एक रोष सभा होगी जिसे कन्हैया लाल जी सम्बोधित करेंगे। सबको वहाँ पहुँचना है और डायर को बताना है कि अम्बरसरिये किसे दे पिओ तों नहीं डरदे।''

बल्लो की बात सुनकर लड़के अंदर वापिस आए तो भाग सिंह की मुस्कुराहट ने उन्हें जलसे में जाने की इजाज़त दे दी। पिछले दस दिनों में दो बार ऐसे जलसों का हिस्सा बनकर लड़के समझ चुके थे कि उनके द्वारा की जाने वाली जल की सेवा कितनी महत्त्वपूर्ण है।

विद्या जब से स्टेशन से वापिस आई थी, उसने किसी से एक शब्द भी नहीं कहा था। फ़ौजियों के तेवर देख वो अंदर तक सहम गई थी। उस वक़्त स्टेशन पर खड़ी फ़ौज को देखकर विद्या को यकीन हो गया था कि वो फ़ौजी जब जी चाहे कभी भी कुछ भी कर सकते हैं और जब तक गोपाल इस शहर में रहेगा, उसकी जान को ख़तरा बना ही रहेगा। उसके दिमाग में सिर्फ़ एक ही धुन सवार थी। वो गोपाल को सही सलामत दिल्ली वापिस लेकर जाना चाहती थी। अंग्रेज़ों की एक ट्रिक्री उस चौराहे में भी लगी थी जिसके पास छज्जू राम का घर था। उस ट्रिक्री पर बँधे लोगों को पड़ने वाले कोड़ों की, और मार सह कर चीखते लोगों की आवाज़ें विद्या के कानों में पड़ती रहती थीं। पुलिस कभी भी छज्जू राम को ढूँढ़ती हुई घर में आ सकती थी। छज्जू राम चौक फरीद में स्थित अपने मामा के घर में जा छुपा था। 'अगर पुलिस आई और जीजा जी के भुलेखे में गोपाल को ले गई तो?' विद्या के मन में तरह-तरह के बुरे ख़याल आ रहे थे। खाना तक उसके हलक़ से नीचे नहीं उतर रहा था। रत्ती और गोपाल उसे हौसला देने की नाकाम कोशिश कर रहे थे पर विद्या पर तो जैसे किसी ने जादू कर दिया था।

बैसाखी वाले दिन अपनी दो दिन की भूखी बहन को एक निवाला

खिलाने की नीयत से रत्ती ने हलवा बनाया और उसे लेकर विद्या के पास गई।

"विद्धो, देख मैंने क्या बनाया है?" रत्ती ने हलवे से भरी कटोरी विद्या के सामने रख दी। विद्या चुप रही। रत्ती ने चम्मच में हलवा लिया और विद्या के मुँह के पास लाकर बोली, "देख एकदम गरमागरम है, सड़ता हुआ, जैसा तुझे पसंद है। जल्दी खा ले, ज़रा-सा भी ठंडा हुआ तो तुझे मज़ा नहीं आएगा।"

विद्या ने रत्ती की ओर देखा। बहन की आँखों में अपने लिए अथाह प्रेम व चिंता देखकर विद्या की आँखें भर आईं। वो छोटे बच्चों की तरह सुबकते हुए बोली, "रत्ती, मुझे दिल्ली जाना है।"

"ज़रूर, हम सब चलेंगे दिल्ली। अरे ये तो एक-दो दिन की बात है। सब ठीक हो जाना है। ले थोड़ा-सा हलवा खा ले मेरी बहन।"

"रत्ती, मुझे लगता है कि मैं यहाँ फँस गई हूँ। जैसे मुझे बंद कर दिया हो किसी ने जेल में। मुझे निकलना है यहाँ से रत्ती। नहीं रहना मुझे यहाँ।"

"तेरा अपना शहर है विद्या। कैसी बातें कर रही है? तेरे जीजा जी कह रहे थे कि इस वक़्त सारा देश अमृतसर की ओर देख रहा है। यहाँ जो हो रहा है, उसका असर, उसकी आँच पूरे देश में महसूस हो रही है। आने वाले दिनों में हम दोनों इन दिनों को याद करके गुरूर किया करेंगी कि ऐसे वक़्त में हम यहाँ इस शहर में मौजूद थीं। अपने बच्चों को, उनके बच्चों को इन दिनों की कहानियाँ सुनाया करेंगी।"

"सच रत्ती! हम बच जाएँगे अपने बच्चों और नाती-पोतों को कहानियाँ सुनाने के लिए?"

"अरे क्यों नहीं बचेंगे। ये कह रहे थे कि गाँधी जी स्वयं अमृतसर आने वाले हैं थोड़े दिनों में।"

"गाँधी जी!"

"अरी हाँ पगली, गाँधी जी। और भी काँग्रेस के बड़े-बड़े नेता आने वाले हैं। और तू है कि खाना-पीना छोड़कर बैठी है। ऐसा सड़ा हुआ मुँह लेकर देखने जाएगी गाँधी जी को?"

"अगर गाँधी जी आएँगे, तब तो सब ठीक हो जाएगा," विद्या की आँखों में चमक आ गई।

"सब ठीक हो जाएगा, ले अब तू हलवा खा ले। फिर श्री हरिमंदिर साहिब भी तो जाना है। आज बैसाखी है ना," रत्ती ने हलवे से भरा चम्मच विद्या

के मुँह में डाला। ठीक उसी वक़्त बल्लो हलवाई, गुरां दित्ता के साथ मुनादी करता हुआ वहाँ से निकला।

बल्लो हलवाई जैसे ही गली को पार करके चौराहे पर पहुँचा तो सिपाहियों ने उसे और गुरां दित्ते को धर लिया और ट्रिक्री पर बाँध दिया। उस बारह साल के बच्चे पर भी उन सिपाहियों ने कोई रहम न दिखाया और दोनों पर कोड़ों की बारिश कर दी और तब तक कोड़े बरसाते रहे जब तक कि दोनों बेहोश न हो गए। बेहोश हो जाने तक दोनों मुनादी करते रहे। सिपाहियों ने दोनों को ट्रिक्री से उतारा और सड़क के किनारे फेंक दिया। फिर वो वहाँ खड़े लोगों को चुनौती देते हुए बोले, ''आओ, हिम्मत है तो ले जाओ इन दोनों को।'' उनकी बात सुनकर दो-तीन लोग आगे आए। सिपाहियों ने उनका भी वही हश्र किया जो बल्लो और गुरां दित्ते का किया था। उन तीनों के ज़मीन पर गिरते ही, और लोग आगे आए। धीरे-धीरे वहाँ भीड़ बढ़ने लगी। सिपाहियों ने खतरा सामने जान कर अपनी बंदूकें लोगों की तरफ़ तान दीं। भीड़ में से एक आवाज़ आई, ''हम खून-खराबा नहीं चाहते। आप लोग हमें हमारे लोगों को ले जाने दें।'' सिपाहियों ने अंदाज़ा लगाया कि गोली चलाना उनके खुद के लिए खतरनाक हो सकता है। दस तारीख को भीड़ ने जिस तरह से गोरों को मारा था, उसे वो अभी तक भूले नहीं थे। इसलिए उन्होंने भीड़ की बात मानने में ही अपनी भलाई समझी। भीड़ सभी घायलों को लेकर वहाँ से चली गई।

गोबिंदगढ़ क़िले में हुई मीटिंग के बाद माइल्स अपने बंगले पर आया और सीधा अपने बैडरूम में घुस गया। दिन के समय माइल्स कभी भी बैडरूम में नहीं जाता था। एमिली को माइल्स के इस व्यवहार पर थोड़ी हैरत हुई लेकिन शहर के हालात से वो भी वाकिफ़ थी और माइल्स की परेशानी को भी समझती थी। जब काफ़ी समय तक माइल्स बाहर न निकला तो एमिली को चिंता हुई। अपनी चिंता मिटाने के लिए वो बैडरूम में आई तो उस वक़्त माइल्स बिस्तर पर बैठा एक किताब पढ़ रहा था।

''आर यू ऑल राइट डार्लिंग ?'' (Are you all right darling?) एमिली ने पूछा।

''आई ऐम फ़ाइन, व्हाय'' (I am fine, why?) माइल्स ने उसकी ओर देखकर कहा।

''इट्स जस्ट दैट आई एम नॉट यूज़्ड टू सीइंग यू इन बैड ऐट दिस

टाइम।'' (It's just that I am not used to seeing you in bed at this time.) एमिली उसके पास आकर बैठ गई। ''व्हाट आर यू रीडिंग ?'' (What are you reading?)

'' *यूलीसस,* बाय जेम्स जॉयस।'' (*Ulysses*, by James Joyce.)

''आह! आई लाइक दैट वन। सो यू आर नॉट गोइंग टू द ऑफ़िस टुडे।'' (Ah! I like that one. So, you are not going to the office today?)

''इट्स अ संडे डीयर। आई ऐम एन्टाइटल्ड टू अ डे ऑफ़।'' (It's a Sunday dear. I am entitled to a day off.) माइल्स ने चश्मा उतारा और किताब में एक बुकमार्क रख किताब को बंद कर दिया और एमिली का हाथ थाम कर बोला, ''इन ऐनी केस, सिंस द सिटी इज़ अंडर मार्शल लॉ, देअर इज़न्ट मच फ़ॉर मी टू डू। सो, आई थॉट आई विल डू सम रीडिंग एंड स्पैन्ड सम टाइम विद यू। यू वाना डू समथिंग टुडे।'' In any case, since the city is under martial law, there isn't much for me to do. So, I thought I will do some reading and spend some time with you. You wanna do something today?)

''इट्स संडे। वी कैन गो द चर्च। इट्स बीन अ वायल सिंस वी पेड अ विज़िट टू गॉड्स हाउस।'' (It's Sunday. We can go the Church. It's been a while since we paid a visit to God's house.)

''आई थिंक देट इज़ ऐन एक्सेलैंट आइडिया।'' (I think that is an excellent idea.) माइल्स ने कहा।

''यू बैटर गैट रेडी दैन। द सर्विस विल स्टार्ट इन ऐन आर।'' (You better get ready then. The service will start in an hour.)

''आई विल बी आउट इन टैन मिनट्स। स्क्रैम्बल सम एग्स फ़ॉर मी प्लीज़। आई ऐम वैरी हंगरी।'' (I will be out in ten minutes. Scramble some eggs for me please. I am very hungry.)

''श्योर डार्लिंग।'' (Sure darling.) एमिली ने माइल्स के होंठों पर हल्का-सा चुंबन अंकित किया और कमरे से बाहर चली गई। माइल्स कुछ देर खड़ा उस दरवाज़े को देखता रहा, जिससे एमिली बाहर गई थी। फिर एक आह भरकर वो बाथरूम में चला गया।

घंटा घर की घड़ी की सूइयाँ दोपहर के दो बजा रही थीं। जनरल डायर की चेतावनी के बावजूद श्री हरिमंदिर साहब में हज़ारों श्रद्धालु पहुँच रहे थे। इनमें से कई हज़ार लोग ऐसे भी थे जिन्हें डायर द्वारा दी गई चेतावनी अथवा उसके द्वारा

करवाई गई मुनादी के बारे में कुछ भी नहीं पता था। अमृतसर के आस-पास के गाँवों और कस्बों से ऐसे हज़ारों श्रद्धालु आए थे। श्री हरिमंदिर साहब के अंदर बैठे रागी, राग धनासरी में गुरबाणी कीर्तन कर रहे थे।

उस समय एमिली और माइल्स कोर्ट रोड पर स्थित सेंट पॉल चर्च में बैठे प्रार्थना कर रहे थे। बहुत दिनों बाद आज चर्च में आकर माइल्स को कुछ सुकून मिला था। अभी कुछ हफ़्ते ही तो हुए थे उसे अमृतसर का प्रभार संभाले और इतना कुछ देख लिया था उसने पिछले दो हफ़्तों में। एमिली भी माइल्स के साथ ही बैठी प्रभु यीशु से अपने पति और अपने घर की सुख-शांति की प्रार्थना कर रही थी। दोनों पति पत्नी बहुत देर तक चुपचाप बैठे रहे। तभी वहाँ चैस्टरटन नाम का एक अंग्रेज़ अधिकारी आया। चैस्टरटन डायर के साथ ही अमृतसर आया था। चैस्टरटन ने माइल्स से कहा कि डायर उससे मिलना चाहता है, और वो राम बाग़ पैलेस में माइल्स का इंतज़ार कर रहा है।

दोपहर के तीन बजते-बजते जलियांवाले बाग़ में लोगों का हुजूम इकट्ठा होना शुरू हो गया था। साधु सिंह और उद्धम सिंह भी वहाँ पहुँच चुके थे। भीड़ हर क्षण बढ़ती जा रही थी। उद्धम सिंह ने साधु से कहा, "वाहेगुरु दी मेहर देखो, कितनी संगत इकट्ठी हो गई। जनरल डायर बड़ी मुनादी करवाता फिरता था शहर में, पर है क्या किसी को कोई डर?"

"उद्धम, आज बैसाखी है। भूल गया बाबा जी ने क्या कहा था। आज के दिन खालसा पंथ की स्थापना हुई थी। सवा लाख से एक लड़ाने वाली क़ौम हैं हम। चिड़ियों से बाज़ लड़ाते हैं। गुरु के सिख को किसका डर?"

"ठीक कहा वीरे। हम बाबे के दर श्री हरिमंदिर साहब की छाया में हैं। सिर पर कलगी वाले की ओट है, तो फिर डर किस बात का।"

"तू सेवा कर, बातें कम कर।"

"वीरे, सेवा विच ते असीं कोई कमी नहीं रहन देनी," उद्धम सिंह ने घड़ा उठाया और नारा लगाया, "जो बोले सो निहाल!"

"सत श्री अकाल!" भीड़ ने जवाब दिया।

गरमी बढ़ती जा रही थी। उद्धम सिंह और साधु सिंह के मटके जितनी जल्दी भरते उतनी ही तेज़ी से खाली हो जाते। बाग़ के एक ओर हंस राज और कन्हैया लाल मंच पर डॉक्टर किचलू और डॉक्टर सतपाल की तस्वीरें रख रहे

थे। कुछ समय बाद वहाँ दुर्गा दास और काँग्रेस के कुछ अन्य लोग भी आ गए। छज्जू राम भी वहाँ पहुँच गया। हंस राज ने अपनी जेब से घड़ी निकाली।

3:45

हंस राज की नज़रें भीड़ में भारतीय वेशभूषा पहने एक अंग्रेज़ की ओर घूम गईं। नज़रें मिलते ही हंस राज ने सिर हिला कर उसे इशारा किया। अंग्रेज़ बाग़ से बाहर चला गया। ठीक उसी वक़्त राजू और नीरू ने बाग़ में प्रवेश किया। हंस राज ने जैसे ही उस अंग्रेज़ को बाहर निकलते देखा तो मंच का संचालन अपने हाथ में ले लिया और लोगों को सम्बोधित करके बोला, "साथियो, आप सब से मेरा अनुरोध है कि आप सब शांत होकर बैठ जाएँ।" भीड़ में से हल्की-सी आवाज़ आती रही जैसे ऊपर से कोई हवाई जहाज़ गुज़र रहा हो। नीरू और राजू स्टेज के पास पहुँच गए। हंस राज ने फिर कहा, "मेरा आप सबसे अनुरोध है कि आप सब लोग शांत होकर बैठ जाएँ जिससे कि हम सभा की कार्यवाही शुरू कर सकें।" लोगों के हुजूम में कई छोटे बच्चे भी थे जो अपनी माँओं की गोद में बैठे थे। कई तो अभी दुधमुँहे ही थे। ऐसा ही एक छोटा-सा बच्चा जब चुप न हुआ तो उसकी माँ ने स्टेज की ओर इशारा करके उससे कहा, "चुप हो जा मेरे लाल। देख वो कुछ कह रहे हैं। हम यहाँ उनको सुनने के लिए ही तो आए हैं।" उस औरत के साथ ही मंगल दास बैरागी खड़ा था जो कि तरनतारन से आया था। पच्चीस वर्षीय मंगल दास ऊँचा-लम्बा गबरू जवान था। उसके साथ उसके दोस्त भी आए थे तरनतारन से लेकिन वो सब रात से पहले घर पहुँचने की फ़िराक में वापिस चले गए थे। मंगल दास, जो कि सत्याग्रह में बहुत दिलचस्पी रखता था और अमृतसर में बीते दिनों हुईं घटनाओं से वाक़िफ़ था, वहीं रुक गया। उसने सोच लिया था कि रात को यहीं बाग़ में ही सो जाएगा और सुबह तरनतारन चला जाएगा। उसने जब औरत की बात सुनी तो हाथ उठाकर सबसे ख़ामोश होने के लिए कहा। मंगल दास के ऐसा करने का भीड़ पर बहुत प्रभाव हुआ और कुछ ही पलों में सब लोग ख़ामोश होकर हंस राज की बात सुनने लगे।

माइल्स जब राम बाग़ पैलेस पहुँचा तो वहाँ जनरल डायर और चैस्टरटन मौजूद थे। माइल्स, जॉन को वहाँ बुलाना चाहता था मगर इस वक़्त उसके हाथ में कुछ भी नहीं था। जनरल डायर के हाथ में एक खुखरी थी जिसके साथ वो भिन्न-भिन्न तरीकों से वार करने का नाटक कर रहा था।

"दिस इज़ ऐन इन्ट्रस्टिंग वीपन, डोंट यू थिंक सो, माइल्स।" (This is an interesting weapon, don't you think so, Miles.) डायर ने खुखरी माइल्स के सामने रखी। "द गुरखा सोल्जर्स स्वीयर बाय इट। एंड आई हैव सीन दैम यूज़ इट इन क्लोज़ कम्बैट। इट्स लेथल।" (The Gurkha soldiers swear by it. And I have seen them use it in close combat. It's lethal.)

"आई ऐम श्योर इट इज़, सर। बट आई डोंट थिंक यू हैव कॉल्ड मी टू टॉक अबाउट अ वीपन यूज़्ड बाय द गुरखा सोल्जर्स।" (I am sure it is, sir. But I don't think you have called me to talk about a weapon used by the Gurkha soldiers.) माइल्स ने कहा।

"माई बलूची सोल्जर्स आर प्रीटि गुड ऐट क्लोज़ कम्बैट टू। बट दे आर कनिंग सन्ज़ ऑफ़ बिच्चीज़। यू कान्ट टर्न योर बैक टू दोज़। बास्टड्र्स। बट दे आर मर्सिलैस। गुरखास, ऑन द अदर हैंड, आर लॉयल टू द कोर एंड ब्रेव टू।" (My Baluchi soldiers are pretty good at close combat too. But they are cunning sons of bitches. You can't turn your back to those bastards. But they are merciless. Gurkhas, on the other hand, are loyal to the core and brave too.) डायर ने खुखरी को एक बार फिर हाथ में लिया और हवा में लहराया। माइल्स चुप रहा।

डायर ने खुखरी को मेज़ पर रखा और जेब से एक कागज़ निकाला और माइल्स को दिखाया, "टुडे, आई रिसीव्ड अ टेलीग्राम फ्रॉम द गवर्नर। डू यू वॉन्ट टू नो व्हाट इट सेज़?" (Today, I received a telegram from the Governor. Do you want to know what it says?)

"ऐज़ यू प्लीज़, जनरल।" (As you please, General.)

"गवर्नर ओ'ड्वायर हैज़ सैड दैट लाइक अमृतसर, टैंशन इज़ सिमरिंग इन लाहौर ऐज़ वैल। ही हैज़ गिवन स्पैसिफ़िक ऑर्डर्स दैट ऐन एग्ज़ैंपल बी मेड आउट ऑफ़ दिस सिटी। आई एम ऐन आर्मी मैन। आई ऐम ट्रेंड टू फ़ॉलो ऑर्डर्स।" (Governor O'Dwyer has said that like Amritsar, tension is simmering in Lahore as well. He has given specific orders that an example be made out of this city. I am an army man. I am trained to follow orders.) तभी वहाँ उस अंग्रेज़ अफ़सर ने प्रवेश किया जो भारतीय वेशभूषा में कुछ देर पहले जलियांवाले बाग़ में खड़ा था। उसे देखते ही डायर की आँखों में चमक आ गई। उसने कहा, "स्पीकिंग ऑफ़ ऑर्डर्स, हेअर इज़

मिस्टर ब्राउन। आई गेव हिम ऐन ऑर्डर अ कपल ऑफ़ आर्स एगो। व्हाट इज़ द न्यूज़ मिस्टर ब्राउन?" (Speaking of orders, here is Mr. Brown. I gave him an order a couple of hours ago. What is the news Mr. Brown?)

"सर अ लार्ज क्राउड हैज़ गैदर्ड ऐट द जलियांवाला बाग।" (Sir, a large crowd has gathered at the Jallian wala bagh.)

"कुड यू पुट अ नंबर, ऐन एस्टीमेट, हाऊ मैनी?" (Could you put a number, an estimate, how many?)

"कुड बी मोर देन ट्वेन्टी थाउज़ेड।" (Could be more than twenty thousand.)

"डिड यू हीयर दैट माइल्स?" (Did you hear that Miles?) डायर ने दाँत भींचकर कहा, "डिसपाइट माई वार्निंग्स, डिसपाइट माई ऑर्डर्स, डिसपाइट द फ़ैक्ट दैट आई पर्सनली वैन्ट फ्रॉम प्लेस टू प्लेस इन दिस सिटी टैलिंग दैम टू स्टे होम, दे हैव वैन्चर्ड आउट। आई वुड कॉल इट म्यूटिनी। व्हाट वुड यू कॉल इट, मिस्टर डिप्टी कमिश्नर?" Despite my warnings, despite my orders, despite the fact that I personally went from place to place in this city telling them to stay home, they have ventured out. I would call it mutiny. What would you call it, Mr. Deputy Commisioner?)

डायर की बात सुनकर, माइल्स को उसकी नीयत का अंदेशा हो गया। डायर जो करने वाला था उसे सोच कर ही माइल्स काँप गया, उसने दलील पेश की, "जनरल, यू कुड नॉट गो ऑल द एरियाज़ ऑफ़ द सिटी एस्पैशली इन द ईस्टर्न एंड साउथर्न पार्ट ऑफ़ द सिटी। ऑल्सो, पीपल फ्रॉम नीयरबाय विलेजिस एंड टाउन्स विल ऑल्सो थरॉन्ग द गोल्डन टैम्पल टुडे। इट इज़ अ मेजर फ़ैस्टिवल। दे विल कम टू प्रे, कम व्हाट मे!" (General, you could not go all the areas of the city especially in the Eastern and Southern part of the city. Also, people from nearby villages and towns will also throng the Golden temple today. It is a major festival. They will come to pray, come what may!)

"कम व्हाट मे? कम व्हाट मे, यू से माइल्स।" (Come what may? Come what may, you say Miles.) डायर, माइल्स के सामने आकर खड़ा हो गया। "दिस इज़ नॉट द एटीट्यूड विद विच एम्पायर्स आर एस्टैब्लिश्ड एंड गवर्न्ड। वी रूल दिस, लैंड। एंड पीपल ऑफ़ दिस लैंड विल डू व्हाट वी से। दैट इज़ कॉल्ड कंट्रोल। द डे वी लॉस कंट्रोल, वी लॉस द अंपायर।" (This is not the attitude with which empires are established and governed. We rule this land. And people of this land will do what we say. That is called control. The day we lose control, we lose the empire.)

"आई अंडरस्टैंड दैट जनरल, बट..." (I understand that General, but...)

"नो इफ़्स एंड नो बट्स माइल्स। दे हैव बीन वार्न्ड। दे चोज़ टू इग्नोर माई वार्निंग्स एंड नाओ दे विल बी टॉट अ लैसन। अ लैसन दे विल नैवर फ़ॉरगेट, एंड नोर विल हिस्ट्री एवर फ़ॉरगेट इट। आफ़्टर टुडे, नो नेटिव लिविंग इन द एम्पायर विल क्वैश्चन अवर डिसीज़न, और डेअर टू रेज़ हिज़ वॉयस। वी विल रूल हेअर टिल किंगडम कम।" (No ifs and no buts Miles. They have been warned. They chose to ignore my warnings and now they will be taught a lesson. A lesson they will never forget, and nor will history ever forget it. After today, no native living in the empire will question our decision, or dare to raise his voice. We will rule here till Kingdom come.) डायर ने चैस्टरटन से पूछा, "चैस्टरटन, आर द ट्रुप्स रेडी?" (Chesterton, Are the troops ready?)

"यैस सर।" (Yes, sir.) चैस्टरटन ने कहा।

"सी' मॉन मिस्टर डिप्टी कमिश्नर। लैट मी शो यू हाऊ टू एस्टैब्लिश कंट्रोल।" (C'mon Mr. Deputy Commisioner. Let me show you how to establish control.) डायर तेज़ी से बाहर निकल गया। माइल्स भी उसके पीछे चल दिया।

उधर जलियांवाले बाग़ में हंस राज ने अपनी तक़रीर शुरू की, "साथियो, आज बैसाखी के पावन मौके पर हम सब लोग यहाँ एकत्र हुए हैं, अंग्रेज़ सरकार को यह बताने के लिए कि हम उनके बनाए हुए काले कानून, रौलेट ऐक्ट का पुरज़ोर शब्दों में विरोध करते हैं।"

हंस राज की बात सुनकर राजू ने कहा, "शहर में मार्शल लॉ लगा दिया गया है। हम कब तक शब्दों से ही विरोध करते रहेंगे।"

"मार्शल लॉ की तो सिर्फ़ अफ़वाह है। हमें ऐसा कोई दस्तावेज़ नहीं सौंपा गया है," हंस राज ने कहा तो सभी लोग हैरानी के साथ उसकी ओर देखने लगे। हेमराज नाम का एक व्यक्ति जो अमृतसर के सुल्तानविंड का रहने वाला था, बोला, "दस तारीख़ के बाद से जो कुछ शहर में हो रहा है, उसके बाद भी क्या आपको शक़ है कि शहर में मार्शल लॉ लागू हो चुका है?"

"दस तारीख़ को जो भी हुआ, वो बहुत दुर्भाग्यपूर्ण था। ऐसा दोबारा न हो, इसलिए ज़रूरी है कि हम शांति बनाए रखें और अहिंसा का साथ न छोड़ें," हंस राज ने कहा। उसे महसूस हो रहा था कि भीड़ पर से उसका नियंत्रण ख़त्म हो रहा है। राजू ने फिर से कहा, "हमारे भाई-बंधु गोली से उड़ा दिए, हमें पेट के बल रेंगने के लिए मजबूर किया जा रहा है और आप कहते हैं कि हम शांत रहें?"

"हमें गाँधी जी के बताए सत्याग्रह के रास्ते से नहीं भटकना है," हंस राज को लगा कि शायद गाँधी जी का नाम लेने से लोग उसकी बात सुन लेंगे। उसकी बात के जवाब में नीरू ने कहा, "गाँधी जी की हम सब इज़्ज़त करते हैं, परन्तु क्या अहिंसात्मक सत्याग्रह बर्बरियत के आगे कामयाब हो सकता है?"

नीरू की बात सुनते ही उद्धम सिंह ने साधु सिंह से कहा, "वीरे यही तो मैं भी पूछ रहा था कल बाबा जी से।"

स्टेज पर एक पत्रकार दुर्गा दास भी मौजूद था। उसने नीरू की बात के जवाब में कहा, "तुम्हारी बात ठीक है बेटी। लेकिन यह भी एक हक़ीक़त है कि हिंसा से हम अपनी कोई भी बात नहीं मनवा सकते।"

"एडिटर साहब," नीरू ने कहा, "अब बातें मनवाने का वक़्त नहीं है। आज आप यहाँ से घोषणा करें कि आज से काँग्रेस, भारत की सम्पूर्ण आज़ादी के लिए संघर्ष करेगी।"

"बिलकुल ठीक, अब बातचीत नहीं, आज़ादी की जंग होनी चाहिए," भीड़ में से एक आवाज़ आई। यह आवाज़ बीस वर्षीय अब्दुल्ला की थी जो अमृतसर में लोहार का काम करता था। अब्दुल्ला की बात सुनकर सब लोग एक साथ बोल उठे, "हाँ-हाँ, यही ठीक है।"

"हम रौलेट ऐक्ट का नहीं, अंग्रेज़ी हुकूमत का विरोध करते हैं," नीरू ने कहा तो सियालकोट से आए साठ वर्षीय भगत राम ने नारा लगाया, "भारत माता की!"

"जय!" लोग एक स्वर में बोले।

लोगों का रुख देखकर हंस राज असहज हो उठा था।

उसने अपनी जेब में से घड़ी निकाली और समय देखा।

4:00

डायर, माइल्स और चैस्टरटन एक कार में सवार होकर राम बाग़ पैलेस से निकले और गोबिंदगढ़ क़िले में पहुँचे, वहाँ पर डायर के आदेशानुसार बलोच और गोरखा फ़ौजियों की टुकड़ियाँ तैयार थीं। दो बख्तरबंद गाड़ियाँ भी अपनी मशीनगनों के साथ तैयार खड़ी थीं। क़िले में पहुँचकर चैस्टरटन कार से उतरा और वहाँ पर खड़ी एक मोटरसाइकिल पर सवार हो गया। डायर ने कार से उतर कर फ़ौज का निरीक्षण किया। पूरी तसल्ली कर लेने के बाद उसने चैस्टरटन को इशारा किया, चैस्टरटन मोटरसाइकिल लेकर आगे चल पड़ा। उसके पीछे डायर की कार जिसमें माइल्स भी बैठा था, कार के पीछे बख्तरबंद गाड़ियाँ और उन गाड़ियों के पीछे ली एनफ़ील्ड राइफ़लों से लैस पच्चास पैदल फ़ौजी। इनमें से पच्चीस गोरखा फ़ौजी थे और पच्चीस बलूची। उनके पीछे चालीस गोरखा फ़ौजी और थे जो खुखरियों से लैस थे। जनरल डायर ने इन्हें ख़ास तौर पर रखा कि यदि जलियांवाले बाग़ के प्रदर्शनकारियों के साथ दो-दो हाथ करने की नौबत आई तो ख़ुखरियों के इस्तेमाल में माहिर ये गोरखे बहुत घातक सिद्ध हो सकते थे।

डायर का कारवां रेलवे कैरिज पुल से होता हुआ हॉल गेट पहुँचा और हॉल बाज़ार पार करके टाउन हॉल में दाखिल हुआ। एक सन्तरी ने कार का दरवाज़ा खोला। डायर कार से बाहर आया। माइल्स भी जल्दी से कार से नीचे उतर गया। माइल्स ने दफ़्तर की ओर जाने के लिए कदम बढ़ाया, लेकिन डायर वहीं बाहर ही खड़ा रहा। फिर उसने अपनी जेब में से घड़ी निकाली और वक़्त देखा।

4:30

जलियांवाले बाग़ में दुर्गा दास का भाषण चल रहा था।

"जिस तरह गाँधी जी पूरे देश के नेता हैं, उसी तरह डॉक्टर किचलू और डॉक्टर सतपाल हमारे शहर के हरमन प्यारे नेता हैं। हम किसी भी हाल में यह सहन नहीं करेंगे कि बिना कसूर उन दोनों को बंदी बनाकर सौ मील दूर धर्मशाला में क़ैद कर दिया जाए। इसलिए मैं यहाँ आप सबकी सहमति से एक प्रस्ताव पारित करना चाहता हूँ। और मुझे उम्मीद है कि हंस राज जी भी इससे सहमत होंगे," दुर्गा दास ने हंस राज की ओर देखा तो हंस राज वहाँ मौजूद ही नहीं था। "अरे, हंस राज जी कहाँ चले गए?"

''वो अभी कुछ देर पहले स्टेज से उतर कर बाहर की तरफ़ गए थे,'' छज्जू राम बोला।

''शायद पानी पीने गए होंगे,'' धेरु गुज्जर जो कि अमृतसर में भगतांवाले गेट के पास रहता था, बोला।

''या फिर निकालने, मेरा मतलब मूतने गए होंगे। ऐसी हालत में कई बार निकल ही जाता है—मूत,'' बेगोवाल निवासी इन्दर सिंह ने जब यह बात कही तो बाग़ में ठहाके गूँज गए। यही तो सबसे बड़ी खूबी है मेरे इस शहर के लोगों में। माहौल कितना भी तनावपूर्ण हो, ये कोई-न-कोई वजह ढूँढ़ ही लेते हैं उसे हल्का बनाने की।

हंस राज बाग़ से बाहर आया। उसने घंटा घर की ओर देखा।

4:40

वो तेज़ी से कदम बढ़ाता हुआ टाउन हॉल की तरफ़ चल पड़ा। पाँच मिनट बाद हंस राज ने टाउन हॉल के प्रांगण में प्रवेश किया। हंस राज को देखते ही डायर के चेहरे पर चमक आ गई। उसने चैस्टरटन को आदेश दिया, ''चैस्टरटन, लेट्स मूव।'' (Chesterton, let's move.)

''यैस, सर।'' (Yes,Sir.)

माइल्स ने डायर को रोकने की एक आखिरी कोशिश की, ''जनरल, आई थिंक वी शुड टॉक टू द गवर्नर बिफ़ोर प्रोसीडिंग फ़रदर।'' (General, I think we should talk to the Governor before proceeding further.)

''वाय डू यू कीप फ़ॉरगैटिंग, मिस्टर अरविंग।'' (Why do you keep forgetting, Mr. Irving,) डायर ने जेब से ओ'ड्वायर का तार निकाला, ''दैट आई हैव क्लीयर इंस्ट्रक्शंस फ्रॉम द गवर्नर, एंड आई हैव ऑलरेडी टोल्ड यू व्हाट दोज़ इंस्ट्रक्शंस आर। टू टीच द पीपल ऑफ़ अमृतसर अ लैसन दैट दे विल नैवर फ़ॉरगैट। आई डोंट वॉन्ट टू वेस्ट हिज़ एक्सलैंसी'स प्रीशियस टाइम इन यूज़लैस चैटर एंड आई ऐम श्योर यू वुडन्ट वॉन्ट दैट इदर।'' (that I have clear instructions from the Governor, and I have already told you what those instructions are. To teach the people of Amritsar a lesson that they will never forget. I don't want to waste His Excellency's precious time in useless chatter and I am sure you wouldn't want that either.) फिर उसने सैनिकों को आदेश दिया, ''लैट्स गो।'' (Let's go.)

डायर कार में बैठा। उसने माइल्स की ओर देखा। माइल्स वहीं बरामदे में ही खड़ा रहा। चैस्टरटन आ कर डायर के साथ बैठ गया। कार टाउन हॉल से बाहर निकल गई। माइल्स कुछ देर वहीं खड़ा रहा और फिर वो अपने दफ़्तर में चला गया।

टाउन हॉल और जलियांवाले बाग के बीच का तीन सौ मीटर का फ़ासला लोगों से भरा पड़ा था। लोग अभी भी श्री हरिमंदिर साहब की ओर जा रहे थे। कुछ लोग वहाँ माथा टेकने के बाद अपने घरों की ओर जा रहे थे। कुछ जलियांवाले बाग़ में जाने की सोच रहे थे। कुछ वहाँ से बाहर आ रहे थे। टाउन हॉल से बाहर आते ही डायर के कारवां को भीड़ भरे रास्ते का सामना करना पड़ा। इसकी वजह से कारवां इंच-इंच करके आगे बढ़ रहा था। डायर का सब्र जवाब दे रहा था। उसने गोरखा सैनिकों को हुक्म दिया, ''क्लीयर द वे फ़ास्टर। इफ़ दे डोंट लिसन, यूज़ द खुखरी। आई डोंट वॉन्ट टू वेस्ट ऐनी मोर टाइम।'' (Clear the way faster. If they don't listen, use the khukri. I don't want to waste any more time.) डायर ने घड़ी देखी।

5:00

माइल्स ने दफ़्तर जाकर गवर्नर ओ'ड्वायर को फ़ोन लगाया। ओ'ड्वायर ने जैसे ही फ़ोन उठाया, माइल्स ने घबराई हुई आवाज़ में कहा, ''योर एक्सलैंसी, जनरल डायर सीम्स टू बी हैल बैन्ट अपॉन फ़ायरिग ऑन अ क्राउड ऑफ़ थाउज़ैंड्स ऑफ़ पीपल्स। ही हैज़ ईवन इम्प्लॉयड आर्मर्ड व्हीकल्स विद मशीनगन्स ऑन टॉप ऑफ़ दैम। सर, इट विल बी अ मैसकर।'' (Your Excellency, General Dyer seems to be hell bent upon firing on a crowd of thousands of people. He has even employed armoured vehicles with machineguns on top of them. Sir, it will be a massacre.)

माइल्स की बात सुनकर ओ'ड्वायर ने कहा, ''मिस्टर अरविंग आई बिलीव यू हैव फ़ॉरगोटन दैट अमृतसर इज़ अंडर मार्शल लॉ एंड जनरल डायर हैज़ ऑल द पॉवर्स टू गवर्न द सिटी ऐज़ ही डीम्स फ़िट। ही इन्जॉयस माई फ़ुल सपोर्ट।'' (Mr. Irving, I believe you have forgotten that Amritsar is under Martial law and General Dyer has all the powers to govern the city as he deems fit. He enjoys my full support.)

माइल्स ने एक लम्बी सांस भरी और अपने अंदर मौजूद तमाम हिम्मत को

जुटाकर बोला, "पार्डन मी सर, बट आई ऐम यैट टू रिसीव रिटन ऑर्डर्स फ्रॉम योर ऑफ़िस सेइंग दैट अमृतसर हैज़ बीन पुट अंडर मार्शल लॉ।" (Pardon me sir, but I am yet to receive written orders from your office saying that Amritsar has been put under Martial law.)

"आई हैव डिस्पैच्ड दोज़ ऑर्डर्स टू यू। यू विल रिसीव दैम टुमोरो।" (I have dispatched those orders to you. You will receive them tomorrow.)

"सो, लीगली स्पीकिंग अमृतसर इज़ स्टिल अंडर माई कंट्रोल, सर। द मार्शल लॉ इज़ नॉट इन इफ़ैक्ट।" (So, legally speaking Amritsar is still under my control, sir. The martial law is not in effect.)

"इफ़ द सिटी वॉज़ अंडर योर कंट्रोल, वी वुड नॉट हैव सैंट जनरल डायर टू अमृतसर। लैट अस नॉट गैट इन टू टैक्निकैलिटीज़ माइल्स। लैट द जनरल डू व्हाट ही थिंक्स इज़ द बैस्ट कोर्स ऑफ़ एक्शन टू ब्रिंग द सिचुएशन अंडर कंट्रोल।" (If the city was under your control, we would not have sent General Dyer to Amritsar. Let us not get into technicalities Miles. Let the General do what he thinks is the best course of action to bring the situation under control.)

ओ'ड्वायर ने फ़ोन काट दिया।

उधर डायर का हुक्म मिलते ही कुछ गोरखा सैनिकों ने खुखरियाँ निकालीं और भीड़ को तितर-बितर करने लगे। डायर की कार चौक फ़व्वारा पहुँची तो वहाँ पर लगे हुए महारानी विक्टोरिया के बुत को देखकर डायर की आँखों में चमक आ गई और उसने मन-ही-मन उस बुत को सलाम किया। कुछ ही पलों में कारवाँ जलियांवाला बाग़ के सामने था। डायर की कार जब बाग़ के सामने रुकी तो उसका मुँह पश्चिम की ओर था। उसके ठीक सामने घंटा घर था। डायर ने घंटा घर की घड़ी को देखा।

5:05

डायर बाग़ के उत्तरी दरवाज़े पर खड़ा था। बाग़ में अंदर आने-जाने का यह सबसे चौड़ा रास्ता था मगर यह रास्ता भी बस इतना ही चौड़ा था कि दो लोग ही आसानी से इसमें एक साथ चल सकते थे। डायर के साथ आई बख्तरबंद गाड़ियों के लिए इस रास्ते से चलकर अंदर जाना नामुमकिन था। एक बार तो उसके मन में आया कि बाग़ के चारों ओर चक्कर लगाकर देखे कि शायद कहीं से कोई ऐसा रास्ता मिल जाए जिसमें से वो मशीनगनों को अंदर ले जा

सके। लेकिन उसकी मौजूदगी से पैदा हुई हलचल कभी भी एक भगदड़ का रूप हासिल कर सकती थी। ऐसे में अमृतसरियों को सबक सिखाने की उसकी योजना धरी की धरी रह जाती। डायर अभी स्थिति का जायज़ा ले ही रहा था कि कुछ लोग बाग़ से बाहर निकले। वो जानता था कि सूरज अस्त होने से पहले ही लोग अपने-अपने घरों को जाने की कोशिश करेंगे। ऐसे में अगर जलसा ख़त्म हो गया तो हज़ारों लोगों का रेला बाहर निकलेगा जिसे खुखरीधारी गोरखे भी रोक न पाएंगे। डायर ने एक पल भी बर्बाद किये बिना बाग़ में घुसने का निश्चय किया, उसने चैस्टरटन को निर्देश दिया कि वो बख्तरबंद गाड़ियों के साथ बाग़ के बाहर मोर्चा संभाल ले और जैसे ही कोई बाहर निकलने की कोशिश करे, उसे गोली मार दे। उसके बाद वो उस संकरे रास्ते से बाग़ में घुसा। उसके पीछे खुखरीधारी गोरखे थे और उनके पीछे राइफ़लधारी गोरखा और बलोच सैनिक। बाग़ में प्रविष्ट होते ही डायर ने खुखरीधारियों को आदेश दिया कि वो प्रवेश द्वार के पास खड़े हर व्यक्ति को वहाँ से हटा दें।

जनरल का आदेश पाते ही हवा में खुखरियाँ लहराईं और भयभीत नागरिक सैनिकों से दूर हटकर खड़े हो गए। फ़ौजियों की आमद के साथ ही स्टेज पर बैठे नेताओं और उनके साथ-साथ बाकी सबकी निगाहें भी उनकी ओर घूम गईं।

फ़ौजियों और प्रदर्शनकारियों के बीच तकरीबन पच्चीस गज़ का फ़ासला था। डायर की कमांड पर राइफ़लधारी सैनिक दो कतारों में खड़े हो गए। अगली वाली कतार के सैनिक एक घुटना ज़मीन पर टिकाकर नीचे हो गए जिससे कि उनकी पिछली वाली कतार के सैनिकों को गोली चलाने और निशाना लेने में कोई बाधा न हो। डायर ने फिर से कमांड दी और सभी सैनिकों की बंदूकें भीड़ की ओर तन गईं।

इस वक़्त तक सब लोग खड़े हो चुके थे। सबके मन में एक जैसे ही सवाल थे—

"यह क्या हो रहा है?"

"क्या हज़ारों की भीड़ पर यह गोली चलाएगा?"

आने वाली विपदा को भांप कर अस्सी वर्षीय प्रताप अरोड़ा जो अमृतसर में भाई का कटड़ा का रहने वाला था, अपने दोनों हाथ उठा भीड़ में से निकला। इससे पहले कि वो कुछ कह पाता, डायर ने कमांड दी,

"फ़ायर!" (Fire!)

पचास गोलियाँ ली एनफ़ील्ड राइफ़लों से निकलीं और दहकते अंगारों की तरह पचास भारतीय शरीरों में प्रवेश कर गईं। प्रताप सबसे पहले ज़मीन पर गिरा। गोली उसके पेट में लगी। सफ़ेद कुर्ते पर एक सुर्ख गोला उभरा और बूढ़ी हड्डियाँ चरमरा कर धराशायी हो गईं। प्रताप की पगड़ी छिटककर दूर जा गिरी। पहले राउंड में शहीद होने वालों में पंद्रह वर्षीय सुन्दर सिंह भी था। सुन्दर अपने नाम के अनुरूप बहुत ही खूबसूरत चित्र भी बनाता था। उस दिन भी वो गुरु गोबिंद सिंह से संबंधित एक युद्ध के मंज़र के चित्र की रूपरेखा बना रहा था, जब बल्लो हलवाई की मुनादी सुनकर वो चित्र को अधूरा छोड़कर जलियांवाले बाग़ में चला गया था। उसका वो अधूरा चित्र आज भी अमृतसर की एक आर्ट गैलरी में पड़ा उसका इंतज़ार कर रहा है।

गोली चलते ही राजू ने नीरू की ओर देखा, परन्तु नीरू वहाँ से गायब थी। लोगों को जिधर भी सूझा, उन्होंने उधर ही बेतहाशा भागना शुरू कर दिया। मगर दीवार से घिरे उस मैदान में छुपने की कोई जगह ही नहीं थी। मैदान से बाहर जाने वाले सभी दरवाज़ों को चैस्टरटन ने बंद करवा दिया था।

पहला राउंड चलाने के बाद फ़ौजियों ने राइफ़लों के बोल्ट को शिफ़्ट किया। कड़ाक, कड़ाक की ताल के साथ राइफ़लें फिर से आग उगलने को तैयार हो गईं। पचास गोलियाँ फिर से निकलीं अपने शिकार ढूँढ़ने। हज़ारों की भीड़ में उन गोलियों को अपने शिकार बहुत ही आसानी से मिल रहे थे। जैसे गिद्धों के समूह को महामारी से पीड़ित किसी गाँव का पता मिल गया हो, वैसे ही अंग्रेज़ सरकार की तनख्वाह पर पलने वाले ये भारतीय फ़ौजी अपने ही हमवतनों पर टूट पड़े थे। राइफ़लधारियों के दोनों ओर खुखरीधारी खड़े थे कि कहीं कोई गोलियों से बचकर निकलना भी चाहे तो उसे खुखरी के वार से वहीं ढेर कर दें। काश! कलयुग की इस कौरव सेना में कोई एक युयुत्सु होता तो उस दिन का इतिहास ही कुछ और होता।

जब गोलियाँ चलनी शुरू हुईं तो उद्धम सिंह और साधु सिंह कुएँ से पानी खींच रहे थे। गोली की आवाज़ सुनते ही, उद्धम ने रस्सी छोड़ी और मुंडेर से कूदकर भीड़ की ओर भागा। साधु ने उसे आवाज़ दी, मगर भीड़ की चीख-चिल्लाहट के बीच उसकी आवाज़ दब गई। उद्धम के चारों तरफ़ लोग इधर-उधर भाग रहे थे। सौ गोलियाँ चल चुकी थीं और सौ लोग ज़मीन पर गिरे पड़े थे। उद्धम का दिमाग पल भर के लिए सुन्न हो गया।

उधर राइफ़लों के बोल्ट फिर शिफ़्ट हुए। गोलियाँ फिर चलीं। इस बार भी सरकार की एक भी गोली बर्बाद नहीं हुई। लोपोके की रहने वाली बीबी हर कौर, जिसने हंस राज के भाषण के समय अपनी गोद में लिए बच्चे को चुप कराया था, कुएँ की तरफ़ भाग रही थी कि इस तीसरे राउंड की एक गोली उसकी पीठ पर लगी और उसके जिस्म के आर-पार होकर उसके सीने से चिपटे बच्चे के जिस्म में भी धंस गई। हर कौर ज़मीन पर गिरी तो उसके सामने उद्धम सिंह खड़ा था। गिरते-गिरते हर कौर ने अपना बच्चा उद्धम सिंह को थमा दिया। वो अभी भी सकते में था कि गोलियाँ फिर चलीं। इससे पहले कि कोई गोली उद्धम तक पहुँचती, उसे एक धक्का लगा और वो ज़मीन पर गिर पड़ा।

उद्धम ने बच्चे को कसकर पकड़े रखा। बच्चे के सीने से ख़ून निकल रहा था पर गनीमत थी कि गोली ने महज़ उसकी चमड़ी की बाहरी सतह को ही नुकसान पहुँचाया था। ज़मीन पर गिरे उद्धम के कानों में एक लड़की की आवाज़ पड़ी, "जल्दी से उठो वर्ना कुचले जाओगे।" यह आवाज़ नीरू की थी। उसने उद्धम से बच्चा लिया और कुएँ की ओर भागी। उद्धम फिर से उठा और स्टेज की ओर भागा जहाँ राजू छज्जू राम के सीने से निकलते खून को रोकने में लगा था।

स्टेज के पीछे बाग़ के पूर्व की ओर की दीवार थोड़ी नीची थी। लेकिन इतनी नीची भी नहीं थी कि आम इंसान आसानी से उसे फाँद सके। उद्धम सिंह दीवार के पास पहुँचा और उसने चिल्लाकर लोगों को अपनी ओर बुलाया। कुछ लोगों के कानों में उसकी बात पड़ी तो उन्हें भी उस दीवार की कम ऊंचाई का एहसास हुआ। सैकड़ों लोग दीवार के उस हिस्से की तरफ़ भागे। उद्धम सिंह ने अपनी हथेलियों को ऊपर की ओर करके अपने हाथों की उंगलियों को एक-दूसरे में फँसा कर एक तश्तरी बना ली। सबसे पहले उसके पास ग़ुलाम मुस्तफ़ा नाम का एक व्यक्ति आया। बीस वर्षीय ग़ुलाम मुस्तफ़ा कश्मीरी था और कटड़ा जैमल सिंह में ज़री का काम करता था। उसने उद्धम सिंह के हाथों पर पैर रखा और उचककर दीवार पर चढ़ गया। वो दीवार फाँदने ही वाला था कि उसकी नज़र बारह साल के नन्द लाल पर पड़ी। नन्द लाल अपने पिता शिव दयाल के साथ जलसे में आया था, लेकिन इस भगदड़ में वो अपने पिता से बिछुड़ गया था। ग़ुलाम मुस्तफ़ा ने नन्द लाल को उद्धम के हाथों पर पैर रखके ऊपर आने को कहा। वो जानता था कि वो छोटा बच्चा दो लोगों की सहायता

के बिना दीवार नहीं फाँद पाएगा। उद्धम की देखा-देखी और लोग भी दीवार के साथ लग कर दूसरे लोगों को दीवार के पार पहुँचाने की कोशिश में लगे थे। नन्द लाल ने उद्धम के हाथों पर पैर रखे और हवा में उछल कर ग़ुलाम मुस्तफ़ा के बढ़े हुए हाथों की ओर बढ़ा लेकिन तभी गोलियों का चौथा राउंड निकला। बंदूकों की दिशा उस दीवार की ओर थी जहाँ उद्धम खड़ा था। .303 की एक गोली तिरछे कोण में नन्द लाल की कमर में लगी और उसके दिल को बेधती हुई उसके कंधे से निकल गई। ग़ुलाम मुस्तफ़ा के बढ़े हुए हाथ वैसे ही रह गए और नन्द लाल ज़मीन पर गिर पड़ा। उसी वक़्त एक गोली ग़ुलाम मुस्तफ़ा की गर्दन पर भी लगी और वो दीवार के दूसरी ओर गली में गिर पड़ा।

गोलियों की पहली बौछार के साथ ही तरनतारन का मंगल दास बैरागी भागकर एक कीकर के पेड़ के पीछे छुप गया। गोलियाँ उसके आजू-बाजू से निकल रही थीं और एक के बाद एक लाशों के ढेर लग रहे थे। बाग़ में बहुत थोड़े से पेड़ थे लेकिन उनकी ओट में छुपने की कोशिश करने वाले लोग हज़ारों। तभी मंगल दास ने एक औरत को पेड़ की ओर भागते देखा। जैसे ही वो औरत पेड़ के करीब पहुँची तो मंगल ने खींच कर उसे पेड़ की ओट में कर दिया और खुद खुले मैदान में आ गया। उसी वक़्त बंदूकें फिर गरजीं और एक गोली मंगल दास की कमर की दाईं हड्डी में धँस गई। कसरती शरीर का मालिक मंगल उस गोली के प्रहार को सह गया। उसने पेड़ पर चढ़ने का विचार किया। लेकिन तभी पेड़ से एक लाश गिरी। उसकी कनपटी पर गोली लगी थी। पेड़ पर चढ़ने का इरादा छोड़कर मंगल पूर्वी दीवार की ओर भागा। तभी गोलियों का एक और रेला प्रदर्शनकारियों की ओर चला। पचास लोग फिर ज़मीन पर गिरे। मंगल दीवार की तरफ़ भागता रहा और उद्धम सिंह के पास जाकर खड़ा हो गया। अपने लम्बे कद का फ़ायदा उठाकर वो लोगों को दीवार पार करवाने में उनकी मदद करने लगा। उसकी कमर से खून लगातार निकल रहा था, लेकिन मंगल दास तब तक लोगों को दीवार पार करवाता रहा जब तक कि अत्यधिक खून निकल जाने के कारण वो बेहोश होकर गिर न पड़ा।

जब बंदूकों की दिशा पूर्व की ओर हुई तो लोग पश्चिमी दीवार की ओर भागे। हालाँकि यह दीवार ज़्यादा ऊँची थी लेकिन फिर भी अपनी जान बचाने के लिए लोग हर तिनके का सहारा लेने को तैयार थे। जब पश्चिमी दीवार की ओर

भीड़ बढ़ गई तो डायर ने फिर कमांड दी, ''ऐम टू द राईट। शूट टू किल।'' (Aim to the right. Shoot to kill.)

गले के ठीक नीचे दोनों तरफ़ की पसलियों को जो हड्डी जोड़ती है, जिसे उरास्थि कहते हैं, ठीक वहीं पर छज्जू राम को गोली लगी थी। गोली अगर ज़रा-सी भी ऊपर लगती तो छज्जू राम की तत्क्षण मृत्यु हो जाती। मगर गोली उसकी हड्डी में धंस गई थी। जब छज्जू को गोली लगी तो वो स्टेज से नीचे उतर रहा था। गोली लगते ही वो ज़मीन पर गिरा। राजू उसके सामने था। राजू ने अपनी कमीज़ उतारी और उसे छज्जू राम के ज़ख्म पर रख दिया। पल भर के लिए छज्जू राम की आँखों के आगे अँधेरा छाया रहा। परन्तु जब गोलियों की छठी बार बौछार हुई तो छज्जू राम को थोड़ा होश आया। उसने राजू से कहा, ''मैं ठीक हूँ। तुम अपनी जान बचाओ।''

''मैं आपको इस हाल में नहीं छोड़ सकता,'' राजू ने कहा।

''मैं अपने आपको संभाल सकता हूँ। तुम या तो अपनी जान बचाओ या फिर जाकर उनकी मदद करो जिन्हें सच में इसकी ज़रूरत है। अब जाओ।''

छज्जू राम की बात सुनकर राजू उठा। एक गोली उसके बालों को चीरती हुई निकली और नौ वर्षीय सोहन लाल के चेहरे को भेद गई। सोहन लाल का चेहरा जैसे धड़ से गायब हो गया। राजू दम भर के लिए ग़श खा गया। फिर उसने खुद को संभाला। हर तरफ़ उसे दौड़ती-भागती टाँगें, चीखते-चिल्लाते चेहरे और खून से भरे जिस्म दिख रहे थे। राजू ने अपनी निगाह बंदूकों की ओर घुमाई। 'क्या इनमें से किसी एक बन्दूक को शांत कर सकता हूँ मैं?' शूं-शूं की आवाज़ करती हुईं गोलियाँ उसके आस-पास से गुज़र रही थीं। बंदूकें दम भर के लिए भी खामोश नहीं हो रही थीं। बंदूकों का रुख अब बाग़ के पूर्व की ओर स्थित कुएँ की तरफ़ था, जिसमें कई लोग अपनी जानें बचाने लिए कूद रहे थे। राजू पश्चिमी दीवार की ओर गया, और दीवार के साथ-साथ रेंगता हुआ फ़ौजियों की ओर बढ़ा।

उद्धम तो साधु सिंह की आवाज़ को अनसुना करके भीड़ की तरफ़ भाग गया था लेकिन साधु वहीं कुएँ के पास ही खड़ा रहा। जब सब ओर गोलियों की बौछार होने लगी तो बहुत से लोग अपनी जान बचाने के लिए कुएँ की ओर भागे। सबसे पहले कुएँ में कूदने वाली ज्ञान कौर थी जो अपने 9 वर्षीय भतीजे नत्थू के साथ श्री हरिमंदिर साहब में माथा टेकने आई थी और उसी भतीजे की

ज़िद पर मेला देखने की गरज़ से जलियांवाले बाग़ में आ गई थी। दोनों बुआ-भतीजा जब कुएँ में कूदने लगे तो साधु ने उन्हें रस्सी दी और कहा, ''इस रस्सी का साथ मत छोड़ना। मैं बाद में तुम दोनों को ऊपर खींच लूँगा। ज्ञान कौर ने एक हाथ में नत्थू को उठाया और दूसरे हाथ में रस्सी को पकड़ कर कुएँ में कूद गई। ज्ञान कौर को तैरना नहीं आता था। लेकिन उसने रस्सी को नहीं छोड़ा और पल भर पानी के अंदर रहने के बाद वो सतह पर आ गई। नत्थू अभी भी उसके हाथ में था। लेकिन तभी ऊपर से एक और शरीर नीचे आया जो सीधा नत्थू पर आकर गिरा। ज्ञान कौर के हाथ से नत्थू छूट गया। उसके मुँह से एक चीख निकली लेकिन वो चीख गोलियों की आवाज़ों और एक के बाद एक कुएँ में कूदते लोगों की चीखों में खो गई। बीस फ़ीट चौड़े उस कुएँ में उस दिन एक सौ बीस लोगों ने अपनी जान बचाने की गरज़ से छलाँग लगाई लेकिन उन सबकी चीखें उस कुएँ की गहराइयों में समा गईं। आज भी कभी-कभी जब मैं उस सूखे कुएँ के पास होता हूँ तो मुझे, ज्ञान कौर की, नत्थू की, हीरा नन्द की, बिशन दास की, चुन्नी लाल की, नूर मोहम्मद की, हामिद, बिल्ले और न जाने किन-किन की चीखें सुनाई देती हैं।

डायर के तेवर और प्रताप अरोड़ा को शहीद होते देख नीरू वहाँ होने वाले नरसंहार को भांप गई थी। पहले ही राउंड की एक गोली, नीरू की बाँह को छूती हुई दुर्गा दास की टाँग में लगी थी। नीरू दुर्गा दास को खींचकर स्टेज के दूसरी ओर चली गई। वहाँ उसने दुर्गा दास के घाव को पास ही ज़मीन पर गिरी एक पगड़ी से ढका और वहाँ से भाग कर कुएँ की ओर गई। रास्ते में उसे उद्धम सिंह मिला। उसके हाथों में एक छोटा बच्चा था। नीरू ने उद्धम से बच्चा लिया और फिर कुएँ की ओर भागी। कुएँ के पास साधु सिंह खड़ा था। नीरू ने पल भर के लिए कुएँ में कूदने का विचार किया, लेकिन उस विचार को त्याग कर वो बच्चे को उठा तेज़ी से बाग़ के दक्षिण की ओर भागी। वो गोलियों की ज़द से दूर से दूर हो जाना चाहती थी, लेकिन ली एनफ़ील्ड से धड़ाधड़ निकलती .303 की गोलियों से बाग़ का कोई भी हिस्सा सुरक्षित नहीं था। बाग़ के सुदूर दक्षिणी हिस्से में पहुँचकर नीरू दीवार के साथ सटकर लेट गई। बच्चे को उसने अपने सीने से लगाए रखा। बच्चे के सीने से निकलता खून नीरू के सीने को लाल कर रहा था और नीरू के सीने का दबाव बच्चे के खून को रोक रहा था। पंद्रह राउंड गोलियाँ चल चुकी थीं। नीरू वहीं दीवार के साथ सटी बैठी थी। तभी एक

गोली आकर नीरू के बाएं पैर में लगी। नीरू को लगा जैसे एक लोहे की गर्म सलाख उसकी चमड़ी को जलाती हुई उसके शरीर में प्रवेश कर गई हो। उसके मुँह से एक चीख निकली, जो चारों ओर से उठती चीखोपुकार में कहीं ग़ुम हो गई। वो बेहोश हो गई लेकिन उस आलम में भी उसने बच्चे का हाथ नहीं छोड़ा।

जब गोलियाँ चलनी शुरू हुईं तो श्री हरिमंदिर साहब के आस-पास जितने भी लोग थे, सब के सब गुरुद्वारे के अंदर चले गए। गोलियों की आवाज़ें वहाँ कीर्तन कर रहे रागियों के कानों में भी पड़ीं, लेकिन उन्होंने विचलित हुए बिना शबद कीर्तन जारी रखा। ज्यों-ज्यों बंदूकों के गर्जने की आवाज़ें लोगों के कानों में पड़ती थीं, त्यों-त्यों, उनके होंठों पर प्रार्थना के स्वरों की गति बढ़ जाती थी। गोलियों की हर बौछार के साथ ही शहर के हर व्यक्ति का दिल जलियांवाले बाग़ के अंदर फँसे लोगों की हालत के बारे में सोचकर कांप उठता था। जो हज़ारों लोग बाग़ के अंदर थे, उनके लाखों मित्र व रिश्तेदार शहर की विभिन्न गलियों, कूचों और बाज़ारों में गोलियों की आवाज़ें सुन रहे थे और अपने परिजनों की कुशलता के लिए दुआएँ कर रहे थे।

निम्मो के कानों में जब पहली गोली की आवाज़ पड़ी तो वो बेतहाशा छत की ओर भागी। सरला बुआ का मन भी किसी अनहोनी की आशंका से भयभीत था लेकिन उसने निम्मो का हौसला बढ़ाते हुए कहा, ''निम्मो पुत्तर, कोई पटाखे चला रहा होगा। गुरपुरब है ना आज।'' पर निम्मो ने बुआ की बात पर ध्यान नहीं दिया और दो-दो सीढ़ियाँ एक साथ लाँघती हुई छत पर पहुँची। आस-पड़ोस के और भी कई लोग अपनी-अपनी छतों पर चढ़कर जलियांवाले बाग़ की दिशा में देख रहे थे जहाँ से गोलियों और लोगों की चीख-पुकार की आवाज़ें आ रही थीं। निम्मो जितनी तेज़ी से ऊपर चढ़ी थी, उतनी ही तेज़ी से नीचे आई और घर के मुख्य द्वार की ओर भागी। सरला बुआ ने उसे रोकने के इरादे से कहा, ''निम्मो पुत्तर, कहाँ जा रही है?'' बुआ की बात के जवाब में निम्मो केवल इतना ही कह सकी, ''बुआ जी...गोली।'' और निम्मो तेज़ी से घर से बाहर निकल गई।

विद्या और रत्ती देवी भी गोली चलने की आवाज़ें सुनकर घर से बाहर निकलीं। रत्ती देवी ने कल रात से ही छज्जू राम को नहीं देखा था। लेकिन उसे यकीन था कि छज्जू राम कैसे भी करके जलियांवाले बाग़ ज़रूर पहुँचा होगा। उधर गोपाल भी घंटा भर पहले घर से निकला था यह कहकर कि वो गुरुद्वारे

जा रहा है। उसके बाद वो घर नहीं आया था। विद्या प्रार्थना कर रही थी कि वो गुरुद्वारे में ही हो। दोनों गली के बाहर आईं तो वहाँ चौराहे पर चैस्टरटन बख्तरबंद गाड़ी पर बैठा जैसे उनका ही इंतज़ार कर रहा था। मशीनगन की नली का मुँह अपनी ओर देखते ही रत्ती ने विद्या की बाँह खींच कर उसे एक दुकान की ओट में ले लिया। गोलियों की आवाज़ें अब और भी तीव्रता से आ रही थीं। इसके साथ ही लोगों का शोर भी बढ़ता जा रहा था। विद्या और रत्ती उस चीख-पुकार में से छज्जू राम और गोपाल की आवाज़ को सुनने का यत्न भी कर रही थीं और उम्मीद भी कर रही थीं कि उन्हें अपने-अपने पति की ऐसी आवाज़ कभी भी सुनाई न दे।

रत्ती देवी, विद्या को लेकर गली के दूसरी ओर गई। उधर से उन्हें निम्मो आती दिखाई दी। निम्मो बेसुध भागती जा रही थी। वो दुनिया जहान से बेख़बर थी। ऐसे में उसे गली के दूसरी ओर खड़े चैस्टरटन और उसकी मशीनगन के बारे में क्या होश होता? निम्मो जैसे ही बाज़ार माई सेवाँ से कटड़ा अहलूवालिया की ओर मुड़ी तो रत्ती ने उसकी बाँह पकड़ अपनी ओर खींच लिया, "आगे मत जाओ। वहाँ खतरा है।"

"गोली, गोली," निम्मो ने जलियांवाले बाग़ की ओर इशारा करके कहा।

"तुम्हारा भी कोई है वहाँ?" विद्या ने पूछा।

निम्मो ने कोई जवाब न दिया बस "गोली, गोली," ही कहती रही।

"लगता है गहरे सदमे में है," रत्ती ने कहा।

"जब सिवाय गोलियों की आवाज़ के कुछ और सुनाई न दे तो कौन सदमे में नहीं होगा। भगवान करे जीजा जी और ये अंदर न हों," विद्या ने हाथ जोड़ कर एक बार फिर प्रार्थना की। निम्मो रत्ती से हाथ छुड़ाकर जाना चाहती थी लेकिन रत्ती ने उसे कस कर पकड़ रखा था।

उधर बाग़ के अंदर मौत का तांडव जारी था। राइफ़लों के नीचे ज़मीन पर गोलियों के खोलों के ढेर बन चुके थे। लेकिन फ़ौजियों की उँगलियाँ बोल्ट शिफ़्ट कर-कर के और निहत्थे लोगों का शिकार करके अभी थकी नहीं थीं। न ही जनरल डायर के खून की प्यास अभी बुझी थी। हज़ार से ज़्यादा गोलियाँ चल चुकी थीं। सैकड़ों लोग शहीद हो चुके थे। न जाने कितने घायल होकर ज़मीन पर पड़े थे। उद्धम अभी भी लोगों को दीवार पार करवाने की कोशिश में लगा था। बहुत-सी जानें उसके इस प्रयत्न के कारण बच भी गई थीं। साधु

सिंह के सीने में गोली लगी थी जो कि उसके बाईं ओर की सातवीं और आठवीं पसली को भेदती हुई उसके दिल में घुस गई थी। साधु की लाश कुएँ की मुंडेर पर पड़ी थी।

राजू पश्चिमी दीवार के सहारे रेंगता हुआ खुखरीधारियों की नज़र बचा कर फ़ौजियों के एकदम करीब आ चुका था। बीस राउंड फ़ायर करने के बाद जब इक्कीसवें राउंड के लिए फ़ौजियों ने बोल्ट को शिफ़्ट किया तो राजू ने मौका देखकर उन पर हमला करने की सोची। खुखरीधारियों का ध्यान उधर ही था जिधर गोलियाँ बरसाई जा रही थीं। राजू ने एक खुखरीधारी को पीछे से पकड़ कर खींचा। गोरखा फ़ौजी इस किस्म के हमले से निपटने की भरपूर ट्रेनिंग ले चुका था। उसने राजू को धोबी पछाड़ मारकर ज़मीन पर गिराया और अपना घुटना उसकी गर्दन पर रख दिया। देखते-ही-देखते पाँच-सात खुखरीधारी राजू पर टूट पड़े और उन्होंने ख़ुखरियों की तेज़ धार से राजू को लहूलुहान कर दिया और उसे मरा समझकर उसके शरीर को एक ओर फेंक दिया। डायर ने यह मंज़र देखा तो उसकी क्रूरता चंद दरजे और बढ़ गई। उसने सैनिकों को ताक़ीद की, ''शूट टू किल। मेक एवरी बुलेट काउंट! आई वॉन्ट टू किल देअर ब्लडी मोरेल।'' (Shoot to kill. Make every bullet count! I want to kill their bloody morale.)

गोलियों की आवाज़ माइल्स के कानों को भी भेद रही थी। अपने दफ़्तर में बैठा वो बाग़ के अंदर के मंज़र की कल्पना करके खुद को उसके लिए ज़िम्मेदार मान रहा था। पंद्रह फ़रवरी से लेकर नौ अप्रैल तक अमृतसर में रौलेट ऐक्ट के खिलाफ़ कई प्रदर्शन हुए थे, लेकिन कभी कोई हिंसा नहीं हुई थी। रामनवमी के जुलूस में सरकार विरोधी नारे तो लगे लेकिन सब कुछ शांतिपूर्वक किया गया। 'ऐसे में किचलू और सतपाल को गिरफ़्तार करके धर्मशाला भेजना क्या सही कदम था? क्या यह प्रतिक्रिया अनावश्यक तो नहीं थी? इतिहास जब इस दिन का हिसाब माँगेगा तो क्या उसे भी कठघरे में खड़ा होना होगा? और यदि क़यामत के रोज़ उससे इन मौतों का हिसाब माँगा गया तो वो क्या जवाब देगा भगवान को?'

जलियांवाले बाग़ से पाँच किलोमीटर दूर अपने बंगले में खड़ी एमिली के कानों में भी गोलियों की आवाज़ें पड़ रही थीं। हर गोली के साथ एमिली के मुँह से एक प्रार्थना निकलती। 'क्या माइल्स भी वहाँ मौजूद है? क्या यह सब

उसकी आँखों के सामने हो रहा है? आज रात को जब वो वापिस आएगा तो क्या उसकी मानसिक हालत ठीक होगी?' एमिली समझ नहीं पा रही थी कि ऐसी हालत में पति की वापसी की राह देखे तो किस भावना के साथ? आज रात जब उसका पति उसके पास आएगा तो क्या वो मासूमों का क़ातिल होगा या अपना फ़र्ज़ निभाने वाला एक वफ़ादार सेवक?

उधर बाग़ के अंदर सैनिकों के पास गोलियाँ जल्दी से ख़त्म हो रही थीं। डेढ़ हज़ार से ज़्यादा गोलियाँ चलाई जा चुकी थीं और उनमें से अधिकतर अपने मक़सद में कामयाब रही थीं। लोगों के शरीर का कोई हिस्सा ऐसा नहीं था जहाँ उन गोलियों ने अपनी ख़ूनी छाप न छोड़ी हो। किसी के हाथ में से आर-पार हुईं तो किसी का घुटना तोड़कर निकल गईं। किसी के पेट को फाड़ कर अंतड़ियों में जा समाईं तो किसी के फेफड़ों को विदीर्ण कर दिया। दुनिया के इतिहास में शायद ही कभी ऐसा हुआ हो कि हज़ारों गोलियाँ चली हों और नब्बे प्रतिशत से ज़्यादा ने किसी-न-किसी को अपना शिकार बनाया हो। और दुनिया के इतिहास में ऐसा भी कभी नहीं हुआ कि सात एकड़ के मैदान में हज़ारों निहत्थे लोग इकट्ठे हों और उनको वहाँ पर घेरकर उन पर अंधाधुंध गोलाबारी कर दी गई हो। बर्बरियत की एक नई मिसाल कायम कर दी थी उस दिन डायर ने। उसके फ़ौजी आखिरी गोली ख़त्म होने तक फ़ायरिंग करते रहे और डायर उस नरसंहार को देखकर शान से मुस्कुराता रहा।

गोलियों की आवाज़ थमते ही डायर अपने फ़ौजियों को लेकर बाग़ से बाहर चला गया। उसने एक बार भी मुड़कर मृतकों या घायलों की ओर नहीं देखा। बाग़ के बाहर बख्तरबंद गाड़ियाँ और डायर की कार मौजूद थी। वो कार में बैठा और उसका काफ़िला गोबिंदगढ़ की ओर चल दिया। इस बार रास्ते में कोई नहीं था, न कोई इंसान न जानवर। यहाँ तक कि पक्षी भी उस रोज़, दिन ढलने से पहले ही अपने घोंसलों में चले गए थे।

गोलियाँ तो रुक गईं लेकिन शहर में किसी की हिम्मत नहीं हो रही थी कि वो घर से बाहर निकले और अपने परिजनों का हाल जाने। क्या पता फ़ौजी फिर से हमला कर दें? डायर को वहाँ से गए आधा घंटा हो चुका था। घायल धीरे-धीरे बाग़ के बाहर आने की चेष्टा कर रहे थे। उद्धम सिंह ज़मीन पर गिरा हुआ था। उसके ऊपर कुछ लाशें पड़ी थीं। लाशों को हटाकर उद्धम खड़ा हुआ

और नज़र घुमाकर चारों ओर देखा। डायर के जाते ही वहाँ भगदड़ मच गई। जो लोग इस नरसंहार से बच गए थे वो बाग़ से बाहर जाने के लिए संकरे रास्ते की ओर भागे। हालाँकि उनके मन में आशंका थी कि हो सकता है डायर और उसके फ़ौजी बाग़ के बाहर उनका इंतज़ार कर रहे हों, इसलिए पहले तो वो धीरे-धीरे चारों ओर देखते हुए बाहर आए लेकिन जैसे ही उन्होंने सड़कों को खाली पाया, वो तेज़ी से वहाँ से दौड़े, उस वक़्त उन्हें न तो इस बात का ज्ञान था और न ही इस बात की फ़िक्र कि वो कहाँ जा रहे हैं। वो तो बस जलियांवाले बाग़ से दूर निकल जाना चाहते थे। जैसे बाँध से छोड़े गए पानी से नहरें भर जाती हैं, वैसे ही अमृतसर की गलियाँ जलियांवाले बाग़ से निकले इंसानी जिस्मों के रेलों से भर गईं। बाग़ में बच गईं तो शहीदों की लाशें या घायल अवस्था में पड़े हज़ार से भी ज़्यादा लोग। डायर के जाने के काफ़ी समय बाद तक भी कोई शहरवासी वहाँ आने की हिम्मत नहीं जुटा पाया था। घायल किसी तरह हिम्मत करके बाग़ से बाहर जाने की चेष्टा कर रहे थे।

उद्धम सिंह भी सकते में था। उसने न जाने कितने लोगों को दीवार पार करवाके उनकी जान बचाई थी। डायर के जाते ही सबसे पहले उसे साधु सिंह का ख़याल आया। उसने बाग़ के चारों ओर नज़र दौड़ाई। मैदान के चप्पे-चप्पे पर पड़े मुर्दा जिस्म डायर की हैवानियत की गवाही दे रहे थे। केवल इंसान ही नहीं, बेज़ुबान जानवर भी डायर के ज़ुल्म का शिकार हुए थे। मुर्दा इंसानी जिस्मों के बीच कुछ गायों, उनके बछड़ों और कुछ कुत्तों की लाशें भी पड़ी थीं। जो घायल थे उनमें से कुछ किसी तरह अपने जिस्मों को घसीटते हुए बाग़ से बाहर ले जाने की जद्दोजहद कर रहे थे। गोली किसी की टाँग की हड्डी को भेद गई थी तो किसी की बाजु उसके जिस्म से अलग लटक रही थी, क्योंकि .303 की गोली ने उसके कंधे के जोड़ को तोड़ दिया था। किसी को तो एक से ज़्यादा गोलियाँ भी लगी थीं। ज़्यादातर घायल इस हालत में नहीं थे कि वो अपने आप उठकर अपने घरों को पहुँच सकते। डायर ने तो घायलों की ओर मुड़कर देखा भी न था, तो वो क्या उनकी मदद के लिए कोई कोशिश करता? माइल्स के हाथों से हर इख़्तियार छीन लिया गया था। वो दफ़्तर से निकलकर घर जाने और एमिली से नज़रें मिलाने तक की हिम्मत नहीं जुटा पा रहा था।

उद्धम सिंह कुएँ की तरफ़ बढ़ा। उसने आखिरी बार साधु को वहीं देखा

था। अभी उसने दो कदम ही बढ़ाए थे कि उसके कानों में एक कराह पड़ी। यह कराहट सठियाला निवासी चौंतीस वर्षीय राम चंद की थी। अपने गाँव के दस लोगों के साथ वो भी बैसाखी वाले दिन अच्छी फ़सल की दुआ माँगने श्री हरिमंदिर साहब आया था। वहाँ से वो सब जलियांवाले बाग़ आ गए। अब उसके सब साथी लाशें बने बाग़ के अलग-अलग हिस्सों में पड़े थे। राम चंद को नाभि से एक इंच नीचे गोली लगी थी। वो तब से अपने पेट पर हाथ रखे ज़मीन पर पड़ा था।

"पानी," राम चंद ने हल्के से कहा।

उद्धम रुका, उसने राम चंद के मुँह के पास अपना मुँह ले जाकर कहा, "मैं अभी पानी लेकर आता हूँ। आप हौसला रखें।" वो लाशों और घायलों के बीच में से जगह बनाता हुआ कुएँ के पास पहुँचा तो वहाँ उसे साधु की लाश दिखी।

उद्धम को अपने मित्र की मौत का मातम मनाने का भी मौका नहीं मिला। एक घायल व्यक्ति को पानी चाहिए था और संगत को पानी पिलाने ही तो उद्धम और साधु वहाँ आए थे। उद्धम ने कुएँ में पड़ी रस्सी को खींचा तो पाया कि रस्सी टूट चुकी थी। कुएँ के अंदर से 'बचाओ! बचाओ!' की आवाज़ें आ रही थीं। उद्धम ने कुएँ में झाँका तो वहाँ उसे लाल पानी में तैरते कई बेजान जिस्म दिखाई दिए। उनमें से किस जीवित जिस्म से 'बचाओ! बचाओ!' की आवाज़ आ रही थी, यह कहना नामुमकिन था। बाग़ के हर हिस्से से 'हाय!', 'बचाओ!', 'पानी!' की आवाज़ें आ रही थीं। इसके साथ ही जो घायल थे वो अपने साथियों को पुकार रहे थे :

"ओए बख्शू!"

"ओए मुरली!"

"ओए पाले!"

"वे काके!, वे कश्मीर! वे सदीक़!"

उद्धम सिंह ने कुएँ की मुंडेर के इर्द-गिर्द नज़र दौड़ाई। पानी की एक मश्क एक मृत देह के नीचे पड़ी थी। उद्धम सिंह ने बड़ी इज़्ज़त के साथ उस लाश को हटाया और उसके नीचे से मश्क निकाली। मश्क में थोड़ा-सा पानी

मौजूद था। उद्धम मश्क को लेकर राम चंद की ओर गया। उसने राम चंद का सिर अपने घुटने पर रखा और उसके मुँह पर मश्क को लगाया। पानी का घूंट अंदर जाते ही, राम चंद ने एक गहरी साँस ली जैसे उसका शरीर उसकी आत्मा को किसी तरह अपने अंदर रखने की कोशिश कर रहा हो, लेकिन उसकी कोशिश नाकाम रही। उद्धम के घुटने पर सिर रखे हुए राम चंद इस दुनिया से चला गया।

गोलियों की आवाज़ थमने के बाद रत्ती और विद्या ने फ़ौजी बूटों की आवाज़ और उसके बाद गाड़ियों के चलने की आवाज़ सुनी तो उन्हें यकीन हुआ कि अब वो बाग़ के अंदर जा सकती हैं। रत्ती ने अभी भी निम्मो का हाथ कसकर पकड़ रखा था। जब तक वो बाग़ के पास पहुँची, हज़ारों लोगों का रेला एक बार तो उन्हें बहाकर अपने साथ वापिस अमृतसर की गलियों में ले गया। किसी तरह वो बाग़ के प्रवेश द्वार तक पहुँचीं। प्रवेश द्वार के बाहर और उसके आस-पास की गलियों में घायल सदमे की अवस्था में गिरते-पड़ते किसी अनजान मंज़िल की ओर बढ़ रहे थे। बाग़ के आस-पास की गलियाँ भी लाशों से भरी पड़ी थीं। अपने जिस्म से रिसते खून को किसी तरह रोककर वो घायल कुछ कदम चलते, फिर थककर रुक जाते और अपनी बची-खुची हिम्मत को इकट्ठा करते और फिर कुछ और कदम चलते। चलते-चलते कई तो कुछ सौ फ़ीट दूर निकल गए थे और बाकी या तो दुकानों के बाहर बैठे मदद का इंतज़ार कर रहे थे, या फिर वक़्त से लड़ते-लड़ते अपने प्राण गंवा चुके थे।

रत्ती, विद्या और निम्मो ने बाग़ में प्रवेश किया। निम्मो अभी भी सदमे में थी। ज़मीन पर गिरी लाशों के बीच उसकी नज़र सबसे पहले राजू पर पड़ी जो कि मैदान और प्रवेश गली के बीच एक पेड़ पर पीठ टिकाए बैठा था। उसके शरीर पर तेज़ खुखरियों के बेशुमार घाव थे। बुझते हुए दीये की भाँति उसकी आँखों में हल्की-सी लौ बाकी थी। उसे वो मंज़र धुंधला-धुंधला सा दिखाई दे रहा था। उसकी आँखों के ठीक सामने, तकरीबन दो सौ मीटर की दूरी पर नीरू बेहोश पड़ी थी मगर राजू की आँखों में इतनी रौशनी नहीं बची थी कि वो वहाँ तक देख सके। निम्मो राजू के पास आई। उसने राजू के कंधे पर हाथ रखा। राजू ने रक्तहीन, अधखुली आँखों के धुंधलके में से भी अपनी भाभी को पहचान

लिया। उसके चेहरे पर हल्की-सी मुस्कान आई और वो अपनी प्रिय भाभी के अक्स को अपनी रूह में समा कर सदा के लिए सो गया। निम्मो ने राजू के जिस्म को झिंझोड़ा, इस उम्मीद में कि शायद कहीं से प्राणवायु का कोई हिस्सा बचा रह गया हो जो उसके देवर की साँसों में वापिस आ जाए। तभी निम्मो को एक चीख सुनाई दी। उसने पलटकर देखा तो पाया कि रत्ती छज्जू राम की देह के पास बैठी विलाप कर रही थी। विद्या भी रत्ती के पास बैठी उसे ढाढस बंधा रही थी। इसके साथ ही विद्या की आँखें हर जगह गोपाल को तलाश कर रही थीं और साथ ही मन दुआ भी कर रहा था कि गोपाल उसे वहाँ न दिखे। रत्ती, छज्जू की देह को अपने हाथों में लेकर उसमें जान बाकी होने का कोई निशान ढूँढ़ने की कोशिश कर रही थी। छज्जू के मृत चेहरे पर शान्ति थी, शिकन नहीं। निम्मो राजू को छोड़कर रत्ती के पास आई। उसने रत्ती को गले से लगाया। रत्ती के आँसुओं से निम्मो की चुन्नी भीग गई।

विद्या वहाँ से उठी और बाग़ में सब जगह भाग-भाग कर गोपाल को ढूँढ़ने लगी। हर बीतते पल के साथ उसकी उम्मीद बढ़ती ही जाती थी कि गोपाल शायद वहाँ आया ही नहीं था। लाशों के इस समंदर के बीच विद्या को गोपाल की गैरमौजूदगी एक वरदान जैसी लग रही थी।

जब रत्ती छज्जू को देखकर चीखी, उस वक़्त, उद्धम बाग़ के दक्षिणी छोर पर अमृतसर के एक कपड़ा व्यापारी मोहन लाल को पानी पिला रहा था। मोहन लाल साठ वर्ष का था और पक्का आर्य समाजी था। अमृतसर में छुआछूत को दूर करने के लिए उसने एक सभा का गठन भी किया था। मोहन लाल को दो गोलियाँ लगी थीं। एक दाईं जांघ पर और दूसरी बाईं ओर की पसलियों के ठीक नीचे। वो अपने दोस्त बुध सिंह के साथ जलसा देखने आया था। सत्तर वर्षीय बुध सिंह की लाश भी मोहन लाल से कुछ ही दूर पड़ी थी। बुध सिंह को सिर के पिछली ओर जहाँ रीढ़ की हड्डी सिर से जुड़ती है, वहाँ गोली लगी थी। गोली लगते ही उसके प्राण निकल गए थे और वो दक्षिणी दीवार के साथ ही गिर पड़ा था। उसकी लाश के नीचे नीरू दब गई थी। नीरू के पास ही एक छोटा बच्चा बैठा था जिसके सीने से निकलता खून अब जम गया था। उद्धम उस बच्चे को पहचानता था। एक लड़की उसके हाथ से बच्चा लेकर भागी थी। कहाँ गई होगी वो, सोचकर उद्धम सिंह ने बच्चे की ओर गौर से देखा तो उसे बुध सिंह

के शरीर के नीचे से एक हाथ दिखाई दिया। उद्धम सिंह ने बुध सिंह की लाश को धीरे से हटाया। नीरू बेहोश पड़ी थी। उसके पैर से निकलता खून जम गया था। उद्धम ने उसकी नाक के आगे हाथ रखा। उसकी साँसें चल रही थीं। उद्धम ने नीरू के चेहरे पर पानी के छींटे मारे तो नीरू ने आँखें खोलीं। उद्धम ने विद्या की ओर देखा और बोला, "बहन ज़रा इधर तो आना। इस बहन में अभी जान बाकी है।" विद्या उद्धम की ओर दौड़ी।

5:20 पर गोलियाँ चलनी बंद हुईं। जब तक शहर के लोग हिम्मत करके अपने-अपने परिजनों को ढूँढ़ने बाग़ तक पहुँचे, तब तक कर्फ़्यू लगने का समय हो चुका था। डायर ने हुक्म दिया था कि आठ बजे के बाद जो कोई भी सड़क पर दिखे उसे गोली मार दी जाए। इसलिए जो लोग हिम्मत करके अपने परिजनों को ढूँढ़ने सात बजे तक बाग़ में पहुँचे भी थे वो भी आठ बजने से पहले ही, अपने घरों को लौट गए। अगर किसी को अपने मित्र या रिश्तेदार की लाश मिली भी तो वो उसे अपने साथ ले जाने की स्थिति में नहीं था। इसलिए अधिकतर लाशें वहीं बाग़ में ही पड़ी रहीं।

विद्या, नीरू के पास पहुँची, उसने नीरू को पहचान लिया। दो बार पहले भी देख चुकी थी वो उसे। नीरू उठकर बैठी और दीवार से टेक लगाकर बैठ गई। उसकी साँस बहुत तेज़ी से चल रही थी। उद्धम ने उसे पानी पिलाया। पानी पीकर नीरू थोड़ा सँभली और एकदम अपने आस-पास देख के बोली, "वो बच्चा?" उद्धम सिंह ने बच्चे को उठाया और नीरू के पास लेकर आया।

"तुम्हारा बच्चा है?" विद्या ने नीरू से पूछा।

"नहीं, देश का बच्चा है," नीरू बोली। नीरू ने उठने की चेष्टा की, तब उसे अपने पैर में धँसी गोली का एहसास हुआ। गोली उसके बाएं पैर के अंगूठे के पास से घुसी थी और पैर को चीरती हुई आधी से ज़्यादा तलवे से बाहर निकल गई थी।

"वीरे," नीरू ने उद्धम से कहा, "मेरी गोली निकाल दे।"

"नहीं बहना, बहुत तकलीफ़ होगी। चल मैं तुझे अस्पताल लिए चलता हूँ," उद्धम ने कहा।

"क्यों मज़ाक कर रहा है वीरे। फिरंगियों के किस अस्पताल में जगह मिलेगी मुझे? तू गोली निकाल। मैं दर्द सह लूँगी।"

"बहन ज़िद मत कर। यहाँ कोई ऐसा तरीका नहीं जिससे कि मैं यह गोली निकाल सकूं।"

उन दोनों की बातें बाग़ के वीराने में गूँजीं तो उन्हें सुनकर निम्मो वहाँ आई। नीरू को देखते ही वो बोली, "नीरू, तू ठीक है?"

"हाँ मैं ठीक हूँ," नीरू ने कहा ही था कि उसके पैर में ज़ोर का दर्द उठा। उसने होंठ भींचकर आकाश की ओर देखा तो एक नई मुसीबत उसे जलियांवाले बाग़ की ओर आती दिखाई दी। खून और मुर्दा जिस्मों की बू सूंघते आवारा कुत्ते और गिद्ध जलियांवाले बाग़ की ज़मीन और आकाश पर मंडराने लगे थे।

नीरू ने बच्चा विद्या के हवाले किया और उद्धम से बोली, "वीरे, रखवाली करनी होगी हमें।" कुक्कुरों के आने की आवाज़ तब तक सभी को आ चुकी थी। रत्ती देवी ने वहाँ पड़ी एक लाठी उठाई और छज्जू राम के आस-पास घूमते कुत्तों को वहाँ से हटाया। उद्धम ने भी एक लाठी उठायी और कुत्तों की तरफ़ दौड़ा। नीरू एक टाँग पर खड़ी हो गई और वो भी लाठी उठाकर लाशों और घायलों की रक्षा में जुट गई। विद्या ने भी एक हाथ में बच्चे को पकड़ा और दूसरे हाथ में डंडा लेकर कुत्तों को लाशों से दूर करने लगी। कर्फ़्यू का सायरन बज उठा। शहर का सन्नाटा और भी बढ़ गया। तभी उस सन्नाटे को चीरते हुए बाबा नानक के एक शबद की आवाज़ उन चारों ने सुनी। यह आवाज़ भाई भाग सिंह की थी जो कि उस वक़्त जलियांवाले बाग़ में प्रवेश कर रहा था।

उद्धम सिंह ने भाग सिंह को देखा तो दौड़ कर अपने बाबा जी से गले मिला। उसकी आँखों से आँसुओं की धारा बह निकली।

"बाबा जी, वीरा," उद्धम ने साधु सिंह की लाश की ओर इशारा किया। भाई भाग सिंह ने उद्धम के सिर पर हाथ रखा और गुरुनानक का शबद गाना जारी रखा। गुरु के वाक्यों ने उन चारों की हिम्मत कई गुणा कर दी और वो रात भर लाशों और घायलों की रक्षा करते रहे। विद्या ने बीते घंटों में एक बार भी गोपाल के बारे में नहीं सोचा था। इस भयावह मंज़र ने विद्या को उसके पति की ओर से भयमुक्त कर दिया था। गोपाल कहाँ था? क्या जलियांवाले बाग़ में लाश बना पड़ा था? या घायल हुआ डॉक्टरी सहायता का इंतज़ार कर रहा था? या फिर वो भला-चंगा घर में बैठा विद्या के लिए चिंतित हो रहा था? इन

सब सवालों से विद्या उस घड़ी आज़ाद थी। मैं ज़रूर जानता हूँ कि गोपाल का क्या हुआ, लेकिन इस वक़्त मैं भी विद्या की तरह सब कुछ भूलकर सौ साल पुराने उस दर्दनाक मंज़र में भाई भाग सिंह की करुणामयी, ममतामयी आवाज़ में बाबा नानक की बानी सुन रहा हूँ और चाहता हूँ कि आप भी उसे सुनें और उसका मार्मिक एहसास महसूस करें।

एती मार पई करलाने, तैं की दरद ना आया।
खुरासान घसमाना कीया, हिन्दुस्तान डराया।
आपे दोस ना देई करता, जम कर मुग़ल चढ़ाया।
एती मार पई करलाने, तैं की दरद ना आया।
करता तूं सबना का सोही।
जे सकता सकते को मारे, तां मन रोस न होई।
एती मार पई करलाने, तैं की दरद ना आया।

❑❑❑